TAKE
ME
WITH
YOU

Catherine Ryan Hyde

［美］凯瑟琳·瑞安·海德 著

钱雪儿 译

不再忧伤的旅程

浙江出版联合集团
浙江文艺出版社

目　录

第一部　六月初 / 001

　　第一章　奥古斯特，被搁浅的旅行 / 003

　　第二章　听起来很疯狂 / 011

　　第三章　新交易 / 024

　　第四章　会议 / 036

　　第五章　手套箱 / 050

　　第六章　那个地方 / 064

　　第七章　山顶 / 076

　　第八章　他告诉我的话 / 089

　　第九章　打开 / 104

　　第十章　四次撞击 / 117

　　第十一章　木桶里 / 136

第二部　八月末 / 155

　　第一章　忧伤的好消息 / 157

　　第二章　待在这里 / 168

第三章 一只真的很棒的狗 / 179

第四章 最后一站 / 191

第五章 某一种 / 200

第六章 再见 / 211

第七章 不会的 / 221

第三部 八年后，五月末 / 237

第一章 虚弱 / 239

第二章 长大成人 / 254

第三章 百分百的诚实 / 266

第四章 爬山 / 275

第五章 存在的理由 / 290

第六章 粉白的手 / 303

第七章 要么打破 / 315

第八章 真相 / 322

第九章 红光闪烁 / 335

第十章 坠落 / 350

尾　声　八月末，奥古斯特 / 359

约塞米蒂 / 361

第一部
六月初

第一章
奥古斯特，被搁浅的旅行

奥古斯特·施罗德站在他那出了故障的房车后门里，透过小小的方形车窗向外看去。要是他是从挡风玻璃、侧窗或是水槽上方的窗户往外看的话，他就能看到修理师的修理厂内部了。奥古斯特想看见的是天空。他之所以来这里，就是为了看见天空，而不是工具盒子、放电线的架子，或是什么液压起降机。

奥古斯特出了车门，下了两格台阶，走进了修理师的维修厂。他朝着引擎盖前方径直走去，以便修理师看得见自己。修理师直起身来，一只手托着下背部拉伸了一下，随后用红色的碎布擦了擦手，又用脏脏的袖管拭了拭额头上的汗。

修理师特别高，大概有两米，甚至更高。他的四肢好像被拉过一样，又瘦又长。他的金发长长地披在颈后，卷曲而蓬乱地缩到了蓝色工作服的领子里。

韦斯。修理师的名字叫韦斯。奥古斯特认真地打听了他的名字，要知道，他的命运很大程度上就掌握在这个修理师的手里。尽可能缩短他们之间的距离，似乎是非常明智的举动。

"怎么样？还好吗？"奥古斯特问道。

"和计划的一样，如果你问的是这个意思的话。"

奥古斯特叹了口气，在三只摞在一起、未卸钢圈的轮胎上坐下来，一边用双手放低自己的身体。"我自己也不知道我问的是什么意思。只是搭个话吧，我想。"

韦斯从胸前的口袋里掏出一包烟，摇了一根出来，用嘴接住香烟。"那你一整天都在忙什么呢？"

"没忙什么，只是在试着接受黄石之行泡汤了的事实。"

韦斯点燃了香烟，透过烟雾朝奥古斯特瞟了一眼。"你跟我说，你整个夏天都在外面，在我看来，你应该还是有大把的时间。"

"没错，我有的是时间。时间不是问题，问题是钱。每年夏天我用来买汽油的预算只有这点，可这儿到黄石还隔着四个州。"

"你每年夏天都一直在外面吗？"

"是的。"

"你是老师？"

"对。"

"你教什么？"

"高中科学。"

"科学啊。"韦斯说道。那语气，仿佛奥古斯特刚才是在描述一辆一般人买不起的闪亮新车。"我以前科学成绩很好。那么……你就明年夏天再去黄石好了。"

"是啊，"奥古斯特说，"我想是这样。"但是，一想到自己要放弃本应和菲利普分享的黄石之旅，放弃菲利普一定会喜欢的这趟旅行，心痛便再次袭来，仿佛要把他撕裂成两半。一半是过去的他，一半是现在的他。他对于这样的疼痛早已习以为常，他差点欣然接受了这种疼痛，甚至希望这疼痛不断地袭来。

"但是，今年的这趟旅行有着特别的意义。这趟旅行真的……非常重要。不过说到底，你也不需要知道全部，这算是我的私事。只是，我没钱付接下来的汽油费了，就是这样。"

他看着韦斯的脸，觉得韦斯好像有话要说，他不知道是什么事。韦斯一直欲言又止。有些可说也可不说的话，他正在纠结要不要说出来。

"我发誓，我绝对没有在修理费上坑你。"韦斯说道，但这并不是他想要说的事。

"我知道你没有坑我。"奥古斯特说。

"感谢你对我的信任。"

"其实也谈不上什么信任，我又不怎么了解你。我从认识你到现在，连一天的时间都没到。我之所以知道你没骗我，是因为我的父亲就有一个汽车修理厂。以前夏天的时候，我曾在那里工作过。我并非修理师，但对这行多少还是有些了解。我知道哪些部件容易出问题，也知道要花多少时间能把它们修好。如果你骗我，我会看出来的。"

大约一小时后，奥古斯特又站到房车后门往外看，看到两个小男孩在玩耍。其中一个大概十二岁的样子，又高又瘦，让奥古斯特联想到幼马——长长的腿，姿态既笨拙，又有几分说不清楚的魅力。他那淡棕色的头发非常蓬乱。相比之下，另一个男孩看上去非常小，大概只有七岁的光景。他的动作看起来总是很犹豫的样子，正是他这幅犹犹豫豫的模样引起了奥古斯特的注意。

两个男孩正在一块脏兮兮的杂草地上踢球，他们离修车厂很近，令奥古斯特不禁怀疑这两个孩子就是那个掌握了自己命运的修理师所生。他猜这两个孩子是兄弟，因为年龄相差那么大的男孩一般玩不到一起去。而且，他们看上去也像是兄弟，两个人就像是从一个模子里刻出来的一样。

奥古斯特看着他们，那又长又熟悉的痛苦之刃再一次划过喉头，如同烈火一般，一直燃烧到他的肺部。他突然意识到，这种痛就活在他的身体中，而非存在于脑海。这种痛感如此真实，但他却未曾意识到这点，就这样活了这么多年。如今看来，这么多年似乎活得毫无意义，只有蹉跎。

伍迪扭着屁股，发出了呜呜的声音。车的后门还有一扇低窗，伍迪可以从那儿看到玩耍的男孩，忍不住想出去加入他们。它的小尾巴抖动得更快了。伍迪发出的声音让奥古斯特想起了他花园里的水管，水流因为喷嘴关闭而变小时，水管里也会发出这种呜呜的声音。

奥古斯特俯下身，把手搭到了它的肩膀上，手指陷入了它长长的白毛里。伍迪被他的"突袭"吓了一跳，忍不住发出一声尖叫。但是它好像受过自我控制的训练，立刻就没事了。

"好吧，"奥古斯特说，"干吗不让你出去呢？"

他打开了后门。

汽车疾驰在离他们很远的路上，甚至可能在更远的高速公路上。现在，后门开着，奥古斯特可以远远地听到高速公路的声音。确切地说，不是高速公路，而是公路上汽车的声音，它们的嗡嗡声告诉人们，它们正在驶向各自的目的地。这声音像刀一样划破了他的胸口。因为，他没能和他们一样，行驶在高速公路上。他本该在公路上，驶向他的目的地。他不该呆在这里。然而，这些"本该"与"不该"根本于事无补，对于汽车引擎的维修毫无帮助。

奥古斯特从汽车的冷气里爬了出去，一头扎进了六月的炎热中。他看着伍迪朝男孩们扑去，跳上跳下，在杂草堆里划出一条条轨迹。奥古斯特看着伍迪越跑越远，直到它的身影都被热气给扭曲了。

年长一点的男孩抬起头来,看到伍迪,立刻高兴起来。对于这个年龄的孩子,像伍迪这样的小狗是再好不过的玩伴了。伍迪是一只活泼的小狗,体型中等偏小,总是非常兴奋,很喜欢玩耍。

年纪较小的男孩转过身去,想瞧瞧他哥哥看到了什么。看到伍迪后,他一下子跳了起来,连球都不要了,立马躲到了高个男孩的身后。

"它很友好的,"奥古斯特大声地说道,"它只是想要玩耍。它在房车里闷了太久了。"

小男孩从他哥哥的身后探出身子来,和他做其他事情一样,还是很踌躇的样子。小男孩和伍迪既好奇又害怕地看着对方。奥古斯特知道,终究还是好奇会占上风。他希望他能把这一点告诉这个害怕的小男孩,但是这样并没有什么好处。人们总是一边经历,一边领悟。别人说的话其实不太重要。

小男孩紧张地把手伸向伍迪,但是小狗又跳走了,它转了一大圈,又回来等待小男孩再次伸出手来。它不想被抚摸。它现在想玩。

奥古斯特走近了他们。年长一点的男孩直起身来,看上去和奥古斯特差不多高。这个男孩掌控了全局,这似乎是他的天性。他的姿势中有种特别成熟的感觉,减轻了奥古斯特心中的剧痛,让他的疼痛褪去了一些。因为,面前的这个男孩不是菲利普。面前的这个男孩不过是男孩自己。只是他自己。

奥古斯特靠近时,年幼一点的男孩又退到了他哥哥的身后。

"那是你的车么?"高个男孩用下巴指了指露在修理厂外面的房车,向奥古斯特问道,"车不错。"

"谢谢。"

"狗也不错。它是杰克罗素梗犬吗?"

"也许有一点这样的血统吧,我也不清楚。我是在流浪狗的收容所里找到它的。"

"它叫什么名字?"

"伍迪。"奥古斯特说,伍迪的耳朵抖动了一下。

"它会什么游戏吗?"

"它会很多把戏。只不过现在它感觉有点闷,想要放松一下。这样吧,我来和你打个赌。如果你追得上它的话,我给你五块钱。"

"你叫它,它不会过来吗?"

"噢,不是,"奥古斯特说,"不是这样。我叫它做什么,它就会做什么。不过,它最喜欢孩子们追它了,这是它最爱的游戏。"

高个男孩的眼睛更加亮了。"嘿,亨利,"他说,"五块钱,你觉得怎么样?"

两个男孩开始全速追逐伍迪。伍迪很开心地绕着大圈跑了起来,边跑边回头张望,好像在笑一样。

他们永远也追不到伍迪,所以,这其实不是个公平的游戏。不过,如果他们能够追到伍迪疲倦,而且伍迪很开心的话,奥古斯特还是会给他们五块美元的,否则,这个小游戏就不太厚道了。奥古斯特又走回了修理师的维修厂里,因为看孩子玩耍总是让他感到伤心,虽然有时他会故意这么做。

奥古斯特在那摞轮胎上坐了大约十分钟后,修理师从引擎盖下伸出了头。他看着奥古斯特,好像有话要说。但,他也什么都没说,只是点了一支烟,深深地抽了一口,然后吐出来。他呆呆地看着烟雾弥漫出来,像是从来没有见过这种东西似的。

"你有多想去黄石?"他问道。

"特别想。"奥古斯特说。但这不会是趟轻松的旅行,甚至有点危险。他感到修理师有什么事想问他。但他不知道修理师难以开口的原因，只知道这件事一定非同寻常。"如果你有什么想法，我会洗耳恭听。"

"没什么，"韦斯一边说，一边把眼睛转向了混凝土地板，"就当我没提吧。"

"你有话想说。说吧。"

就在这时，年长一点的男孩抱着伍迪走进了修理厂。伍迪的舌头长长地、懒洋洋地伸在外面，一边喘着粗气，汗一滴滴地落在了男孩裸露的手臂上。伍迪大大地咧开嘴，好像真的是在笑。奥古斯特朝男孩的脸看去，他的脸很红，因为炎热和刚才的运动而不断地流着汗。

"塞思，"修理师说，"你抱着人家的狗干什么？"

"这是他的主意。"塞思回答道。

"是我的主意，"奥古斯特说，"是我让他那么做的。"然后，他转向男孩说，"我真不敢相信你追上了它。之前还没人追上过它。你肯定速度超快。"

"我并不是速度快。我不是用我的腿追到了它，而是用我的脑子。"

塞思把狗放到了奥古斯特的怀里。奥古斯特让伍迪的小爪子够到混凝土地板上，然后去找自己的钱包。他抽出一张五美元的纸币，给了塞思。

"很高兴能和您做成这笔生意。"塞思说，语气里甚至还带了点敬意。

这么大的男孩说出这样的话似乎有点奇怪。不过，一想到这男孩生活的环境就是和生意打交道的修理厂，奥古斯特就明白了。这男孩一定经常听到这样的话。

奥古斯特看着他走出修理厂回到了热浪当中。

"孩子们很不错。"奥古斯特说。

没有人回答他。韦斯飞快地把香烟掐进工作台上的烟灰缸里，一头埋进了汽车的引擎盖下。

奥古斯特把伍迪抱到了自己的大腿上，看了它一会儿，打发一下时间。不过，这也不比呆看天空更有意思。就在他准备回到自己的车上时，韦斯又探出上身。

"等我今天完工后，"他说，"也许咱们可以去喝一杯？"

"噢、呃，我不喝酒。"

"滴酒不沾？"

"对，滴酒不沾。"

"哦，那好吧，喝什么并不重要。那，咖啡怎么样？"

奥古斯特感觉有些困惑。这个又高又古怪的男人有求于自己，但他想不到是什么样的请求。他想不到自己身上有什么东西是修理师需要的或者说想要的。他甚至短暂地考虑过这个男人是在挑逗自己。但感觉并不是。可的确能感到这是个同样个人的、有点危险的事，而修理师很看重这件事。

"我车里有咖啡，"奥古斯特说，"你完工后来敲我的门吧。"

"我可能会工作到很晚，至少到八九点钟，能让你上路就更好了。"

"我很晚睡，"奥古斯特说，"你只要敲门就好。"

然后，在这天余下的时间里，他一直在想自己事实上犯了一个多大的错误。

这天结束的时候，修理师收好他的工具，关上灯，从修理厂的侧门离开。他没有去敲门。

奥古斯特自己喝了咖啡，不出意外，他失眠了。

第二章
听起来很疯狂

早上，当奥古斯特正在做新鲜咖啡时，他听到房车的后门传来了胆怯、犹豫的敲门声。伍迪叫了起来，叫了又叫。

"你来晚了。"他说得很响，但只有自己听得到。想要让门外的人听到的话，声音还是太轻了。

他已经打开了侧窗的百叶窗，但没有拉开后门的。那个拉起来更麻烦，因为后门有纱窗，要打开纱窗才能拉起百叶窗，所以他总是最后才做这件事。

"嘘。"他让狗安静下来，但没什么用。

他把咖啡壶插上电，打开开关开始煮咖啡。开锁把后门打开。站在脏兮兮的台阶上的是塞思。他礼貌地拿着手里的棒球帽，他的弟弟亨利则躲在他身后。

"早上好，塞思。"他说。

"您怎么知道我的名字叫塞思？"

"我听到你父亲昨天这么叫你来着。"

"哦，没错。他是——"

"亨利，"奥古斯特说，"我听到你昨天这样叫他。"

"哦，是吗？"

"我能为你们做些什么吗？"

"抱歉打扰到您了，先生。希望没有给您添麻烦。如果麻烦的话，您就直说，我们马上就走。要是我们知道您在睡觉，我们是不会敲门的。我们看到您的百叶窗拉起来了，所以我们认为您醒了。希望没有打扰到您。只是……亨利……我的弟弟……和我，我们想知道，我们能不能和那只小狗玩一会儿呢？不要钱。我们没打算再要五块钱。我们只是喜欢那只狗，觉得它也喜欢我们。"

"我知道，它确实也喜欢你们。"奥古斯特说，"你们看它。"

他把门再开大一些，让两个男孩能够看到伍迪正用后腿站立着——爪子向上，乱抓着空气——跳上跳下。没错，它仅靠着后腿，跳上跳下。伍迪算是半个马戏团小狗，所以可以做到这点。

亨利发出了一声尖叫，过会儿奥古斯特才意识到，那是兴奋的笑声。

"它很擅长站立啊，"塞思说，"它是如何用后腿保持这么好的平衡的？"

"我猜它天生就是这样。它可以靠后腿在整个房间里走来走去。"

"我们很想看看。"

"当然可以了，也许你们把它带回来的时候，就会看到。"

塞思喜笑颜开。就在这时，奥古斯特才意识到这个男孩一直在等待一个"是"或者"否"的答案，并且内心的不确定一直让他很紧张。

"那么我们可以把它带到空地上去玩吗？"

"当然了。"

奥古斯特为伍迪把门打开，给它做了个"去吧"的手势。小狗飞速地爬出门，在男孩身边跳来跳去，还跳起来把爪子放到他们身上，舔了舔它跳起来就能够到的亨利的脸。

"我喜欢它一只耳朵是棕色、其余都是白色的样子。"塞思说。

"是啊，"奥古斯特说，"我也喜欢它这点。"

"我们可以带它出去多久？"

"呃……这样吧，呆在我能看见你们的地方吧，如果我出于什么原因想把它要回来，我会让你们知道的。"

"好的，谢谢。"塞思说道，忍不住咧嘴笑了起来。

"不过有个条件。"奥古斯特说。

男孩的脸一沉，向后退了一步，好像被打了一巴掌似的。

"不是什么坏事，"奥古斯特说，"我只是想知道，你是怎么抓到它的。"

"哦，这个呀，"塞思说道，松了口气，露出一丝骄傲，"我用了我的头脑。"

"这你说过，但没告诉我你到底是怎么做到的。"

"嗯，你看。我注意到每次你去追它，它都会跑。即使你只朝它迈一步，甚至你移动一下，它也会跑。但是，如果我静静站着，朝其他方向看去，它就会靠近过来。所以，我变聪明了，我坐在地上，把背朝向它，假装我不想和它做任何事。于是，它就走过来，爬到我膝盖上了。不过不要担心，因为在我想到这主意之前，我们追了它好一会儿。我希望你不要担心你的五块美元没有物尽所值。"

"我没担心，"奥古斯特说，"你们仨玩儿吧。"

奥古斯特在最高的那级铁台阶上坐了约莫半个小时。他的脚放在底层台阶上，手肘支在大腿上，边喝咖啡边看着他们玩耍，并等待着疼痛的到来。不过它没有来。他感受着它的踪迹，寻找着它，询问它藏在何处。也许是因为他现在认识了这两个男孩，而他们和他的儿子如此不同。也许是因为他几乎希望疼痛能回来，而这痛感却执意要与他背道而驰。

天气很好，微凉无风，远处山脉后面的天空还泛着黎明最后的微红。他听到有人走近的声音，扭头看到韦斯朝他走过来，脑袋微微向下低着。

"早，"奥古斯特说，"如果你还想喝那杯咖啡的话，现在还不算太晚。"

"哦，谢谢，我吃早饭时已经喝了一杯了。抱歉昨晚放了你鸽子。"

"没关系，是你想聊一聊来着。"

"我想……"然后他开始吞吞吐吐，静止站了好一会儿，朝远方凝视着，仿佛那答案就在地平线上。"我有一个愚蠢的想法。"最后他说道，"你会觉得我疯了。"

奥古斯特想了一会儿，不知道怎么回答。虽然他很好奇，但是强迫别人说出一个连自己都觉得疯狂的念头似乎不是很明智。

两个人都沉默了好一会儿。

奥古斯特看着塞思在空地里玩耍。"有些……非常……"然后他顿了一两秒，让自己能更有力地说出那几个字，"好，那个男孩有些非常好的品质。"

"谁？塞思？"

"对。我不是说那个小的不好。只是他还没和我说过一个字，所以我不知道。不过塞思……"

"好……的意思是？"

"我不知道。感觉他很正直。"

韦斯扑哧笑了起来。"是啊,那就是塞思,没错。他会用自己的正直把你逼疯。他还希望你应该正直,这也会把你逼疯。你有孩子吗?"

"我有过一个儿子。"

"有过?"

奥古斯特没有回答。

"没有关系。这不关我的事。抱歉。"

然后韦斯抬起脚走进了修理间里。奥古斯特喝光了他最后的那点咖啡,跟随韦斯走了进去。修理师在一只和他胸部等高的红色铁工具柜的抽屉之间倒腾。他挑选出他觉得自己会需要的东西,把它们放在一起,然后把那些工具放到工作台上,又去翻下一层的抽屉了。他显然知道奥古斯特就在那里。但是他没有说话,甚至没有转头。

"这件……事情,"奥古斯特说道,"你欲言又止的这件事。这件我会觉得疯狂的事情。从你昨天的话听起来,这件事与我是否去得了黄石有关。我说的对吗?"

"是有一定的可能。"韦斯一边说,一边继续挑着工具,也没有抬头看。

"那么,就帮我个忙吧。今年,去黄石对我来说非常重要。比你所知道的还要重要得多。比任何人所能理解的还要重要。所以在我上路之前,你有什么想法,你能直说吗?能让我自己决定这是否疯狂吗?我没多久就要开走了,而你不会再见到我,所以我实在不觉得你会有什么损失。"

"我估计明天能把这活儿干完,不过可能要到晚一点了,晚上七八点的样子,也许会更晚。如果是那样的话,你能明天晚上再开车离开这儿吗？或者再睡一晚，礼拜一早上再走？"

"不管是什么事，超过七点的话我可能会再睡一晚的。"

"那么，好的。"

"确切地说，什么事好的？"

"好的，从现在到礼拜一早上，我会让你知道我都在想些什么的。那样你就可以当面嘲笑我，管我叫傻子，然后摇着头开车离开。"

奥古斯特伸出了右手。修理师过了一会儿才注意到。不过，当他终于注意到后，他们为此握手成交。

奥古斯特没有去空地上把伍迪要回来，因为没有理由这么做。一直到 11 点 45 分，男孩们才把狗带回来。

奥古斯特打开后门，伍迪便跳了进来，转了两圈，然后跃到凉凉的厨房地板上，它的舌头伸到地板上，腹部起伏着。

"你们把我的狗累坏了。"奥古斯特说。不过，当他看见塞思眼里的恐慌后，马上开始弥补自己的过失。"开个玩笑，看到它玩得这么累很棒。也许我们可以让它休息一会儿再叫它玩把戏。"

"我们得去吃午饭了，"塞思说道，"我爸爸每天大约中午 12 点的时候收工。我们要进去和他一起吃饭，亨利和我。然后我们会回来看它玩把戏。如果你认为那样可以的话。"

"我确定那样可以。"奥古斯特说。

当奥古斯特再次看向时钟时，已经两点半了，而男孩们还没回来。他向窗外看去，看看自己能看到些什么。

塞思在外面，拿着一只老式的木制网球拍，在修理间旁边来回打着球。他像是有怨恨要宣泄，那只球就是他怨恨的来由，而那球拍就是他的义愤。没有看见亨利。

奥古斯特试着回到他的阅读上来，但他无法将注意力集中在书本上。他从车子后门走出去，伍迪则以异常安静的步速跟在后面。

塞思一看到奥古斯特过来，便转过头去，移开了视线，又开始击打那只网球。击打着它。击打着它。这地方的氛围变了。有些事情变了。奥古斯特不明白为什么，但也不去想为什么。

"亨利在哪儿？"奥古斯特说。

"里面。"

塞思在回答的时候丢了球。奥古斯特以为他会去追球，但是他没有。他只是扔下旧球拍，转身，一下子坐下来，背对着修理间。伍迪摇摆着向他走去，把爪子放在塞思的肩上。它嗅着男孩的脸，仿佛在找它丢了的什么东西。塞思用手臂环绕着小狗，把它围在里面，让它紧靠自己的胸口，拥抱着它。

奥古斯特坐到他们旁边，向后倾斜。他们坐的地方正对着正午大大的太阳，因此奥古斯特知道自己不会在那儿呆太久。塞思就住在这炎热的峡谷里，他一定已经习惯了。

他们沉默地坐了一会儿。奥古斯特没法判断坐了多久。

"你没来看小狗玩把戏。"最后他说道。

塞思说："也许改天吧。"

接着是更久的沉默。奥古斯特不想直接问是哪里不对，因为他觉得问这个不是他的责任，而且他几乎从没碰到过想要和身边的陌生人聊聊自己的烦恼和失望的年轻人。

塞思看着他开了口。

"你要去哪里旅行？"

"各种地方都去。主要是去国家公园，宰恩国家公园和布莱斯峡谷国家公园。盐湖城。最重要的目的地原来是黄石,但是因为汽车意外故障的费用和种种事情,我去不了了。回去的路上我想去东部看看拱门和峡谷地。或者埃斯卡兰特和圆顶礁。又或者谢伊峡谷。取决于我的时间,我喜欢事情松散一点。这是我一年中唯一外出的时间。"

"这是趟很棒的旅行。"

"我希望如此。还没怎么开始,我希望可以从这里开始。"

"你有孩子吗?"

奥古斯特尽可能轻地叹了口气:"我曾有过一个男孩。"

塞思第一次转过头来,直直地看着奥古斯特的侧脸,"你怎么会曾经有一个男孩呢?他不永远是你的男孩吗?还是说你只是想表达他长成了一个成熟的男人?"

"他在一次事故中去世了。"奥古斯特说。他等着疼痛爬上心头,但什么也没发生。

"噢,"塞思说,"我很抱歉。他和我一样大吗?"

"不,他要大一些。当时他十九岁。"

"我很遗憾那样的事情发生。"

"我也是。"

一阵长长的沉默降临。塞思打破了沉默。

"当你旅行时,你会想念有着孩子们的时光吗?"

就在那时,疼痛又回来了。辐射而下,与其说是割开的痛,不如说是灼烧的痛——一种恼人的、嗡嗡作响的灼烧之痛。*所以你又来了*,奥古斯特默默地对它说,*我一直纳闷你何时再来*。

塞思的问题中有些不对的地方让他感到不安,而这疼痛使他分心了一些。奥古斯特说了他有过一个孩子,一个男孩,而不是孩子们。更甚的是,他感觉到塞思似乎想要将莫大的重点掩饰在小小的谈话里。

"不管我做什么我都会想念他,"奥古斯特说,"不曾停止。"

然后两人都沉默了一会儿,而奥古斯特到达了他坐在烈日下的极限。他把重心移到双脚上,往修理厂开着的入口走去,他在躲进阴凉处之前,越过肩头回头看了一眼,伍迪选择暂时和塞思待在一起。

他发现韦斯正在引擎盖下工作,带着塞思击打网球时一样的那股力量。

"不管哪里不对,"奥古斯特说,"请不要发泄到我的引擎上。"

修理师探出头来,挺直全身,看着奥古斯特的眼睛,但只是短短地看了一眼。"那是什么意思?"他从口袋里扯出一包香烟,摇了一支出来。

"只是,打个比方,今天早上一切看起来还都很阳光很明朗,而现在,就像是在我们吃午饭的时候,有一大块深色的暴风云压在了这块地方。"

韦斯许久没有回答。相反,他拿出一只废旧的淡蓝色打火机,点燃了香烟,猛地吸了一口。一块烟雾悬在头上。天很热,空气不曾流动,一点都没动过。

"没法一直告诉孩子们他们想听的东西,"韦斯最后说道,"有时你不得不说出坏消息。"

"那没错,我觉得。"奥古斯特和往常一样坐到那堆低低的轮胎上,"跟我讲讲那个想法吧。"

韦斯拿着烟的那只手伸到了他的脸上。但是,他的手没有放在嘴上,而是落到眼睛上,在那儿停了好一会儿。

"你会觉得我疯了。"韦斯说。

"这你已经讲过了。不过你说吧,让我来思考我想要什么。我认为是时候开诚布公了,不管那是什么。"

韦斯叹了口气,蹲在脚后跟上,这让他和坐着的奥古斯特差不多高。

"我是这么想的。"韦斯说,"我可以百分百免费给你做这次维修,让你能够去黄石。我甚至会支付一些零件的费用,我甚至会将你给我的拖车费从我口袋里拿出来还给你,然后你就能开始你的旅行。你所有的损失不过是三天时间,而就像你说的,你有大把的时间。那么你就能去做你说的对你重要的事情了。"

奥古斯特稍微等了一会儿,看看韦斯是否还要继续说下去,而他没有。

"是啊。那能让我顺利地去那里。不过这留下了一个疑问,为什么你要为我做这些?等一下,让我表述得再直接一些,如果你为我做了所有这些,你希望我为你做什么作为回报呢?"

韦斯又吸了一口烟,然后呼出了一连串完美的烟圈,它们在飘过液压千斤顶的时候变弯,然后消失了。他看起来似乎不打算回答。

"你早晚要回答我,韦斯,请接着已经说出的话说完它。"

"带上我的孩子们。"

在紧随而来的沉默中,奥古斯特想,是啊,你是对的。我觉得你疯了。但是他只是说:"整个夏天吗?"

"是的。你会在学校开学前回来的,对吧?到时你可以开到我这儿让他们下车。与此同时他们能看看世界,一些国家公园。间歇泉,他们可以去黄石看看间歇泉。你知道这两个男孩长到现在都看过些什么吗?什么都没有。有也只是这里方圆五十里左右以内的东西,让我们面对现实吧,那就是什么都没有。"

奥古斯特深呼吸了两三次。"他们不想和一个陌生人去看这些地方。他们想和你去。"

"我没打算去,你去。"

"即使这样。他们会等你的。他们想在家这里和父亲一起度过夏天。他们会等一段时间,直到你能和他们一起旅行。他们想和你在一起。"

"好吧,事情是这样的。在接下来大约九十天内,他们不会和我在一起的。现在你会发现我的疯狂不是与生俱来的,不如说是走投无路,你懂的,我没有选择。接下来的九十天,我要去监狱。"

"我没明白。"

"这有什么不能明白的?我被判了九十天的刑期。"

"那你怎么可能在这儿呢?我以为,当他们给你下了审判后,就会给你戴上手铐,把你拖出法庭。"他一方面非常想问:"到底因为什么而被判九十天?"但是他没问。这真的不关他的事,而且,另一方面他也并不想知道。

"嗯,如果他们想的话也可以这么做,法官能做许多他想做的事情。问题是,我有两个孩子,所以我告诉法官,我需要几天时间来安顿他们。你懂的,要安排什么人去照顾他们。有点蠢,因为我没什么家人,而对于我所拥有的那些家人,我知道他们会说不的。上一次他们就拒绝了,我不认为这一次就会变得更好。我只是觉得如果我有点儿时间,也许我就能找到解决问题的办法。所以法官让我一直待到周一早上。周一早上我必须自己去监狱,否则他们会来押送我去那里。"

"如果你找不到解决问题的办法,孩子们要去哪里呢?"

"县上会带他们走。"

"他们上次去了哪儿?"

"县上带他们走的。"

"哦,好吧,那也不坏,是吧?那不是世界末日。"

韦斯哼了一声,烟从他的鼻子里喷了出来。"对你来说不是。但我觉得对他们来说不是很好。自从我把他们带回来以后,亨利没说过一句话。我想他会和他哥哥说话,我也没证实过,只是怀疑。"

一阵长长的停顿。奥古斯特好好地利用这停顿的当口酝酿着拒绝的最佳方式。

"我会多给你一些现金作为他们的饭钱,"韦斯说,"他们是好孩子。这点你可以亲眼看到。你自己也这么说过。亨利一句话也不会说,塞思很喜欢说话,但你叫他止住的话他就会止住。他会做一切你让他做的事情,他还可以照顾他的弟弟,他足够大了。他们不像婴儿,你不必每秒都盯着他们。"

"韦斯——"

"不,不要回答我,拜托,先不要回答我。睡完觉再决定吧。你有两个晚上的时间可以考虑,今晚和明晚,除非我提前完工。考虑两个晚上吧,不要什么都不想就做决定。他们不会太麻烦你的,他们是好孩子。"

在最后一句话的时候,奥古斯特清楚地看到修理师的下嘴唇颤抖了。

"好的,我睡完觉再决定。"然后我会说不,奥古斯特在脑海中加了一句。

"谢谢你。"

一阵漫长而紧张的沉默降临了。奥古斯特不怎么喜欢它,所以他更加努力驱散这沉默。

"他们知道你要去监狱吗?"然而在修理师来得及回答之前,奥古斯特就知道了。"不,没事,你甚至不必告诉我。他们在午饭前还不知道,现在他们知道了。"

韦斯沉默地抽着烟。

"他们知道你打算叫我带上他们吗?"然后他又明白了,他想起塞思问他打算去哪里,是否想念孩子们在身边。"算了,我想我也知道了那个问题的答案。他们对此怎么看,和一个陌生人出去三个月?"

"事情是这样的,"韦斯说,"在另外一个地方也有陌生人。"

"没错。"奥古斯特说,然后他又陷入了自己混乱的思绪中,"听着,"过了一会儿他说道,"我知道你一直力所能及地做一个好父亲。但是你甚至都不认识我,你甚至都不知道能不能把孩子托付给我。"

"在县上我也不认识任何一个可以托付孩子的人。"

奥古斯特没有作答,因为他想不出理由了。他觉得自己的答案仍然是否定的,但是对于为什么必须拒绝,他找不到符合逻辑的理由了。他不打算做这件事,因为他不想做这件事,因为这感觉很奇怪,因为这打乱了他一直坚持的生活习惯。他已经想不到合理的理由去拒绝了。

当他抬头看时,韦斯正直直地盯着他的双眼,好像在衡量着什么。

"把孩子交给你,我能信赖你吗?"

"你能。"奥古斯特轻声说道。

"是啊,"韦斯说,"我就是这么想的。"

然后他起身,掐灭了烟,又回去工作了。

第三章
新交易

大约在太阳快下山的时候,奥古斯特又走进了修理间。韦斯正躺在修车躺板上,一半身体在引擎下面。他没法把车子放到升降机上,因为它太高太重了,而店里的天花板又不够高。

韦斯没有把头伸出来。

"整个下午都没看见你的孩子们。"奥古斯特说。

一开始韦斯什么也没说,好像奥古斯特没说过话一样。

然后韦斯说:"我告诉他们离你远一点。"

"你为什么要这么做?"

"不想让你觉得我手段卑鄙,好像要让他们到处跟着你,然后用他们那大大的棕色眼睛看着你。我说给这个人一点思考的时间。"韦斯仍然没有从车子下面抽身出来,声音只是透了出来。"而且……如果你要说不的话,我不想让他们在你脸上看到这点。"

"懂了。"奥古斯特说。

当他走回车子后门时,他想,是啊,如果不想让他们嗅到拒绝的信息,就让他们离得远一点。

距离午夜二十分钟时,一阵敲门声将奥古斯特从睡梦中吵醒。伍迪发疯了,发出一连串吵闹声,不是零星几声吠叫,而是一声长长的尖叫。

奥古斯特擦着眼睛,跌跌撞撞地走到门口。伍迪跟在他后面,近得足以用鼻子撞到奥古斯特的腿,一阵隆隆轰响的咆哮从它喉咙里跑了出来。

"谁啊?"他叫道。

"我是韦斯。"

奥古斯特叹了口气,打开了门,而伍迪就在旁边,靠在自己腿上,微微地摇着尾巴。

"抱歉,"韦斯说,"抱歉把你吵醒了。也许我不该叫醒你,我让你睡好觉再决定的。可是我重新想了一下各种事情,然后想到了一项全新的交易。所以你现在考虑的事情已经不作数了。所以,我能告诉你这个新建议,然后你再好好考虑一夜吗?"

奥古斯特在昏暗中看着修理师的脸。他的头发乱得很滑稽。在韦斯想到新的交易时,他显然自己也在床上。奥古斯特朝韦斯的头上方看去,看到接近满月的月亮悬在基本无人居住的土地之上,然后想到,他是对的,这里什么也没有,那些男孩什么都没见过,因为这里没什么东西能看。

"嗯,现在我醒了。所以我猜你也一样清醒。"

"我会帮你维修的,不管怎样,没有附加条件。我就是这么决定的。知道我为什么这样做吗?因为你需要,我看到了你的需要,一个人对于另一个人的需要,而我们都是人,所以我打算伸出援手帮你解决困境。因为我做得到。如果那能让你开心,因而转过来帮助我解决困境的话,我将非常感激你。但是不管你是否这么做,等我完工后你都可以不用付钱离开这里。没有收费。所以,祝贺你,你将去往黄石。"

奥古斯特眨了几次眼睛，他非常清楚地意识到自己在眨眼。他听到了蟋蟀的声音。从他孩童时期起，就再也没听过蟋蟀叫。至少他不记得。然后他突然想到，它们肯定一直都在那儿，只是他没记住自己听过它们。这似乎很奇怪，他曾对那声音毫无察觉，而现在又那么清楚地意识到了。

"我不知道要说什么。"

"什么都别说，睡一觉再决定吧。"

说完这句，韦斯就走了，从修理店角落走向了某些隐藏在那儿的居民区。在满月明亮的光线下，奥古斯特看得到被修理师的鞋子踢起的小块干燥灰尘。他关上门，低头看着他的狗。

"很奇怪，"他说道，伍迪则迷惑地看了他一眼，仿佛它应该要帮奥古斯特弄明白似的，"我不知道我应该怎么做。"

伍迪微微转了下头，留下奥古斯特去解决事情。

"你明白那只是让拒绝变得更难。"

他在床的边缘坐下，用一只手托住额头，试着弄清楚，这新增的压力感是否是故意被加到他身上的，又或者这提议完全是一种利他的行为，而负罪感只是种副作用。他甚至无法稍微将二者区分开来，所以他又去睡觉了。

终于。

奥古斯特起得比他打算的要晚。他醒来后，快速地穿好衣服，开始一个个拉起百叶窗。他从驾驶座那边、餐桌上方的窗户开始。修理师的脑袋出现在窗户外不过几英寸的地方，他正盯着奥古斯特。奥古斯特向后跳了一下，发出一声轻轻的叫声，然后又立刻为自己的动作感到尴尬。伍迪叫了一声，非常尖利。

"抱歉，"韦斯说，"没打算吓唬你。但是我看到你已经醒了，因为当你在里面走来走去时，车子微微动了一下。你起得很晚，你知道现在已经十点多了吗？"

"噢。我不知道，不过我知道现在晚得出奇。我一般不会睡那么久，但是我昨天晚上没睡多长时间。"

"是的。抱歉，我的错，我明白。不管怎样……我只是有些消息，一直等着要告诉你。我的进度提前了，大概今天下午早些时候会完工。呃，不是特别早，不过也许是三点，而非六点。我觉得应该告诉你。"

奥古斯特探身向前，双手压到餐桌上，因为双手垂在两边站在那里，还隔着窗户和人讲话，感觉太奇怪太尴尬了。

"那么你是怎么节省下来今天早上的三个小时的呢？"

"呃，"韦斯说，然后挠了挠头，好像这对他自己而言这也是个谜，"确切地说我没有，不如说我一直会多空出一些时间。因为似乎某些东西总是会出问题。我拆什么东西的时候，螺钉掉下来了。或者我马上要用剪刀，而我得把它拖出来等等。又或者我在拆东西，而要做的比我以为的要多。但是现在我把它们都弄在一起了，没有什么再有问题了，而且也没什么能再出问题了。所以我觉得我得让你知道。因为我发现……如果我能在三点前帮你修好的话，你今天就会上路。"长长的停顿，"对吧？"

"也许是吧。"奥古斯特说道，他意识到了潜台词，但没有挑明。

"然后你就会……你知道的。准备好，一切就绪。然后……就像那样。"

"对，"奥古斯特说，"是的。"

"开着它出去试一下车吧。"两点半多一点时韦斯说道。

三天来奥古斯特第一次爬进驾驶座。伍迪跳上它的狗窝，位于驾驶座和副驾驶座之间的地板上。和往常一样。当奥古斯特开车的时候，它若是在房车驾驶室后面的车厢里，它就感觉是被抛弃了。

奥古斯特启动了引擎。他有点不安，但是引擎发动得很好，顺利又安静。他透过挡风玻璃看向韦斯。修理师给他竖了个大拇指，他脸上的战战兢兢和需要感让奥古斯特揪起心来。奥古斯特再次扭头看向别处，并且挂上倒挡。他把脚放到油门上。就在他驶到车库门前的时候，他向外瞥了一眼，看到了男孩们。

他们背靠车库，坐在炎热的太阳底下。他们的头发是新梳好的，几乎太干净太完美了，以至于不像真的。他们干净的白衬衣下摆都收在短裤里。两个第一次，奥古斯特想。他们的衬衫第一次那么干净，也是第一次下摆都收在里面。然后再一次，要让衬衫抽出来，你必须得移动。而两个男孩没有动。

每个男孩身边都放了一只小小的旧旧的硬皮行李箱。一只是墨绿色的，另一只是破旧不堪的棕黄色，上面有一条竖直的褐红条纹。奥古斯特很快看向别处，因为这情景太叫人伤心了。

当他将车停在车库门口时，男孩们没有动过。韦斯没有动过。就好像因为奥古斯特没有做出——或者至少说宣布一个清晰的决定，使他们陷入了静止的状态。

奥古斯特松开挡位，脚踩住刹车。韦斯趴到地上，往车子下方看了好一会儿。奥古斯特猜他在检查是否漏油。奥古斯特鼓起勇气又看了男孩们一眼。他们让他想起了战争期间只身站在火车站台的孩子，等待着可能经过的陌生人也许会把他们载到安全地带。虽然他们的父母无法离开，他们仍然希望得到援救。并不是说他曾亲眼目睹这样的场景，但仍然会这么想。

亨利扭过头看向远处，当他这么做时，他那梳得很完美的头发有一撮掉了出来，垂到他的额头上，显出一丝叛逆。奥古斯特看着的时候，塞思从他的短裤口袋里掏出一把黑色梳子，靠近他的弟弟，把那撮偏离正路的头发梳回原处。

奥古斯特的心碎了，清楚而干脆，而现在他得去让他们心碎了。

他心中升起一股强烈的抗拒感。这让他感到生气。置身于这样的处境让他感觉很不公平。然后他想起自己所得到的回报。他告诉自己，告诉他们坏消息是他要为黄石之行以及三天来昂贵的维修工作所不得不付的代价。事实是，要付出的代价并不小。也许它应该很小，但并不是。或者至少这代价感觉并不小。

他打开门走下来，让引擎继续运转。他绕过车后方——绕了很长一段路——来避开韦斯。不出所料，男孩们抬起眼睛看着他，就和他们的父亲让他们暂时不要做的那样。因为这不公平。这实在太不公平了。

"看起来你们俩肯定知道马上要出远门了。"他说道，希望能让这件事变得轻松一点。

"我们的父亲让我们做好一切准备，"塞思说，"以防万一。他说那样的话如果你答应，我们就不会让你等了。但他说他认为你不会答应。"

亨利把眼睛挪向地面，他的那撮头发又垂到了额头上。塞思抽动了一下，但没有移动，好像他本来打算去帮他弄头发，但又改变了主意。奥古斯特能感受到这给他带来的压力。他看到塞思无法将视线从他弟弟的额头上挪开,无法将注意力从这一不完美上转移开,他显然认为这是他的责任。

奥古斯特听到一声轻微的呜咽,转头看见伍迪在副驾驶座内,前爪搭在窗户上,渴望到两个男孩身边。

"事情是这样的。"奥古斯特说。

然后他沉默了一会儿,以后他会不断地在脑海中温习这一幕,回想他的这个决定和什么时候下了这样的决定。两个男孩都用那样的眼睛看向他的脸,那些让他感到不公平的棕色的眼睛。他们一个字也没说,他们在等。

"在车子里有一些抽屉,"奥古斯特最后说道,"还有一些橱柜。橱柜很高,但是亨利站到沙发上可以够到它们,只要他先把他的脏鞋子脱下来。我会清理出一个抽屉给你们俩共用,还会给你们一人一个柜子。然后,你们把东西放进去之后就不要带行李箱了。因为它们只会挡路。房车里面的空间对于三个人和一条狗来说会太小的,即使狗很小。不管怎样,我们得尽力,才能在一起生活。"

然后他打住了,沉默回想着,似乎持续了漫长的时间。

塞思打破了沉默。

"爸爸!"他尖叫起来,声音响得能把奥古斯特靠近塞思的那只耳朵给震破。"爸爸!你猜怎么着?他答应了!"

然后奥古斯特想,哦,我的天。我说了吗?我说了好?我到底是为什么这么做?我怎么能不先和自己商量一下就说出像那样的话?

然后他意识到,这些废话不管怎样都没用了。太晚了,已经收不回了。木已成舟。

"我在写我的手机号码。"奥古斯特说。

他和韦斯正站在小办公室里，修理结束后你能在这儿与修理厂主碰面，一般情况下会结清费用。这个一般情况肯定不包括你可以就暑期结束时送回他的孩子一事与他交换意见。

奥古斯特回头透过办公室大开的门看了一眼。塞思系好安全带坐在车子的副驾驶座上，亨利则站在座位之间，两只手分别伸向两个座位。两个人都透过挡风玻璃盯着大人。他们的热情似乎很快就消失了，显露出隐藏着的各种迟疑。

"谢谢，"韦斯说，"我看了下县监狱的号码，把它写了下来，给塞思了。我还给了他们一些钱，这样他们就能使用公用电话了。我每周可以打三次电话，星期一、星期三和星期五。只要在固定时间以内就行了，我把时间写下来了。"

"你能接电话？我以为犯人接不了电话。"

韦斯在听到"犯人"这个词时，眉头似乎皱了一下。"规定是，只有在紧急情况下或是经过特殊允许才能接电话。我得到了允许，因为我是这两个孩子唯一的监护人，而且我知道他们不可能来探望我，不管怎样。"

"噢，"奥古斯特说，"好吧，塞思可以用我的手机打电话。我手机通话时间足够。"

"好。谢谢。"

奥古斯特仔细地看着修理师的脸，看他的眼睛、他的心情、他的反应。因为他想看看，一个男人对于把自己的孩子送走，让他们和一个陌生人共度夏天是怎样的感觉。但韦斯要么没有什么情绪，要么更有可能的是，他不想把这些感觉表现出来。

"没问题。这花不了我什么钱。我们会每周打三次电话的。"

"好的。那就好，那会帮上大忙。帮了他们，也帮了我。嘿，希望你不要介意，我把你的车牌号写下来了，我想你可以把你的全名和地址写到这张纸上。只是……如果当局问我把我的孩子送到了哪里……你知道……如果我不专门了解一下的话，听起来不太好。我的意思是，我该说什么？'嗯，一个男人开车带走了他们，但那个男的看起来不错，也说过他之后会把他们带回来。'我的意思是说，我只是没法跟别人说，我把我的孩子交给了一个我完全不认识的人手上。"

修理师说完脸上露出苦涩的笑容，然后他哼了一声，听起来像笑声，轻蔑的笑声。然后他的脸色突然变了。他的双眼睁大，向下坐到办公椅上，一只手放在自己胸口，好像呼吸困难。

"嘿，"奥古斯特说，"韦斯，你没事吧？"

一开始韦斯只是看向他，眼睛仍然现出许多眼白来。他双目木然，然后说："这就是我在做的事情吗？我的上帝。这就是我在做的，是吗？我在把我的孩子交到这个我甚至都不认识的人手上。"

奥古斯特探身越过桌子，牢牢地抓住韦斯的双肩。"看着我。"他说。一开始没用，所以他又试了一次。"韦斯。看着我。"这一次对上了韦斯惊慌的双眼。"我会好好照顾那两个孩子的，而且我们每周会给你打三次电话。他们会看到一些令人惊叹的东西，去一些他们意料之外的地方。我会在九月把他们带回来。如果你想知道他们过得怎样，我就在手机的另一端。"

"我只能打让对方付费的电话。"

"如果你需要的话就这么做吧，如果你觉得事情很重要的话。"

"我给你点钱给他们买吃的吧。"

韦斯取出他的钱包，把里面的每一张纸币都掏了出来。奥古斯特收了钱，没有看，没有数，也没有评论。

"谢谢你，真的，谢谢你，奥古斯特。我是说真的。我知道你人不错。我知道我找你没有错。我不知道为什么我会怀疑这一点。我只是……"

"爱那两个男孩?"

韦斯开始哭泣,不是大大方方地哭,而像是在抽泣。他的哭是沉默的,显然在克制,但是奥古斯特清楚地看到他的眼泪涌下来溢到脸上。

"他们是我的全部生命,"他说道,一边用一只手的手背用力擦着眼睛,"我的全世界。你懂吗?"

"我懂。"奥古斯特说。

"你介意我一个人到车子里去和他们告别吗?"

"去吧。"

事实上,奥古斯特甚至都没有透过挡风玻璃去看他们。他觉得这一刻完全是他们的,那就让他们拥有这一刻。

"我爸爸还好吗?"当他们驶向那条将他们带回高速公路的小路时,塞思问道。

"相当好。"

"他看起来像是心脏病发作还是什么的。"

"不,不是那样。我想他只是感到害怕,因为他要我带走你们。"

"但是你人不错,不是吗?"

"是的,我也这么提醒了他,然后他感觉好点儿了。他只是太爱你们两个了。"

塞思笑了,但那是悲伤而茫然的淡淡微笑。

奥古斯特从后视镜里看向亨利,他正坐在沙发上,听从指示系着他的安全带。伍迪也坐着,前脚搭在亨利膝盖上,后脚在沙发上。亨利用一只手轻抚着小狗,一边还在哭,还用他干净的白色衬衣袖子擦鼻子。

"我不记得你的名字,"塞思说,"我记得狗的名字,但不记得你的。"

"奥古斯特。①"

"像那个月份一样吗?"

"是的,就像那个月份。"

"奥古斯特先生?"

"不,只要叫奥古斯特就好。这是我的名字。"

"噢,我之前从没认识过以月份来命名的人。"

"认识过名叫阿普丽尔的女孩儿吗?或者梅?或者琼?②"

"唔,让我想想。不,真的不认识,但我猜我听说过类似这样的名字。但我从没听说过有男人以月份命名。那么我叫你什么?"

"奥古斯特。"

"你确定那样没有不礼貌吗?我爸爸说要尊重别人。"

"以名字来称呼一个大人也许是不太礼貌,如果他们没有让你这么叫的话,而且你不知道他们对此作何感想。但是如果一个大人说'叫我奥古斯特吧',那么你就可以这么做。"

"而且那样就没有不礼貌。"

"对。"

"我讲得太多了,是吧?"

"嗯,这个我不知道。对谁来说讲得太多了?"

---

① 奥古斯特,英文为August,意为"八月"。原文无注,所有注释为译者所加。
② 阿普丽尔,英文为April,意为"四月";梅,英文为May,意为"五月";琼,英文为June,意为"六月"。

"我爸爸说我不该讲太多话。"

"但是你怎么知道什么算太多呢?"

"我问了他一模一样的问题,他说如果我和往常一样讲话,那就是太多了。"

奥古斯特笑了,这让塞思感到惊讶,他似乎不理解哪里有趣。

"告诉你吧,"奥古斯特说,"如果我觉得那太多了,我会说的。比如'安静一会儿怎么样?'如果我没那样说,那就不算太多。"

"当然,好的。"塞思说。

然后他在加州境内剩下的路程上都死一般地安静。

第四章
会　议

"内华达州州界线,"奥古斯特说道,"两英里。"

塞思抬起头来。"亨利!你听到了吗?"他伸长脖子扭头去看他的弟弟。

奥古斯特瞥了一眼后视镜。亨利正挣扎着醒来,伍迪仍然一半身子在他膝盖上。

"亨利!听着!一个全新的州!内华达!我们以前从没来过内华达。你得醒了,你得看看这个。"

"真的从没去过内华达吗?"奥古斯特问道。

"从来没有。"

"离你们住的地方不是很远。"

"真的吗?看上去很远。不管怎样,我们从没去过。"

"除了加州你们去过哪些州?"

"一个都没有。我们能停下吗?"

"停下?我不太明白你的意思,停在那儿?"

"内华达。"

"呃……塞思……我们会经过内华达一段时间,我们会停下很多次。"

"但我指的是我们第一次来这儿的时候,我想看看这儿是否不一样。"

"没有很大不同。州界线往这儿一英里和州界线往那儿一英里差不多。"

"噢,"塞思说,"好吧。"他的失望很明显,让人心碎。"想在哪里停、哪里不停取决于你,那挺好,而且你可能是对的。我只是想自己去感受。"

"我感觉它不一样,"塞思说道,"我甚至并不能说出如何不同,可就是不一样。"

他站到高速公路休息站的边上。他们离州界线的标志很近,近到能读出上面的字来。奥古斯特抓住伍迪的绳索,伍迪挣着绳索往更好闻的地方去,让他的半个身子离开了原地。伍迪要找个地方撒尿。

"我同意。"奥古斯特说。

他低头看向亨利,亨利正紧紧地蜷缩在他哥哥旁边。"你怎么看,亨利?内华达是不是不一样?"

亨利很快扭过脸去。

"你有相机吗?"塞思问道,"如果我请你给这个标志拍张照,你会不会发火?那个显示我们在内华达的标志?"

"塞思,不管你问我什么我都不会发火。我也许会答应,也许会拒绝,但我不会因为你问我就对你发火。我会帮你给这个标志拍照,只是我们现在站错了边了。"

"不,我们站的这一边正完美,奥古斯特。"

"但你想看见的是写着'欢迎来到内华达'的标志,或者随便什么别的表达方式。从这个方向你会看到'欢迎来到加利福尼亚'以及'内华达让你小心驾驶,尽快回来'。"

"不,这是对的,就这样。因为如果标志上显示我们只是在驶入内华达,那么我们就是还没有在内华达。但如果是内华达让你小心驾驶,那么我们就是在那里了。"

"那逻辑确实很合理,"奥古斯特说道,"来,抓住伍迪的绳子。"

他往后走了几步,回到了房车边,解开驾驶侧的门锁,打开门,然后从门内侧的地图袋里拿出了他的相机。然后他朝着标牌对好角度,拉近镜头,拍下一张照片。即使他来过很多次内华达。

"谢谢,"塞思说,"我想要留作纪念。"

"不用谢。你们俩饿吗?"

"我饿了。"塞思说。他倾身在他弟弟的耳朵边说悄悄话。虽然奥古斯特看不见也听不见任何回应,塞思马上补充道:"是的,我们饿了。谢谢你询问我们。"

亨利没有回答。

他们在休息站一片树荫下的野餐桌上吃了饭,那儿让每个人都能在外面多呆一会儿。伍迪专注地坐在亨利和塞思之间的草地上,脑袋转来转去,像是在看一场网球比赛,它显然在期待有一块食物掉下来,或是递给它。

"这三明治不错,"塞思说,"谢谢你,奥古斯特。亨利,这三明治是不是不错?"

亨利几乎无法察觉地点了点头。

"看,这就是亨利说谢谢的方式。"

"听着,塞思,你是个非常礼貌的男孩,而且我很欣赏你这一点。但是，真的……我给你们吃东西差不多是应该的。如果我没打算好好照顾你们的话，我不会带你们一起上路的。"

塞思点了点头，看上去有点像是被惩罚了一样。

他们沉默地吃了一会儿。

然后塞思问："你是不是讨厌这样？"

奥古斯特猛地抬起头来，但是男孩没想和他对视。

"我……什么？我讨厌什么？"

"这样，你知道的，不得不带着我们。我知道你并不真的想这样。"

"我不讨厌带着你们，不。"

"谁会想要别人的孩子陪着他一整个夏天呢？我认识的人里面没有人想这样。"

"如果我讨厌这个主意，我不会同意的。"

"真的吗？"

"对，真的。"

"但你不完全喜欢这个主意，我猜。"

"也许咱们可以安静一会儿。"奥古斯特说。

而塞思满足了他。

大约沿路开了60英里后，奥古斯特停下来，给油箱加满油。外面很热，所以即使他们吹着空调开车，即使奥古斯特在加油泵边用信用卡付了钱，他还是飞快地钻进便利店去买了三瓶苏打水。当他在收银机那儿排队时，他注意到柜台货架上有一次性相机出售。于是他拿下两个，检查了一下，以确定他能用每个相机拍36张照片，然后把它们滑过柜台，和冷饮放在一起。

一个面带倦容的少年给他结了账，把所有东西放进纸袋给了他。奥古斯特带着纸袋回到酷暑中，打开驾驶侧的门，把袋子放到位子上，然后去清洗挡风玻璃。他踩上前面的保险杠，以便能够到整个挡风玻璃。他换下喷气嘴，收下加油站的发票，然后爬回驾驶座，把袋子挪走，然后他才能坐下。

他拿出一瓶冷苏打水，然后把袋子递给了塞思。

"这是给你和你弟弟的。"他说。

塞思往里看去，却很担心的样子，好像奥古斯特会带给他一袋子的蛇。

"不过，只是苏打水，对吧？"

"不，那里面每样东西都是给你和亨利的。"

"你给我们买了相机？"

"只是便宜的一次性相机。"

"我从来都没拥有过相机，不管哪种都没有。"

"我想如果你们能自己决定想要记录什么，也许会很好。把你的安全带重新系好，我们又要开车上路了。"

"好的。"塞思说道，然后系上了安全带。

奥古斯特回头看向亨利，却看到他从没把安全带松开过。

"这可以拍几张照片？"塞思问道。

"每台可以拍 36 张。不过等我们回去的时候，你可以拷贝我所有的照片。只是，如果有什么像内华达标志那样我认为不用拍，但你们却出于某些原因认为很重要的东西，你们可以用自己的相机拍照。"

沉默。

奥古斯特开出了加油站，重新进入车道，向高速公路匝道驶去。当他正要开上匝道时，塞思开口了。

"我可以为此而谢谢你,对吧?"

"你可以因为任何你想到的东西说谢谢。不过我知道你的意思,照相机是比食物要贵一点,那么……不客气。"

在他眼角的余光里,奥古斯特看到塞思打开相机外的小盒子,然后撕开装着相机的铝箔纸。塞思仔细地看了一分钟硬纸套筒上印刷的说明书。

"给你,亨利,"塞思说,"我会把这个给你用。你就照这样做。像这样转动这个,直到它停下。然后你按这个按钮来拍照。然后你转动这个,直到它再次停下,这样你就可以拍下一张照片了。"

他在座位后面尽力伸手递出相机,然后亨利向前倾,伸出手去接住它。这使他身体压到了伍迪的头上,但是伍迪没有动,看起来它也不介意。事实上,它没醒。

奥古斯特在后视镜里看着亨利认真地转动着相机,把它笔直往下对准在他膝盖上睡着的小狗。奥古斯特听到了快门按钮的咔嚓声。然后亨利转动了两下相机,把它滑进衬衣口袋,转过头,又朝窗外看去。

"塞思,"奥古斯特说道,轻轻地摇了摇他的肩膀,"嘿,哥们儿。"

那是晚上 7 点 57 分,比男孩们平时睡着的时间要早。但是行驶中的汽车有些特别,而驶过的所有那些令人昏昏欲睡的英里也是如此。

奥古斯特又一次抬头看向那灯火辉煌的大楼窗户。他在街上找到了双排停车位,就在这大楼旁边,非常走运。他只有百分之九十的把握认定这是他要找的大楼,但是这里停着的几辆车足够暗示他的感觉是对的。

塞思动了一下,伸了个懒腰。他向周围看了看,揉了揉眼睛,"我们在哪儿,奥古斯特?"

"不是什么特别的地方。这里绝对不是我们要过夜的地方。我们只是在内华达的一个小镇里,而我想告诉你们,我要离开一个半钟头。"

"你要去哪儿?"塞思问道,听上去有点担忧。

"只是到这个大楼里去,"他说道,并指了一下,"亨利睡得很熟。你能照顾他,对吧?"

"当然,我可以一直照顾亨利,但是……"

"我只是得去参加一个会议。"

"一个会议?但是你在放假。"

"不同类型的会议,不是商务会议。"

"但你不认识这个镇上的任何人,不是吗?"

"这是个有点长的故事,哥们儿,而会议就要开始了。我晚一点告诉你它关于什么,可以吗?"

"好的。"

"我会把车锁好,这样没人能进来,而且伍迪反正也会守卫这个地方。但是如果你们有任何的问题,或是感到害怕,或是觉得有什么不对,只要按喇叭就好。"

"汽车的点火器要一直开着吗?"

"不。不开点火器喇叭也能按响。"

"因为有些喇叭要想按响,点火器必须得开着。"

"这个不用,它连接着电池。这在熊出没的乡村派得上用场,有时在半夜,你必须发出很多噪音来把它们从你的营地赶走。"

"我们会去有熊的地方吗?"塞思问道,试图让人听起来随意,却不怎么成功。

"我们会去有灰熊的地方。"

塞思的眼睛微微睁大,但没有回答。

"但是我们会很小心。我得走了,哥们儿。"

奥古斯特拍了拍伍迪的头,穿过车子走到后门。就在他的手碰到门把手时,塞思又开口了。

"奥古斯特,我真的是你的哥们儿吗?"

"当然,为什么会不是呢?"

"我不知道。我只是不知道这一点。"

"呃……我想我们很快就会成为哥们儿的,所以我提前了一点。"

正当会议干事询问是否有新来的成员时,奥古斯特走进了这温暖又光线柔和的房间。如果有新来的成员,那也许会占用点时间,但是因为没有,所以干事直接转向了来访者们。

奥古斯特找到一个位子,一边坐下一边举起了手。"我的名字叫奥古斯特,我是来自圣地亚哥的一个酒鬼。很抱歉我迟到了。"

长桌前另外有八个人,六个男人两个女人。他们几乎异口同声地说道:"嗨,奥古斯特,欢迎你。"

那就是他们在这样的会议上行事的方式。不管你从哪儿来,甚至不管你现在在哪里,他们是否认识你也无关紧要。在某些非常基本的层面上,甚至你是否曾酗酒也无关紧要,虽然幸运的是,奥古斯特不需要测试这一理论正确与否。你只要出现,你就是受欢迎的。

当奥古斯特度过自己的尴尬时刻,而干事的通知和报告也做完以后,干事提出奥古斯特也许愿意第一个发言,第一个分享他的故事,如果他愿意的话。根据经验,这对一个来访者而言不是非常特别的事情。然而，他还是期望议程的宣读和会议的传统能帮他拖延一点时间，但他显然因为迟到而错过了这些。

他立马对分享故事产生了抗拒感。这里其他的人都在自己的地盘上，他不是。他们有时间来适应这房间和这些人所散发出的能量，他们对此很熟悉，知道如何开始，他没有。他驱散了这种感觉，不管怎样还是开始发言了。

"我的名字叫奥古斯特，我是一个酒鬼。"他又说了一遍。

然后他停顿了一下，而他们则再次向他问好。一般都是这样的流程。

"我就开门见山了，说我在每场会议上都说的话，每一次都会分享的东西。唯一的不同在于天数。到今天为止，我已经戒酒 19 个月零 3 天了。我的戒酒日是在一年前，去年的 11 月 3 日，我 19 岁的儿子去世的日子，从那天起我没有再喝过一杯酒。

"我打算非常坦诚地说，我从未真的认为自己是个无可救药的酒鬼。我喝得很多，也可以说是过量。我从未因此陷入麻烦，但是如果没有什么事阻止了我酗酒的话，也许我最终会遇到麻烦的。我一直认为如果我想戒酒，我就能戒酒，但我无法证明这一点，因为我从没有那么想过。"

这激起了人群的反应。要不是他以这么严肃的基调开始他的故事，现在也许是一片笑声。奥古斯特稍微等待了一下笑声的出现。

"没有人告诉我要戒酒，也许因为我的妻子喝的和我差不多，而我的儿子对我太过尊敬，不敢向我提建议。也许他认为我喝酒还是在某个可以接受的范围之内的，我不知道他想过些什么。我希望他在这里，那样我就会问他。

"一年前的 11 月 3 日，他正和我的妻子一起坐在车里，而她在绿灯亮时启动了车……驶入一个十字路口，但是有人正在闯红灯。你很容易撞到闯红灯的人，我想我们都遇到过。但是通常，你在绿灯时启动车子前都会稍微瞥一眼，以确保道路通畅。你们懂的，这是一种由生存本能而产生的态势感知。然而，那个家伙从侧面径直撞向了车子的副驾驶一侧，我的儿子当场身亡。我的妻子走掉了。好吧，我当时的妻子，我现在的前妻。离开对她而言并不像听起来那么幸运。至少那是我对这个情况的想法。

"我们一直在等待毒理报告。我们大概在一天后听到报告，但感觉像是过了一个月。我一直让她告诉我实情，但她说她当时很清醒，可我觉得她喝醉了。然而报告出来了，她没有醉酒。她也没有被判任何罪，但是在她体内有酒精，她的体内一直有酒精，只是没有超过合法界限。接近界限，但没有超过。"

奥古斯特鼓起勇气看了一眼桌子正对面三个人的脸。他们向前倾着身体，绝对沉默，毫不分神。他把视线挪向了别处。

"我向上帝发誓，如果让她进监狱，我觉得会对她更好。至少那样她可以过段时间再出来。但是当没有人惩罚你时，你就得自己惩罚自己，而且没有释放日期。比起任何管理机构，我们对自己总是更加苛刻。

"时至今日，我也不能确切地说，如果她血液里的酒精度是零，事情也许会变得不一样。可是我觉得会变得不同，而且我猜我将一直那么认为，她的反应本来会更敏捷一些。我们分开了，不是因为我需要惩罚她。不是这样。我不知道我当时需要什么，我甚至不知道我现在需要什么。她还是没有戒酒，我不想为此去评判她，也许换做是我，如果那天是我开车，我也未必能戒酒。我不想去评判她，但也许在某些程度上，我每天都在评判她，不管我是不是想要这样，不管我是不是有意这样。了解正轨是一件事，走上正轨是另一件事。但我从来没打算抛弃她，我从没打算丢下任何东西，可是一切都破碎了。我每天都会看着她，试图弄清楚，如果我是她，我会有怎样的感觉。我无法想象，但是我知道我也不想弄清楚。我明白了，如果一对酒鬼夫妻会在任何时刻、毫无警告地走入这样的生死境地，那么我连一杯酒都不会去喝的，甚至一口都不会。

"这很有趣。嗯……也许在这样的情况下并非真的有趣，但是……我的学校——我教书的地方——的校长失去了她的丈夫，在几个月前。有天吃午饭时我和她坐在一起，而且她知道我儿子没了，所以我们在聊天。最后我问她，她的丈夫发生了什么。你知道的，如果她不介意说的话。我有点震惊，她说的是'他喝了太多的酒了'。她没说到底是什么导致了他的死亡，是不是他的肝脏，或者……我不知道，我也不想强迫她道出细节。但是她说得很明确，他之所以会死，答案就是他喝了太多的酒，而且她看起来对此也并无羞愧。她听起来非常地……理解他，非常容忍他。她说在他的工作中，在他的生活里有很多压力，而喝酒就是他应对压力的办法。

"当然，那个时候，我参加这个项目的时间还只有一年多，然后我说，'我不是想打探，如果你不想的话也可以不说，不过，他有没有试过 AA① 呢？'她看着我，脸上带着一种异常震惊的神情。我发誓，这听起来会像个笑话，但是她就是这么说的。一字不差，她说：'哦，我的天。不，他还没有那么糟糕。'"

奥古斯特停了下来，让大家爆发出反应，也许会是一阵大笑。在 AA，人们向来会对那些外人觉得太过悲伤而高兴不起来的忏悔故事

---

① Alcoholics Anonymous，匿名戒酒会，一个国际性互助戒酒组织，后文会提到这一协会的全称。

爆发出自然的大笑。但是奥古斯特的儿子死了，所以人们以叹气和摇头的方式做出反应。

"不管怎样，"他继续道，"我无法将这事从我脑海中赶走，因为我的妻子也不认为她已经糟糕到要进入 AA 的地步了。至少当我们还在一起时，她不曾这样想过。这不该由我来说，但是有趣的是你能把一些后来被证明是致命的事情当作不需要改进的事情，这很好笑。所以在我接到了关于车祸的电话后，我再也没喝过一杯酒，一口也没有。我不知道你们是否会把我叫做一个真酒鬼。我只知道，我下定决心要戒酒，这就是我坐在这里的全部原因。而且不管我是什么，这足够严重，因为我认定这足够严重，这事我说了算。我也希望你们能尊重这一点，接受我有资格参加这个项目的观点，但我想你们会的，因为我向很多 AA 小组的人讲过不同版本的同一个故事，还没有人不接受过。

"然后……我不知道……现在我只是突然没有精力了。我想我还有些别的要说，但现在它完全飞走了。但我想，其实我说的也已经够多了。我知道那不见得是什么恰当的开场发言。我没有讲到'过去怎样，发生了什么，现在怎么样'这样的东西。我不确定你们在这里有多遵守这一点。我只是觉得说完了，感谢让我第一个说，感谢能在我需要一次这样的会议时可以在这里与会。"

奥古斯特再次坐下，靠在硬硬的木制椅背上，长呼了一口气。整个小组鼓起掌来，这让他猛地一跳。他家乡那里的小组不会为发言者鼓掌。他知道有些小组会这么做，而且他甚至去过一些这么做的小组，但这总是会让他惊讶。

"想要叫谁发言吗，奥古斯特？"小组干事问道。

于是奥古斯特指向桌子对面那些人中的一个，因为他听的时候的表情最让奥古斯特感到自己得到了理解。

那个人说:"我是汤姆。我是个酒鬼。"

然后全组人说:"嗨,汤姆。"

"真的很高兴你今天晚上找到了来这里的路,奥古斯特。一部分是因为你讲了个很棒的故事;一部分是因为这是个该死的小镇子,而很久以来我们听对方的故事已经听得厌倦死了。"

听到这个,奥古斯特的心情明亮起来,而艰难的部分也过去了。然后奥古斯特只是倾听,静静呼吸。

会议结束后,正当奥古斯特努力要挤到门口时,一个女人来找他了。

"你教什么?"她问道,"我自己也是个老师,这是我提问的唯一原因。"

她比奥古斯特大十或十五岁,长着一张和善的脸和一双仍然有一些活力的眼睛,看起来一点也没有精疲力竭或是厌倦的样子。

"多久?"他问道,他想这也许是她的第二职业。

"我当老师多久了?差不多三十年了。"

"哇哦。"他说。但是接下来他不打算细问。

"那么你教什么?几年级?"

"科学,"他说道,"高中。"

"那你儿子去世后你一定很艰难。"

"不。"他说,注意到她脸上奇怪的表情,补充道,"嗯,自从菲利普去世后,每一件事都很艰难。"

"所有那些和他差不多大的孩子,一定会让你感到……"

她的声音变弱后,奥古斯特花了一分钟才意识到她是在等他接下去，而他没能马上意识到，这让他明白自己刚刚分神了，他在念书时的那种分神。

"没什么，"他说，"我感觉没什么。"沉默。奥古斯特想的只是要走出门去，但是相反，他正面回应了她的话。"我教书就像在梦游一样。孩子们在我面前，我教他们并和他们说话，但是他们甚至在我看来都不是三维的，他们甚至不是彩色的，而我毫无感觉。我一直等着有人说他们注意到了我的不同，或者甚至是间接地流露出来也行。那些孩子，其他的老师，没有人注意到过。"

"这种事情你的内心一定更清楚。"

"我猜是的。"他说。

"我不认为那麻木会一直持续下去。"她说道。

"是的，"奥古斯特说，"不幸的是，我想这一点你说得对。"

第五章
手套箱

当奥古斯特睁开眼睛时，天已经亮了。他在房车的折叠沙发椅上睡着了。男孩们则在另一边整理好的餐区里铺着的厚软垫上睡觉。只是塞思并没有在睡，他正半坐着。他拉起了一部分窗帘，朝外面凝视着。

伍迪选择了他们的那一边，他们的床。

奥古斯特坐起身来，伸了个懒腰，然后伍迪便跳上他的床，摇着尾巴向他道早安。它像只猫一样蹭着奥古斯特。

塞思说："这个地方是哪儿，奥古斯特？这儿看起来一点儿也不像露营的地方。"

"这里不是，这只是某个人的私人车道。"

"哪个人？"

"昨晚在我的会议上遇到的一个人。当会议结束的时候，我太累了，没法开很远，所以我问了一些会议上的人，附近是否有野营地，但是并没有我想要的那么近的地方。不过其中一个人邀请我在他的私人车道上停留一晚。"

"噢。"塞思说。他没有再说什么,但是这声"噢"包含了他似乎知道他不能问的问题。

"来吧,"奥古斯特说,"我们起来穿好衣服,让伍迪出去尿尿吧。我会给我们做点早饭,然后我会告诉你那些会议都关于什么。"

"这些煎饼不错。"塞思说道。

"很高兴你喜欢它们。伍迪,下来。"

伍迪刚刚把爪子搭在亨利的膝盖上站了一会儿,现在溜到了后门的角落里。

"听说过 AA 吗?"奥古斯特问塞思。

"那不是你的车在路上抛锚时你叫来拖车的意思吧?因为我爸爸一直管那个叫 3A①。"

"不是。这是匿名戒酒会。"

"是啊,"塞思过了一会儿说道,"我听说过它。这是为那些无法戒酒的人所成立的,是吗?"

"那是形容它的一种好方法。这是为那些想戒酒却不幸无法自己做到的人所设立的。比起只是坐在家里试图运用意志力来戒酒,参加 AA 似乎要有效得多。这不是意志力可以解决的事情,如果你真的是酒鬼的话。"

塞思抬起头看向奥古斯特的脸。"你是酒鬼吗,奥古斯特?"

"我想是的,主要是我下定决心想要戒酒。"

"所以那就是你去那些会议的原因。"

"对。"

---

① AAA,American Automobile Association,美国汽车协会。

"即使你在旅途中。"

"是的，我试着做到定期去参与会议。"

"如果你这个夏天不去开会，你会重新开始喝酒吗？"

"也许不会，这个夏天我应该也不会遭遇什么事故。我也许一生都不会遇到事故，但是我还是会在每次开车时系好安全带。此外，如果我去开会，我会感觉更好。"

"你怎么会不确定自己是不是酒鬼呢？"

"嗯……"奥古斯特回答，瞥了一眼亨利，发现他没有在看他们俩中的任何一个。但是奥古斯特得假设他也在听。很难不去想要了解，像那样的一个小男孩是如何理解这个世界的，他连话都不说。"我不像会议上的某些人那样喝酒，但我喝得已经足以让我想要戒酒了。"

"所以，你怎么知道呢？你怎么知道某个人是不是酒鬼？"

"在这个项目中我们差不多是随便你的，你说你是个酒鬼，那你就是了。"

"但你甚至都不知道你是不是。"

"我说了我是，而且我选择去戒酒，所以我是。"

"噢。"

一阵长长的沉默。亨利迅速地吃完了他的煎饼。塞思多吃了几口，还用几口煎饼蘸了蘸盘子上的糖浆，盘子上留下了一些小小的图案。

"我可以去一次这样的会议吗，奥古斯特？"

奥古斯特在回答之前思考了一分钟，这似乎是个复杂的问题，他没有能马上从脑袋里蹦出来的答案。

"我不确定你会想去，哥们儿，你可能会觉得他们无聊到无可救药。"

"不，我不会的，我真的想去。"

"为什么？"

塞思低头看向他的盘子，然后一下子把两口煎饼塞到嘴里。他没有回答。

"你不喝酒，对吗？"

塞思突然大笑起来，几乎要把他正在咀嚼的那口煎饼喷出来了。"奥古斯特，"他说道，嘴里还塞满东西，"我十二岁。"

"你也不会是第一个十二岁的酗酒者。"

"我不喝酒。"

"那为什么你想去参加会议呢？"

塞思慢慢地咀嚼完毕，若有所思。他努力吞咽着。伍迪摇着尾巴回来坐到了亨利的脚上。它静静地坐着，所以奥古斯特什么也没说。

"你让我告诉你，"塞思说，"只是因为你想知道？还是说如果我告诉你，你就真的会带我去参加会议？"

"这取决于会议的性质。有些是开放性会议，意味着每个人都是受欢迎的。许多会议是不公开的，所以它们只对酗酒者开放。我得找到一个开放会议。我有一张沿路会举行的会议的清单，但是我没写下它们是开放还是封闭的，因为我没想过我需要知道。"

"我还是不知道那意味着同意还是不同意。"

"我可以问一下。下次我去开会的时候，我可以问一下它是不是开放的。如果它是的话，你也可以来。亨利怎么办？"

"我猜他必须和我们一起去。他不会介意的，我去哪儿他就去哪儿。但是在你愿意带我去之前，我还是得告诉你为什么，是吗？"

"这对于一个孩子来说是个不寻常的请求。所以……我只想说我会感谢你让我知道。"

"我只是想知道人们为什么要喝酒。"

"很难回答的问题,这可能是因人而异的。"

"以及他们为什么不停下,你懂的,即使在酗酒造成问题的时候。"

"好的。"

"你会带上我?"

"当然,为什么不?第一个我能找到的公开会议就带上你。"

"我们又要遇到一条州界线了。"奥古斯特说。

"是吗?真的吗?是哪个州?"

"亚利桑那,但我们不会在这个州走很长时间。虽然我们在回来的路上会花很长时间经过这个州,不过今天我们只会经过它的一个角落。你看地图的话,就会知道我是什么意思。之后我们会经过另一条州界线,然后我们就会到犹他州。"

"要经过两个州,而且都是在今天?"

想到这一点时,塞思向前探身去把手套箱打开。

奥古斯特几乎想也不想地踩下刹车。在他后面的司机按了很响很久的喇叭,然后绕过去,从左边超过了他。

"你在做什么?"他问塞思。

塞思僵住了,眼睛睁得很大。

"我只是去拿我的照相机。"

"你的照相机为什么会在我的手套箱里?"

"我不知道。我的意思是,我昨晚把它放在了那里。我只是想把它放在安全的地方。"

"那就是我为什么给你们理出了抽屉和柜子,这样你们就有一个安全的地方来放你们自己的东西,而不是来碰我的地方。"

"为什么你大声吼我?"塞思叫道,显然在努力克制泪水。

奥古斯特没有意识到他在大吼,但是,既然这一点被指出来了,很显然塞思是对的。

近处有个出口,奥古斯特便开了过去。在出口匝道的末端,荒凉的大地上有条未铺好的路,路边有一片宽旷的沙石地。他把车开上去,关掉了引擎。

他朝后视镜看去,看到亨利在哭,而伍迪轻蹭着他,给他舔着眼泪。他看向塞思,而塞思正看向别处,窗外,好像那儿有什么可以看的东西。

"是因为那个苏打水瓶子吗?"塞思问道,他的声音沉重而不满。

奥古斯特紧紧地闭住眼睛,小心地避免大吼大叫。"你没有权利问我这一点。"

当奥古斯特睁开眼时,他惊讶地发现塞思正盯着他,眼睛里没有恐惧,而是某种强烈的东西,看起来几乎是……毫无畏惧。

"塞思,我很抱歉之前我吼你了。有些事关乎隐私。"

塞思继续盯着他,鼻孔微微张开。奥古斯特倾身去开手套箱,拿出了塞思的一次性照相机。它就躺在塑料冰茶瓶子的上面。塞思不太可能看不到它。他关上手套箱的门,把相机递给塞思,而塞思还在狠狠地盯着他。

"这是你的照相机。"

塞思没有伸出手去拿它。

"你说我可以问你任何事。你说过我可以问你任何我想问的问题,而你要么回答是,要么回答否,但你不会因为我问你而生气。而你刚刚就因为我问你而发火了。我看不出这有什么关于隐私的事,这只是个旧苏打水瓶子。我只是想知道那是什么,那里面的东西。"

"这不是苏打水,这是个旧冰茶瓶子。你是对的,我说过你可以问任何事,我很抱歉。这是我的错,不是你的,我道歉。给你,拿好你的照相机。"

塞思拿了照相机,一言不发地把它塞进了衬衣口袋。他转头又朝窗外看去。他们就那样坐了一会儿,除了亨利的抽泣声,一片沉默。

"你最好去安慰一下你的弟弟,告诉他我很抱歉我大声吼叫。"

那天晚上6点刚过,奥古斯特驶入了一个房车营地,就在犹他州圣乔治市北部。他在收费处付了钱,然后,他没有直接开向分给他的位置,而是在垃圾站停了一下。他关掉引擎,朝塞思瞥了一眼。塞思醒着,凝视着窗外。他一整天都没有再和奥古斯特说过一句话。

奥古斯特叹了口气,他穿过房车,从装工具的抽屉里拿了一副一次性塑料手套。亨利和往常那样盯着他。伍迪摇着尾巴,扭动身体,发出一声长长的呜咽声。

奥古斯特又叹了口气。"可以等一下吗,哥们儿?"

"我会带它出去。"塞思说道。

"谢谢你。"奥古斯特说道,他没有试着去弄清那是否相当于塞思在跟他讲话。

"你在做什么?"塞思问道,一边突然出现在他的右侧。

这让奥古斯特吓了一跳。他正蹲着,因此差一点要摔倒了。

"我在把水槽里的东西倒掉。"

"水槽?比如……"

"是的。比如当我们在用盥洗盆、厕所或淋浴的时候,这些污水会流到污水储存槽里,而每隔几天我就得把他们倒掉。"

"呃。"

"现在你知道我为什么用塑料手套了。所以,你又对我讲话了。"

塞思在奥古斯特旁边蹲下。他们看着厨房水槽里的灰色泡沫水和肥皂水从软管末端沿下水道流去。

"对不起,"塞思说道,"我今天一整天都没和你讲话。"

"那是我的错,不是你的。"

"你说你很抱歉大声吼我了。那就应该是这一切的结束了。"

奥古斯特若有所思地点了几次头。他在这一天里的不同时间点都在想这同一件事,但是他很惊讶从塞思的口中听到了这一点。

"我把伍迪放进去,和亨利呆在一块。"塞思说道。

"谢谢你。"

"它两件事都做了。撒尿和……你懂的。我把它捡了起来。我带了一些这样的袋子。我把它扔进了路尽头的垃圾箱。我想你不会想让它留在车里的垃圾筒里。"

"谢谢你。"

"也许你可以叫我做这个。"

"什么?水槽?"

"对。"

"为什么你想要处理水槽?"

"只是想帮上点忙。"

"你明白,你不必做到完美的,对吧,塞思?"

"什么?"

"你知道你不可能满足所有人的一切。对吧?"

"我不知道你什么意思。"

"对，我猜你不会知道。"

他们默默地盯着流水看了一分多钟。

"我只是一整天都心情不好，"塞思说道，"那是我为什么抱歉的原因。"

"这很常见。"奥古斯特说道。

"我有点知道是为什么，不过我不想说，你会觉得我的想法很愚蠢。"

水槽里的水流尽后奥古斯特关上开关，拔下房车里的排水管。在起身用配备的非饮用水喷头冲洗排水管之前，他死死地盯住了塞思的眼睛。

"不要误会，哥们儿，但你好像很想说。"

"不，我不想。"

"那么你为何又提起呢？"

"你会觉得这很愚蠢。"

奥古斯特叹了口气。这是那种日子，充满叹息的日子。他站起来，开始冲洗他的排水管。

"塞思，"他说，"你活得越久，你就越会发现，每个人的内心都很相像。如果你感觉到什么，很可能这只是每个人都会感受到的东西。"

"所以你认为我应该说出来。"

"对，的确。"

"我已经想家了。"

"我不认为这愚蠢。"

"真的吗？"

"一点也不愚蠢。"

"当我说这个的时候,请不要生气。我不是想要忘恩负义。我以为我们看了这么多很棒很有趣的东西,我应该没时间想家。不是说我们没看到什么地方。我觉得这个小镇很棒。你明白的。山和其他一切东西。似乎这些山都是不同颜色的。但这还不够让我不去想家。"

"再等一段时间。我们只是在路上。我们还没有到过任何目的地。"

他抬头看到亨利两只手都放在窗户上,正从里面看向他们。伍迪在他旁边喘着气,在玻璃上留下鼻子的印记。

"我们什么时候会到某个目的地?"

"明天,明天我们会到锡安国家公园,那里有多得多的事可以做。我想你会喜欢那儿的。"

"那里怎么样?告诉我吧。"

"塞思。我们明天早上会到那里。我就不能直接带你去看吗?"

塞思的肩膀耷拉下来,像是在一次大呼气时泄了气。他转身回到里面去了。

就是这样,奥古斯特想,又来了。

"塞思。等一下。"

塞思停下转身,等待奥古斯特会说些什么。而在各种意义上,奥古斯特也是如此。

"手套箱里的那个旧冰茶瓶子里有一点我儿子菲利普的灰烬。"

一阵尴尬的沉默。

"他的?你说'他的'是什么意思?他,也许,收集灰烬?"

"不,不是他曾收集的灰烬。是他的骨灰。"

"噢。"塞思说道。

"我知道。这很奇怪,那就是我为什么不想谈论它。"

"那不是应该在,比如……一个精致的……你们管这些东西叫什么来着?"

"骨灰瓮?"

"没错,就是那个。"

"剩余的骨灰是这样,这只是他的一小部分骨灰。"

"噢。但还是,为什么放在一个旧冰茶瓶子里?"

"也许那是改天再说的另一个故事。"奥古斯特说道。

奥古斯特坐在折椅上,吃着在露天篝火上的炉子烤过的热狗。他隐隐地希望自己带来了三把折叠椅。他本来有三把,是他和家人一起旅行的那些日子里留下的。但是他把两把留在了车库,因为他从没想过自己还会需要它们。

已是迟暮。天几乎黑了。

"这更像我想象中旅行的样子,"塞思说道,"像野营。"

男孩们并排坐在一块折起来的毯子上,盯着篝火看。风向变了,把烟吹进了他们的眼睛里和脸上。他们手忙脚乱地躲开。塞思开始把毯子拖到篝火的另一边去。

奥古斯特说:"如果我是你的话我不会这么麻烦。风向还会变的,不管你坐在哪里,风总会在某些时候把烟吹到你脸上。我们一般都会野营。不过当你长途驾驶时,你得为那些两个目的地之间的日子做好准备。"

"没事。我们不介意,尤其是现在我们都知道了。这个热狗真的很好吃,我从没吃过这么好吃的热狗。我觉得这是因为它们在火上烤过。我们的爸爸一直都只是把它放在锅里蒸。"

然后,一提到他们的父亲,他们又沉默了好一会儿,直到他们吃完东西。

接着塞思问道:"我能再吃一个吗?请问?我知道三个很多……"

"没关系,塞思。你想吃什么都可以。不过你得再扔一个上去烤。"

"那个没事。不过这真的可以吗?我没有很自私吗?"

"没事,这不是问题。"

"我觉得要带着我们一起可能要花掉你太多的钱。"

"你们的父亲给了我一些你们的饭钱。"

"哦,我不知道这事。现在我感觉好一点了。"

塞思打开热狗的包装,拿出一只,仔细地把剩下的重新包好,然后把他的第三只热狗扔到了火上。他没有重新坐下,只是站着看它烤。

"我的爸爸喝酒,"他说,"喝得还没有多到要去 AA 的程度。呃……也许。我不知道。这就是问题。我不知道多糟糕算是够糟糕了。"

"从表面看的话,"奥古斯特说道,"没有人真的知道。"

他低头看向亨利,亨利正在吃他那抹了番茄酱的热狗,还微微皱着眉头看着它。

"问题是这给他带来了麻烦。所以我想知道为什么他不能干脆不喝酒呢。这不是他这次遇到麻烦的原因,这一次是因为支票,不是开空头支票,确切地说。他没有试图偷东西或者做什么。只是没有及时支付支票。你知道有时你写一张支票,而你在银行里其实没有那么多钱,但你觉得你会有的?然后你可以拿到钱,在支票兑现之前及时把钱放到银行里。不过前三次,前三次他是因为醉酒驾车。而他仍然从酒吧喝完酒开车回家,虽然他们没有再次抓到他醉酒驾车。"

然后他突然停下了，看上去迷惑而又有点羞愧，好像他不知道是谁说了刚才那些话，又是为什么那么说。

奥古斯特说："我以为这只是他第二次不得不去监狱。"

"不，第四次。"

"他告诉我这是第二次。"

"哦，好吧，也许他忘记了那其他几次。"

但奥古斯特不能想象，怎么会有人可以忘记自己去过监狱。不过，他没有这么说。他只是说："所以那就是你为什么想和我去参加会议的原因。"

"有一点。是的。"

"还有另外一个项目针对这种情况。如果是另一个人酗酒的话，叫做 Al-Anon①。他们还有 Ala-teen。专门给孩子们设立的。"

"那会很不错，如果我们找到一个这样的会议的话。不过我觉得你不管怎样都会去这些会议的。我们不需要讨论这一点。我甚至并不真的知道我为什么——"

就在那时，坐在亨利和他的热狗旁边的伍迪坐了起来，作乞求状，这是它被教育在人们吃饭的时候不要做的事情。所以，一方面，奥古斯特很惊讶；但是另一方面，他想知道小狗为什么之前没有乞求男孩们给它饭吃。

亨利笑了，给了它一片面包。

"哦亲爱的，"奥古斯特说，"那样会没办法和它一起生活的。"

"亨利，"塞思说，"不要那样喂它，否则它会不再有礼貌的。嘿，我们从没见过伍迪玩把戏呢。"

---

① 嗜酒者家庭互助会，后文的 Ala-teen 则是专门向青少年开放的嗜酒者家庭互助会。

于是奥古斯特切下一点热狗，让伍迪跟着他的步子跑起来。他把一片热狗拿在背后，另一只手则作手枪状，然后直直地指向伍迪的心脏。"站起来。"他对小狗说道。

　　伍迪靠后腿笔直地站了起来，前爪则伸向天空。亨利尖声大笑。

　　接着奥古斯特让伍迪像芭蕾舞女演员那样旋转，然后用后腿站立，绕着篝火转了一圈。他抱住伍迪，然后叫它装死。伍迪在他的怀里耷拉下去，头和爪子有气无力地向下悬着。两个男孩都笑了。最后，他让伍迪站起来，然后和他单手击掌，再双手击掌。

　　"这是最棒的狗，"塞思说道，"你有棉花糖吗，奥古斯特？"

　　"事实上我们有三袋。"奥古斯特说道。

　　他没有提起塞思心情变好的事实，因为有时候，这样的事情还是不去核实为好。

第六章
那个地方

"所以你根本没法把车开进这个山谷?"塞思问道,"我们一定要乘这个大巴?"

他们刚刚在大巴上找到了座位。正是上午,进公园以后大约过了一个小时。

终于是到"那个地方"的时候了。某个地方。这个夏天无数的"那个地方"之一。他们光是为了到这里已经花了太多的时间。即使是奥古斯特,带着他成年人的耐心,还是能感受到这所需要的坚持。

"在淡季的时候你可以开车,在夏天你只能乘大巴。这并不是一个山谷。这是深峡谷,锡安峡谷。"

"它很棒吗?"

"你马上就会知道。"

大巴启动了,沿着虽窄却铺得很完美的道路缓缓移动。亨利坐到塞思座位的边上,这样他们就可以和对方坐在同一边。奥古斯特让他们坐了靠窗的位子,因为他之前来过锡安。

"我刚刚问了个愚蠢的问题,"塞思说,"对不起。因为我已经知道它很棒了,从我们野营的地方看它就很棒了。我喜欢看由岩石构成的宏伟大山,你可以看见它们,和它们前面的那些好看的绿树,还有那些从树上冒出来的飞来飞去的东西,那让它更加好看。你能再说下那些是什么树吗?"

"棉白杨。"

"是那个会长出棉花,也就是飞来飞去的那东西?"

"这只是个通用名字,有人觉得它看起来像棉花,真的棉花并不长在树上。"

"我是不是说话太多了?"

"我不知道。应该没有。感到兴奋是可以的。不过你也许会想听司机说话,因为他会介绍一些我们看到的不同的东西。"

他们沉默地沿路行了几分钟,然后司机报出了三圣父山。

"什么山?"塞思问道,一边靠向窗户去看。

"三圣父山。"

"那三座……有点像……山一样的东西?为什么他们这么称呼它?"

"我不太记得了。这样,回来的路上我们会在游客中心停下,然后拿一些小册子。如果他们不能回答你所有的问题的话,那里有你可以询问的人。"

"它们真的很漂亮。"塞思说。

它们不止是漂亮,奥古斯特想。它们是庄严的。它们都会让你的呼吸停掉一次,无论你见过它们几回。他没有说出来。

"我喜欢它们整体是红色,但顶上却有点白色的样子。我从没见过这样又有红色又有白色的山,而在底部又有点绿。游客中心的小册子会告诉我为什么岩石又红、又白、又绿吗?"

"如果小册子不能，我会告诉你的。不过岩石不是绿色的，三圣父山上长了一些树木，靠近底部。"

"树怎么能从坚硬的石头里长出来呢？"

"自然就是那样有趣。"

"不过，说真的，奥古斯特，你真的会把这个解释给我听吗？"

"我会的。但是现在我们得决定要不要在小屋旁下车。我们可以沿翡翠池小道往上走，不过道很陡，亨利可以走陡坡吗？"

"我不确定。有没有其他什么不陡的道路？"

"当然。我们可以一直乘到终点，然后走河道，沿着维尔京河。"

"但是在我们野营的地方，我们也可以从你车子后门往外看到那条河。"

"在峡谷看是不一样的，相信我。"

当他们接近天使降临之顶站时，司机减速了，并指向一群沿着陡峭的红色悬崖边向上爬的登山者。他们看上去像是蚂蚁一般，悬在一千英尺或是更高的地方。他们已经爬了四分之三的悬崖。奥古斯特听到塞思呼吸都慢了下来。但是塞思没有发表意见，奥古斯特也没有。

但是，当他们到达天使降临之顶站，也就是被称作"石窟"的那一站时，塞思说："我们能在这里下车去看它吗？"

"当然。"

"但是那样我们就不能在河边走一走了？"

"两件事我们都可以做到，我们可以在看完这里以后搭另一辆大巴。"

他们下车，走进了明晃晃的阳光里，站在蓝得惊人的天空下。天气已经热得非常明显，虽然还没有"火力全开"。奥古斯特怀疑，已经要接近 32 摄氏度了。

塞思从他的衬衣口袋掏出一次性相机,对准岩壁上的登山者们。

"你可以用我的相机拍得更好,"奥古斯特说道,"没有强大的变焦功能,你拍不了很多东西。"

奥古斯特拿出他的相机,打开开关,拿下镜头盖,把他交给塞思,而塞思看上去似乎不敢接住它。

"给你,把绳子套在你的脖子上,那样你就不会让它掉下来了。"

"好的。"

"把这个手柄移向右边。"

奥古斯特把塞思的手指放在变焦键上。

"好的。"

"还能在你的视线里找到登山者吗?"

"是的,不过他们都很糊。"

"然后把你的手指放在快门上,"奥古斯特说,一边指出了快门,"再把它往下按一半,不用很用力,只要轻轻地按就可以。"

"哇哦!"塞思大叫道,声音响得足以让亨利跳起来,"哇哦,我能看见他们,我能非常清晰地看见他们,奥古斯特,好像他们就在我面前一样,我能看到他们的衬衫颜色。现在我要做什么?"

"把快门按下去一直到底。"

奥古斯特听见了咔嚓声。

"现在我们来看看你拍到了什么。"

他把相机从塞思身上拿回来,把绳子挂到自己的脖子上。他打开了照片的预览。这张照片看起来很棒。三位登山者和他们在岩石墙上的登山绳的一张完美特写。

他给塞思看照片。"看到了吗?你拍得很好。"

"这张不错，对吗？谢谢你让我用你的相机。"

"不客气。"

"我非常想做那个。"塞思说道，一边又指向那些爬山者。

奥古斯特扑哧笑了。"根本不可能。"他说。

"我不是说现在。我不蠢，奥古斯特。我知道现在做那个太难了，我的意思是我想学习做那个。当我长大一点以后，当我大到可以自己决定做什么，而且没有人可以阻止我的时候。"

"噢。那时就不一样了。不过要小心，这是项危险的运动。"

"不过如果你擅长做这个而且你能把它做好，也许就不危险了。你觉得我永远都不该做这个吗？"

"什么该做什么永远不该做并不是我说了算的。我只是觉得你要小心。不过总的来说我认为你应该做你想做的事，如果你真的想做的话。"

"我真的想做。"塞思说道。

他们在哭泣岩站再次下了大巴，然后沿着窄窄的上山小路走向岩石壁，然后钻到水流稳定的水滴下面，站在岩石悬壁下往外看。

当他们离开岩石悬壁的时候，亨利直直地盯着那些水滴，有意地探出身去，他的脸朝上，被打湿了，头发也越来越湿。有一块被当成壁架的低低的岩石壁将他支撑住，所以他可以探身出去而不会掉下去。

"我希望伍迪还好。"塞思说道。

"为什么它会不好呢？在我们离开之前你带它去散过步，它只是得去浴室撒尿。它自己在房车里好好的。"

"但是这会让它伤心吗？"

"它知道有些地方狗可以去，而别的地方它们不能去。"

"但是这会让它伤心吗?"

奥古斯特叹了口气,然后,不幸地,思考了一下这个想法。"也许吧,我不知道,我只知道不得不这样。"

他们沉默地看了一会儿像雨一样下落的水滴。亨利的头和手臂湿透了,但是他没有从岩石壁下退回来。

"他们应该管这个叫下雨岩。"塞思说道。

"嗯,他们原本可以这么叫的,但他们却选择了哭泣岩。"

"这个名字太忧伤了。"塞思说道。

"奥古斯特!看!你可以沿着小径走上天使降临之顶!"

他们又站到了游客中心的外面,距离他们野营的地方有四分之一英里的路程,他们面对着一张锡安国家公园的详细地图。

"是啊,我知道。但这是条艰难的小路,我走过,它很陡。"

"我们来走这条小路吧,我们去吧。"

"我不确定亨利可以上到那里,我甚至不确定你能上到那里,如果你没有习惯路很陡的远足的话。"

"我能做到的,必要的话我还可以背着亨利。"

"我和你一样不确定你是否做得了那些。"

"但我们不能试一下吗?我们连试都不能试吗,奥古斯特?我真的超想到那上面去。"

"今天不行,不可以。已经很热了,而且还很拥挤。但是如果你真的想尝试的话,我们可以在明天天还没亮的时候起来,那样我们可以赶上第一班大巴。我还会带上一点水和零食,然后我们可以看看我们能爬到多高。"

"一直爬,我想要一直爬到山顶。"

"我们会看到我们能爬到多高的,"奥古斯特说道,"不过,给你爸爸打电话的事怎么办呢?明天早晨将是第一个你能给你爸爸打电话的日子,你明天早上不想做这个吗?"

塞思咬了一分钟的下嘴唇。

奥古斯特突然感到,他所晒的太阳已经达到了他的极限。谢天谢地这个河道是在阴凉的地方,但是他们还没有走多久的河道。他们刚刚感受到峡谷凉爽的四壁,并为河流雕刻它们的方式而称奇。

"我们不能等我们回来的时候再给他打电话吗?"

"你说了算。"奥古斯特说道。

然后他想,小孩子想要很多东西,他比我想象的更渴望登上天使降临之顶。但他没有说。

"我们在山顶上可以收到手机信号吗?"塞思问道,紧张地抱着一丝希望。

"我不确定。"

"带上你的手机,我们来弄清楚吧。我们可以在山顶给他打电话。一路上去,在世界的至高点打给他。我还可以告诉他在那上面是什么感觉,我看见了什么,就好像他和我们一起站在世界的至高点一样,而不是在……你知道的……"

"如果我们到得了那么高的话。这是条艰难的路。"

"我能到达顶端的。"塞思说道,没有半点怀疑。

"我们看看我们到得了多高。"奥古斯特说。

"我觉得我兴奋得睡不着了。"塞思说。

奥古斯特单手支撑着脸,看向两个男孩。他们裹在被子里睡在餐室那边的床上,但是都很清醒。亨利盯着天花板,一边抚摸着伍迪的脖颈。连伍迪也是清醒着。

"我知道这很早,"奥古斯特说,"但是我们得在四点前起床。"

"我想我从没在那么早的时候起过床。不过,我们已经做好一切准备了。你的包里也已经装好水和其他东西了。"

"但是在我们走之前得带伍迪出去散步。"

"哦。没错。"

塞思伸出手去抚摸小狗的屁股——亨利还没有抚摸过的地方。

"今天你看见的东西里你最喜欢的是什么?"奥古斯特问道,然后,就在塞思要张口说的时候,他补充道,"除了爬山者。"

"哦,除了爬山者,那我想应该是在那个神庙上面看到的野生火鸡……那个庙叫什么来着,奥古斯特?"

"西纳瓦瓦神庙。"

"没错。我还是不理解他们是怎么取了这些名字的,那个三圣父山,还有这个神庙。当我们看小册子的时候,上面就写着什么有人觉得它像那个东西,但是那根本说不通。"

"但是你现在理解了那些岩石的矿物质差异。"

"是的,你解释得真的很好,比那些小册子要好。"

一阵沉默。还是没有人在睡觉,而睡眠对于第二天早上的爬山很有必要。对于休息得很好的人而言,那也够困难的了。

"你会跟我讲些什么吗,奥古斯特?"

"什么意思?关于什么?"

"随便什么,这会帮助我睡觉。"

"就跟你讲些随便什么?"

"对。"

"唔,"奥古斯特说,再次躺下,两手抱在颈后,"让我想想。

我可以告诉你关于布莱斯峡谷的一些东西,不过这很难描述。我没法跟你讲黄石的事,因为我自己都还没见过。"

"但是你见过登上天使降临之顶的小路,跟我讲讲那个吧。"

"那难道不会让你更加兴奋吗?而且会让你更难睡着吧?"

"哦,是的,没错。好吧,那就跟我随便说些什么吧,不一定非得是我们将见到的东西,跟我讲讲任何东西,跟我讲讲关于你的事情。因为我和亨利,我们甚至都不怎么了解你。"

奥古斯特深深地呼吸了一口气,然后试着去想些什么。他想他会告诉他们自己在高中教科学的工作,但他发现这太无聊了。然后他想到无聊也许是好的,他简直有可能让他们无聊到睡着。然后他意识到会感到太过无聊的人是他自己。他一整个学年都得讲科学,但他不必在暑期去想它或是谈论它。

"我在思索。"奥古斯特说。

更多的时间在流逝。在这些过去的时间里,奥古斯特想知道,韦斯进过几次监狱,还有为什么他所给出的次数结果被发现是谎言。这感觉是个刺耳的词语——"谎言"。但是要去相信这可能是搞错了,似乎说不通。

他感到两种短暂的恐惧。一是因为他要对这两个男孩负责,而他要把他们带到距离峡谷底一千五百英尺的狭窄岩石上,而且那里没有护栏。这不是迪斯尼乐园,真的有可能在悬崖边跌下去。

第二个恐惧在于,这个夏天也许会告诉他更多关于男孩们在家里意想不到的生活情况和更多被隐瞒的信息。一个想法一下子飞过奥古斯特的脑海——到九月他需要把男孩们还回去的时候,他可能不再确定把他们还回去是不是正确的事了。

他再次驱散了这个念头,很艰难地。这给他的胃留下了揪心的疼痛,一种他承担了太多的感觉——他开始了一条为男孩们负责的漫长道路,而他不知道这条路通往何处。

"我真的在想。"他说。

"好。"塞思说。

然后沉默再次降临。

"我儿子名叫菲利普,"奥古斯特过了一会儿说道,"我不会告诉你们所有关于他的事,因为我想让你们快点睡着,但我会跟你们讲讲关于他以及冰茶的事情。他过去非常喜欢这种瓶装的冰茶,一天大概可以喝五瓶。他是用自己的钱买这个的,因为这里面有糖分,我认为他不应该喝下这么多糖,所以一段时间后我不再给他买冰茶。他就自己给自己买。他就是那样。他有一种很强烈的公正感。他会按照我的规则办事,但他也是第一个向我提出我的规则是不是有点过头的人。我们曾叫他'执行者'。"

"我们?"

"我和我的妻子。我是说,我和我的前妻,好吧。我记忆里他只有一次没有把瓶子里的冰茶喝光。我们坐在客厅桌子边上,他在喝他的冰茶,我们在讨论我是否可以允许他在圣诞节假期和他的朋友们去野营旅行。他比谁都喜欢野营。但是在我们还没讨论完的时候,在他还没喝完冰茶的时候,他妈妈走进来让他跟她一起去商店。她有很多东西要买,所以她需要有人帮忙拎东西。他从来没有拒绝过帮助他的妈妈,从没有。我猜他不会走太久,所以他只是把半瓶冰茶留在了桌上,因为他知道他马上会回来的。但是他没有马上回来。"

"他什么时候回来的,奥古斯特?"

"他没有回来,就是那时他和他的妈妈遭遇了车祸。"

"噢。"

"所以在接下来的几个礼拜里,那只瓶子就一直呆在客厅的桌子上。我会走近去看着它,但我不能把它扔掉。我在情感上仍然没有接受他已经离开的事实。我不知道如何解释那个部分。我好像知道,但其实我不知道。我的脑子知道,但我的内心对此无法理解。我感觉这个瓶子是某些事情的证据,好像它的存在意味着他马上就会回来喝完它。这瓶子让这几乎看起来是有可能的。但是接下来,时间流逝,它开始发霉,而我无法忍受看着它发霉,所以我把它洗干净然后放到别处。但我仍然没法扔掉它。"

"所以那就是你为什么要把那些灰末放进一个旧的塑料瓶,而不是精致的骨灰瓮里。"

"对。"

"你去所有地方都会带着它们吗?"

"不,我不会。我要带着它们一起去黄石,因为我打算把它们留在那里。"

"把它们留在那里?"

"对。"

"就把那个瓶子留在某处吗?要是有人把它扔掉了怎么办?"

"不,不是那种方式,我是指仅仅把骨灰留在那里,不是瓶子。"

"噢,你是指像把它们撒掉那种吗?我听说过那个。"

"事实是我不认为这是……严格说来……这依据法律可能是不合法的。但是他本应该和我一起来这趟旅行,而这是我能做的最接近带他一起旅行的事情了。不过你也许最好不要对任何人说这个计划。"

一阵短暂的沉默。

然后塞思说:"那真是一个悲伤的故事,奥古斯特。"

"我知道。你是对的,对不起,我不知道我说这个是在想什么。"

"没关系,我说过可以说任何事情,而且,现在我们对你又多了解一点了。"

没错,奥古斯特想到。现在他们更了解他的悲伤了,也没有很多别的可以了解的了。然后又一次,他想到,也许那真的就是想要了解他所需要的全部了。至少在眼下是这样。

他想了一会儿能够告诉他们的别的事情,以让他们在更愉快的氛围中入睡。他决定跟他们讲如何在一个动物保护协会避难所发现伍迪的故事,他本来都不知道存在着这么一个地方,一个他在迷路时偶然遇见的地方。

他抬头看向男孩们,然后发现他们已经睡着了,或者说,在外人看来是接近睡着的样子。

不幸的是,对奥古斯特来说睡着没那么容易。

第七章
山　顶

在名为"石窟"的一站,他们从几乎空荡荡的大巴上下了车,没有别人下车。他们站在晨曦中,奥古斯特解开背包上的带子,背上背包。在接近一片黑暗中,他能看见塞思的脚趾在弹跳,几乎无法克制住他的热情。

"省点精力,"他说,"过会儿你会需要每一分的精力。"

他看向亨利,亨利安静地站着,手臂放在两侧,什么都没有表露出来,没有兴奋,没有害怕,什么都没有。他只是来凑个数。

"我真的很惊讶我们是从第一班大巴上下来爬山的唯一的几个人。这是公园里最受欢迎的徒步旅行。当然,大多数人喜欢睡到四点以后。但是通常从第一班大巴上会下来六到十二个人,指望能避开人群。"

"所以今天只有我们避开了人群?"塞思问道。

"看起来是那样。"

"那么我们抓紧起来避开他们吧。"

"我原以为这条路都是泥土。"塞思说道。

第七章 山顶

"不是,"奥古斯特说,"它的大多数地方是铺好的。"

"我们脚下的这个是什么?看起来像是粉红色的混凝土。好吧,不是粉红色。你知道的,像是岩石的颜色。"

"我不确定,"奥古斯特说,"可能是的。"

"你说这路很陡,但是它一点儿也不陡,走起来很容易。"

奥古斯特停下了,亨利注意到这点,也跟着他停下了。奥古斯特等待塞思注意到,但是在塞思迈了十大步以后,他放弃了这个方法。

"塞思。"他叫道。

塞思回来了。

"为什么我们要停下?"

"我希望你能动一下你的脑子。然而,无意冒犯,你并没有在动脑子。你昨天见过天使降临之顶,在我们开始这趟旅行的时候你也在河对岸见过它,你能看见它有多高,而这徒步是只有大约五英里的旅程。靠近童子军观景台的地方,也是我们将到达的最远的地方。这意味着,在某个地方,这条路多多少少会直线向上。"

"为什么我们不能走完全程?"

"你还没看到山路的最后一段,否则你是不会这么问的。"

"我想走完全部。"

"塞思,注意一点,我的重点是这条路穿过峡谷——"

"是啊!我们在峡谷里,不是吗?那就是为什么还有点暗,以及凉爽。"

"塞思,我正在试图告诉你一些重要的事情。"

"可我不知道那是什么。"

"我想要告诉你,不要低估这趟徒步。在这个峡谷中间还很平缓,但过后就会变得陡峭。旁边就是悬崖峭壁,大概有一千多英尺高，而且那里没有任何围栏或者其他类似的东西。我希望你好好留意一下，不要低估这条道。而当我们爬到很高的地方面对陡峭的悬崖时，我希望亨利在中间。而且我可能甚至会要求我们手牵手，为了格外的安全性。"

"我可不认为我们会需要你说的那些。"

"你会的，"奥古斯特说道，"在整个过程中保持理智。"

他们在一连串弯度大得可怕的之字形路下面停下了。奥古斯特知道这些路有个名字，但是他没告诉男孩们它们叫什么，因为"瓦尔特摇摆"这个名字听上去过于可爱和友好了。

一阵微风令山杨树叶颤抖起来。

"看起来甚至不像一条路，"塞思说，"看上去像砖墙。"

这条道路在每处之字形路下面都建有砖头挡土墙，而这一部分的道路非常陡峭，以至于从这个角度看过去，只能看到挡土砖墙，而看不到它们所保护的道路。

"这就是路开始变得有点艰难的地方。"奥古斯特说。

"好，我们来走吧。"塞思立刻回答道。

奥古斯特向前移动，塞思向前移动，亨利则留在原地不动。塞思走回他的弟弟那儿，而奥古斯特则等着。

"你累了吗？"他听到塞思这么问道。

然后奥古斯特看着塞思把亨利抬到他的背上，小男孩的双手则抓住塞思淡蓝色衬衣的肩膀处。

他们开始走弯度很大的之字形路，路上仍然没见到其他人的身影。这时，第二班大巴也许已经把一些登山的游客放下来了，但即使是这样，他们也还没有追上来。奥古斯特他们的速度不错。

奥古斯特感觉到，事情马上就要发生变化了。

塞思在小道上停下，蹲下身来让弟弟的脚接触地面。亨利脚踏地面靠自己的力量站了起来，而塞思则蹲下去，喘着气。

"这很难，"塞思说道，"但这是因为我在背他。如果只是我的话，我会做得很好。"

"你要记得我说过的话。我说我们会看看我们能到得了多高，也许就是这么高了。"

"不！我会带着他。我可以背他，我们还没有从我们所在的地方见过下面峡谷里的景色。拜托了，奥古斯特，我能做到的。"

奥古斯特叹了口气，卸下他的背包，拿出两瓶水，给两个男孩一人一瓶。他们感激地喝了水。奥古斯特享受着这沉默，唯一的动静就是风声和塞思费力的喘气声。

"我可以自己往前走，"塞思说，"而你可以在这儿等我。"

"不，不可能，那上面很危险。那不是一个毫无经验的儿童登山者可以只身一人去的地方。"

"拜托了，奥古斯特，我真的很想爬到顶峰。我不会再来这里了，我什么时候还有别的机会呢？我会背上亨利，我就是想背上他。如果我可以背亨利的话，你愿意陪我再多走一点吗？"

奥古斯特又叹了口气。"来，你背好我的包，"他说，"如果亨利不是很怕我，愿意趴到我背上的话，我来背他。"

亨利毫无反应，甚至脸上的神情也保持不变。

"拜托了，亨利，"塞思说，"就算是为了我？"

亨利朝奥古斯特走了三步然后伸出了他的手臂。奥古斯特蹲下来，把自己的背部朝向小男孩，然后亨利爬了上来。奥古斯特感受到那小而坚定的双手抓在他衬衫的肩膀处。他听到、也感受到亨利缓慢而冷静的呼吸吹向他的右耳。他将两个手臂分别落到男孩的两只裸露的膝盖下,然后用手抓住它们,将其固定。

"你要抓紧,亨利。在接下来的路上可不能摔倒。"

亨利放开奥古斯特的衬衫,转而把自己的手臂绕住奥古斯特的脖子,手臂放得非常低,以免妨碍到奥古斯特的呼吸。

塞思背上背包,然后他们继续跋涉。途中停了很多次,以便奥古斯特喘口气。

"这是童子军观景台,"奥古斯特说,"这就是小道结束的地方。"

他把亨利放到凹凸不平的红色石头及淡黄色的泥土上。然后他直起身子,感觉异常轻巧,他可以想象自己的身体在漂浮,在漂走。

任何合理的测量都能表明,太阳已经高高挂起很久了,它从左侧照耀着峭壁,光芒洒满峡谷。前方,链条钉在岩石里,登山者们在沿着窄窄的岩石柱向天使降临之顶进发时可以抓住它们。正前方的路多少还是平的,然后,再往上,似乎就接近垂直了。他之前曾爬过这最后一段,他不想再爬一次,不想和两个年轻的男孩一起爬,而其中一个还劳累过度了。就算他是一个人,他都不想爬。

日出的光线照耀在维尔京河之上,这让河流看上去像是约一千五百英尺下的一条金蛇。他们站在观景台宽而平的泥土地上,这是这趟徒步路线中最后一处比较宽的地方。

"但是那上面就是最高的山顶了。"塞思说道,一边显然是向上指着通往冠岩的接近垂直的岩石山脊。

"塞思,向上走到那个标志那儿,然后回来告诉我上面写了什么。"

标志上是一张和他们面前的垂直山路一模一样的照片，角落里则是一个人的图示——画得和男厕所标志上的男子的细节几乎无差——这个人在往下掉。他们站得太远了，没法读到标志上的信息，但是奥古斯特从这里爬上去过，他大致知道那说了些什么。

　　塞思直着背走过去读那个标志，然后再回来时，他的姿势明显萎靡了许多。

　　"所以，上面说多少人从那条路上掉下去身亡了？"

　　"六个。"塞思说道。

　　"我相信它还说了关于父母看管好自己孩子的内容，而我不打算到那里去，我不会让你们在无人看顾的情况下往上攀登。"

　　塞思一屁股坐在褐色泥土上，显然在克制自己的眼泪。

　　"从这里看风景真的很好，"奥古斯特说，"我们来欣赏它吧。"

　　"我什么时候还会再有机会呢？我想去最顶端。你说过这是公园里最受欢迎的徒步路线。所以，大概，上百个人已经去过那儿了。"

　　"大概有数万人。"

　　"所以几乎每个去那儿的人都没有死。"

　　"听着，塞思。"奥古斯特在男孩面前蹲下，放松双腿，同时保持着能够一直看到亨利的角度。亨利一动不动。"我希望你能从我的角度来看看现在的情况。你不是我的孩子。你是别人的孩子，而我要对你负责，这甚至比对自己的孩子负责还要难。我怎么能让你做危险的事情呢？如果出了什么问题，我要怎么告诉你的父亲呢？"

　　一滴眼泪滑出来，从塞思的脸颊上滚落。他用满是灰尘的手背怒冲冲地把眼泪擦掉。

　　"我的父亲会让我去的。"

　　奥古斯特坐在泥地上叹气。他一时好奇，自己以前是不是一直这么频繁地叹气。他把手机从衬衫口袋里拿出来检查信号，两格。

"你把他的号码带来了吗？"他问塞思。

"是的，我带来了。因为你说过我们可能会在山上打给他。"

"他说过你可以多早打他的电话？"

"七点，七点到下午三点，现在过七点了吗？"

"是的。"

"这里的时间和那里一样吗？"

"不一样，这儿比犹他州慢一个小时，不过那里还是过了七点了。"

"所以我就可以从这里给他打电话了是吗？然后告诉他，我几乎就在世界的最高处，并且那就是奥古斯特说我能到的最高处？"

"不，你应该请求他允许你爬到顶峰。如果他说你能，那么你就能。但是我想和他说话，好好和他说明一下状况。"

等了漫长的五分钟，才和韦斯连上线。奥古斯特想知道，那是否意味着他手机的通话时间不会持续得像他以为的那么长。

然后他听到，"嘿，爸爸。"并看到塞思的脸高兴起来了，和当下完全符合，"是……怎么样？"长长的沉默。"是啊，你总是那么说，每一次，我懂的。食物很难吃……是啊，我……是啊，这不错……他……听着，你不会相信我现在在哪儿，我得告诉你我现在在哪儿。我在锡安国家公园的这个大岩石上面，它叫天使降临之顶……噢，你听说过它？我从没听说过……嗯，一半的路是我背他，还有一半的路是奥古斯特背他。总之，我们不在最高的地方，因为奥古斯特觉最后的那部分太危险了……没错，我就是那么说的。几千人上去过，而他们没有掉下来。我也这么认为……"

一阵长长的停顿,然后塞思把手机递给亨利。

"他想跟亨利讲话,然后再和你讲。"

亨利抓过手机,拿着它贴到耳朵边,但是什么也没说。奥古斯特凑近想观察某些情感的流露,亨利眼神或表情的变化。但是亨利的面部仍然冷静而没有表情,仿佛他只是在听一位女士一次次播报正确时间的录音。

奥古斯特闭上眼,然后睁开,看着太阳的光芒,洒向峡谷的东面峭壁。已经很温暖了,非常温暖。谢天谢地,从现在开始他们的徒步就会一直往下走了。他看着像蚂蚁一样大小的大巴车厢沿着下面窄窄的、砖色的道路蜿蜒前行。他一下子想起了孤身呆在营地房车里的小狗。第一次,奥古斯特想知道,这是否让伍迪伤心了。

然后,手机塞向了他这边,他便拿了过来。"韦斯。"他说道,一边背对男孩,走开了几步。

"奥古斯特,你怎么样,我的朋友?"

奥古斯特又转向男孩们,遮住手机话筒,然后说道:"不要动,一点也不要动,不要去探险,不要走进那个边缘。"然后,他对韦斯说,"我没事,只是事实证明,要对别人家孩子的生死负责是个非常沉重的担子。"

"让他去吧,他会小心的。他很轻巧,而且动作灵敏。那个徒步我以前走过一次,好多好多年以前了。有链条可以抓住的,对吗?"

"是的,有链条,但是并不是扶手,只是一些可以抓住的东西。如果你的手从链条上滑掉的话,你还是会掉下去。"

"让他去吧,这对他有很大的意义。"

"听着,韦斯,我不想在这里谈太多私事,但是你进监狱的次数是多少?"

"什么次数?"

"是啊,什么次数。我本来还确定那是第二次。"

"第二次,没错,那是对的。"

"塞思说这是你第四次进监狱。他并不是打算要告密。他不知道你告诉了我什么。他只是在谈话中说漏了嘴。"

一阵长长的、长长的沉默。

然后韦斯说:"我猜我本来期望你会跟我讲讲关于红色岩石和如何让亨利上陡峭山路的事情。"

"而我本来期望我可以指望你告诉我的每件事都是真的。"

沉默。

然后,"当你和他们一起离开时,我猜我没有想清楚,可以吗?所以我想我犯了一个错误。任何人都可以犯错误,对吧?"

奥古斯特环顾了一下,看到男孩们都在原地,他们一动也没动。塞思弱弱地朝着他微笑,迫切地想要知道结果。

"好吧。你看,他会很开心。我会去告诉他这个好消息。我们会再打电话的。"

"知道了,我的朋友。再见。"

奥古斯特关上手机。

"你可以去了,"他告诉塞思,塞思从地上一下子跳起来,"不过,有一个条件,我们得等到——"

身后的动静引起了奥古斯特的注意,他转过身看见两个徒步者到达了平坦的观景台,两个二十几岁的年轻人。

"嘿,"他朝他们叫道,"你们能帮我个忙吗?"

他们走近了,一边微微喘着气。

"遇到麻烦了吗？"其中一个说道。

"算不上麻烦。只不过这个男孩想要往上爬，而我不要去，他的这个弟弟也不想去。而我觉得让他只身一人攀登上去不太好。所以我想他是不是可以和你们一起上去。"

"没问题。"一个说道。

然后另一个人把头转向装有链条的路线说道："我们走吧，兄弟。我们去走完它。"

奥古斯特在地上和亨利一起坐了大约十五到二十分钟，而亨利一直看着色彩斑斓的大峡谷，从不看向他，然后，他们听到远处传来一阵尖叫声。

奥古斯特的心脏狂跳起来，以为他听到了灾难的叫声，但是随着尖叫声逐渐传来，明显，这是胜利的叫声，好像是一阵尖声的"耶！哈！"而他听得越久，越确定他听到的是塞思的声音。

亨利笑了，不是他在看到伍迪的把戏时所露出的那种大大的咧嘴笑，而是微微的半隐秘的苦笑，他的嘴唇只弯曲了一边。

"我相信他到达了最高点。"奥古斯特说道。

亨利点了下头。

他们在炎热的路上跋涉了大约三分之一的路程后，亨利突然在路上停下了。

"唔，"塞思说，"我以为他可以自己往下走。"

塞思把头凑向弟弟，过了一会儿。就算他们俩说了话，奥古斯特也完全没有听到。

然后塞思把头探出来，冷静地告诉奥古斯特："他的脚痛。"

于是奥古斯特在烈日中让亨利在路上坐下,解开他的鞋带,将鞋子脱掉。他穿的袜子底部又黑又薄,像搭配连衣裙的短袜一样,袜子的脚趾部分有洞。

"天哪,我应该看看你们穿的袜子的。我得给你们弄两双厚点的袜子,徒步穿的袜子。"

满车的徒步者正在越来越热的高温下沿着小道向上爬。小道的宽度勉强可以让人通过,而在他们勉强通过时,奥古斯特感到有腿蹭到了他的肩膀。

"不好意思。"他的话不是特别对谁说的。

他脱下亨利的袜子,男孩的两只脚脚跟和一只脚的脚趾肚上都长了水泡。奥古斯特拿出他的背包,取出急救箱和一只装满棉布的拉链袋。

"我可以把棉布包到脚上面来缓解水泡,"他告诉那个冷静的小男孩,"但是踩着水泡走路还是会疼。因为它们又大又肿,这就是脚为什么会疼的原因。或者我可以把它们戳开,然后弄干它们,再把一点绷带或棉布包到那上面。这样水泡就平了,走路也不会那么疼了。不过你得愿意让我用一根大针刺进你的水泡,我不知道,你觉得怎样?"

"他可以为了这个保持不动,"塞思说,"他很棒。"

"我更想听他自己说。"

"你知道你不会听见他说任何东西。"

"他可以点头。"

"亨利,"塞思说,声音又尖又高,好像亨利听不见一样,或者,更有可能,是为了奥古斯特,"奥古斯特能用针来刺破你的水泡吗?"

亨利点点头。

于是奥古斯特打开一个装有针一样大的无菌小刀的小袋子，割开亨利的水泡将其弄干，然后包好。亨利眉头也没有皱一下，没有退缩，没有发出一点声音。

然后男孩把他的鞋子重新穿好，给鞋带打了双结，然后他们又开始往山下走去，一边冲破向上爬的人潮，仿佛在向下漂，而世界上的其他人都在朝上游游去。

他们沿路往下又走了几百码以后，亨利又突然停住了。塞思走向他，又和他头碰头。

"他的水泡还疼吗？"奥古斯特问道。

"只有一点点。他主要是累了。"

奥古斯特叹了口气，把背包脱下，递给塞思。然后他蹲在路上，而亨利则爬到他的背上，一股非常温柔的呼吸吹向了奥古斯特的右耳。

他们迈着沉重的步子再次朝山下进发。

"这是我人生迄今为止做过的最棒的事。"塞思说道。

奥古斯特只是微微笑了笑。他感到汗水从背上冒出来，毕竟有个孩子压在上面，没有空气流通。他没有回答。他知道塞思说的是对的，而这样的声明似乎不需要任何人或任何事情再添上一笔。

"你是个好人，奥古斯特。"塞思说道，这让奥古斯特感到惊讶。

"为什么这么说？"

"因为你背了亨利，所以我能够上去山顶。你昨天告诉我，我不可能一边背着亨利一边一路向上爬到那里，而你是对的。大多数成年人，当事实证明他们是对的，他们就会说'我告诉过你了'。你没有说'我告诉过你了'，你只是背着亨利。"

"这对你而言意味着很多。"奥古斯特说道。

"确实是,"塞思表示同意,"我在最顶端的地方拍了一张照片,用我的相机。因为我的相机在这一点上和你的一样好,因为那里没什么需要放大的。"

"对。"

"我不敢相信这是我第一次用自己的相机拍下了一张照片,其实是两张照片,因为我把它递给那两个年轻人中的一个,他给站在最高处的我拍了一张照片。你知道的,只是以防没有人相信我真的做到了。到现在为止我是不是应该再多拍一点照片呢,奥古斯特?"

"你自己掌握节奏,这是个好想法。我们还有很多要看的东西,我们的夏天才刚刚开始。"

第八章
他告诉我的话

第二天晚上,临近日落的时候,他们沿着铺好的帕鲁斯步道走着——三个人以及伍迪。这是公园里唯一一条允许带狗的步道。他们走得很慢,一边按摩僵硬的股四头肌和紧绷的跟腱。

"你知道,"塞思说,"我本来以为这条路没什么,因为它从营地就开始了,而且你可以带上自行车、狗以及任何东西。但是这是我们看过的路里面最漂亮的一条。天很蓝,岩石又红又白,你还可以看到那些峭壁、三圣父山和神殿,好像你一下子看到了全部的东西。"

"这的确是整个公园里我最喜欢的步道。"

"而且伍迪可以来。"

"这也是部分原因。"

"而且我喜欢绕着河来来回回,我喜欢那些桥。"

当他们靠近另一座桥时,塞思突然停下来,从他的口袋里拿出一次性照相机。

"你看见什么了?"奥古斯特问道。

"我只是喜欢岩石山脉像那样在桥后面排成一排的样子,看起来很美，风景真的很优美，你懂吧？"

奥古斯特越过塞思的肩膀看过去。"你眼光不错。"

"你这么认为？"

"没错，不过我觉得你应该用我的相机，它是数码的，所以我们不会不够拍。"

"如果那个卡满了呢？"

"不太可能，这是 16 G 的。但即使我们真的把卡装满了，我还带了我的笔记本电脑。我可以把它们拷贝到电脑里，然后清空这张卡。"

奥古斯特把绕在他脖子上的相机绳子解下来递给塞思。

"我真的可以想拍多少照片就拍多少吗？"

"尽你最大的能力。"

他们沉默地走着。塞思大约拍了十张照片。

然后塞思问道："这个徒步要走多久？"

"两英里。"

"往返吗？"

"只是单程。"

"哦，那很长。我的意思是，这并非，不过……昨天以后……"

"我想我们可以往下走到步道的末端，然后走到马路上去。那里有个往返大巴车站，在章克申峡谷可以上下车。你和亨利可以乘大巴，而伍迪和我会走回去。我会在游客中心和你们碰头。"

"哦，那真是个好主意，奥古斯特。"

"那么累吗？"

"我的脚疼。我想我也有点长水泡了。"

"有点长水泡？"

"哦，呃。不是有点儿，我猜。我猜我就是长水泡了。"

"为什么你没告诉我？"

"我想亨利长水泡已经够麻烦了。"

男孩们一上大巴车，奥古斯特就摸出他的手机检查信号。令人惊讶的是，信号很好。他再次踏上步道去往游客中心，并且，一边走着，一边按下了打给哈维的快速拨号键，哈维是他在圣地亚哥的AA协助者。

在第四声铃响时哈维接了电话，"所以，你玩得开心吗？"

哈维从来不是一个会说"你好"的人。

"既开心，又不开心，这并不是我想象的样子。"

"一个让人成长的该死机会？"

"也许没那么糟糕。"

伍迪在追赶灌木丛里的某个动物的行踪，也许是只兔子，或是一只松鼠，它重重地扯了一下皮带的末端。奥古斯特重新把它的皮带卷回来。

奥古斯特将他的汽车机械故障以及突然多了两个男孩的故事简短地告诉了哈维。他一边讲，一边看着夕阳把朝向西面的岩石染成越来越深的金色。

"所以，主要来说，我只是有个问题要问你。"奥古斯特说道。

哈维什么也没说，没有说"什么问题？"之类的话，他等着。他也不曾给他所协助的那些人打电话问他们过得如何，他觉得奥古斯特有他的号码，也知道怎么样用它。

"你觉得有没有哪怕一丁点的可能你会忘记你进监狱的次数？"

"有可能，如果你去了几十次的话是有可能，你有可能达到这样的地步，比如，'那是第二十九次还是第三十次？'"

"但如果你进过四次监狱，你不会真的觉得那是两次。"

"不，的确不会。我的意思是，除非是痴呆。我们现在在讨论谁的事情？"

"男孩们的父亲。"

"和酒精有关的犯罪吗？"

"大多数是。"

"我是不是很善于猜测？"

"你太牛了，哈维。"

他走过一座桥，在他的脚步后面传来叮叮当当的金属声音，伍迪感到很不安。奥古斯特往下走到另一边的河岸，让小狗从河里喝点水。

"所以，既然我知道他对我撒了谎，我开始想知道其他我将要发现的真相。"

"我也是，希望你能为此做好长远的准备。"

"这只是到夏天结束为止。"

"你想得美。"

"他只会在监狱里待九十天。"

"你怎么知道？"

"他告诉我的。"

"他还告诉你这是他第二次进监狱。"

奥古斯特停下来，呆呆地站在逐渐黯淡的阳光下。他为这身外的美丽而惊奇，也为这份美丽和自己内心景象之间的对比而吃惊。

"为什么他要那么做？如果他真的需要有人照顾他们更久的话，为什么要让我照看他们三个月？"

"也许他明白到那时你会离不开他们,而我猜你已经这样了。"

"你认为我应该打给监狱去弄明白?"

"我不知道他们是否会告诉你,但是我认为你应该尽可能多地进行独立的核实。不过,你为什么会带上他们呢?"

"你知道我有多想去黄石,而那就是原因。"

"你本来可以明年去的,菲利普不会介意的。"

"不过,他们是很好的孩子。"

"啊,"哈维说,"现在我觉得我们接近答案了,通过再次和孩子们在一起来填补你人生的空洞?"

"不是那样,完全不是那样。他们和菲利普是如此不同。菲利普19岁,他们分别是12岁和7岁。"

"好吧,懂了,我明白你的意思了,那完全不像菲利普,因为我们都知道菲利普不可能是12岁或7岁。不管怎样,这一切现在又有什么要紧的呢?你正参与其中。现在你不会把他们扔掉。时间会告诉你什么得到了你的——"

哈维也许还说了很多,但是手机信号变弱了,电话中断了。奥古斯特检查了好几次,希望能打回给哈维,但是在他们呆在那儿的一周,他在峡谷谷底没有再收到一个信号。他本来能够用付费电话打回给哈维,但他一次也没有那么做。

"这里是如此不同,"塞思说,他们站在构成布莱斯峡谷边缘的硬泥地上,在蒙蒙细雨中,"我从没见过任何像这样的景象。"

"我不确定可以见到任何像布莱斯峡谷那样的景象。"

"我爱那些……你管它们叫什么来着?"

"不祥之物①。"

"那是个有趣的词。"

"是的。"

"那他们为什么那么称呼它们呢?"

"我不知道。当我们回到车子里面时,我们可以看看小册子。"

"哎呀,奥古斯特,我想当我们在里面等雨停的时候,我已经读了十遍小册子了。我很高兴不管怎样我们还是出来走进了这雨中。我的意思是,我们被打湿了,但谁在意呢?"

奥古斯特把一只手放在亨利的肩膀上,而亨利默许了。

"你呢,亨利?"奥古斯特问道。

亨利把头藏起来,溜到奥古斯特的雨衣下,以此作为回应,然后他解开一颗扣子,露出他的脸,把塑料雨衣紧紧地抓在头的两边。

"我觉得亨利对于被雨淋湿并不是很高兴。"奥古斯特说道。

"好吧,我不在乎。"

"我很抱歉我没有准备给你们的雨具。"

"那不是你的错,奥古斯特,我们应该带好我们所需要的一切。你给我们买了袜子,这已经很好了。而且,谁知道会下雨呢?你不是说一年里从来不会这么晚下雨吗?"

"我不知道确切的数据,但我想这非常不寻常。"

"你知道在我看来它们像什么吗?那些怪岩柱?它们看上去像我见过的洞穴的图片。它们有那些……你管它们叫什么?"

"石笋。"

"没错,就是那个,只不过这些是从地上往上长的。这听上去似

---

① hoodoo,既有不祥之物的意思,也可表示天然怪岩柱。

乎很怪，但我们在锡安国家公园呆了那么久……多久来着，八天还是九天？我习惯呆在那儿了，好像我就住在那儿还是怎么的，好像整个世界就和锡安一样。而现在奇怪的是，整个世界看起来像布莱斯了。我从不知道这儿是这样的。我的意思是，我在书里看过图片，但我从没见过布莱斯的岩柱。我想给它们拍照，但我不想让相机淋湿。"

"没必要着急，我们会拍到很多照片，我们会在这儿待一会儿。"

"多久，奥古斯特？"

奥古斯特耸耸肩。"我们想呆多久就呆多久，直到我们看够了怪岩柱，直到我们看腻它们，并准备继续前进为止。"

"我觉得我不可能看腻它们。"

"那要是你非常了解它们，以至于闭着眼睛都能在脑海里看见它们呢？"

"那会看腻的。"塞思说。

奥古斯特把男孩们留在房车里，朝营地唯一的付费电话亭走去。雨刚刚有点变小，而手机信号则接近没有。奥古斯特用电话磁卡，而不是25美分的硬币给收容韦斯的监狱打了电话，因为他确定，他们会通很久的电话。

他错了。

接电话并听了他的问题的女士问，他是韦斯的家人还是律师。当他说自己都不是以后，那基本就是那通电话的结尾了。

"但是我照顾着他的孩子，"奥古斯特说，"正因为如此，我要知道他确切的出狱日期，这非常重要。"

"抱歉，先生，"她说，"得有犯人的授权我们才能给你那样的信息。"

"好的,懂了,"他说,"谢谢。"

他挂掉电话走回房车,一边想着这消息并非令人很惊讶。然而,事情还是没有弄清楚,他感到沮丧。

雨停了,而当他走到和下一个营地一样高的地方时,塞思朝他奔过来,含糊不清地说着话,非常激动。

"你没看到它,奥古斯特!你错过它了,它非常神奇。嗯,也没有完全错过它。它还在那儿,但正在变淡。你之前应该见过它,它是如此神奇。我用你的相机给它拍了一张照片。嗨,我真的希望这么做是可以的,我只是不能错过它。我主要是为了奥古斯特你才这么做的。我希望你能看到它还很好看的时候的样子,所以我给它拍了一张照片。我不想用我的相机来拍它,因为那样你会看不见它,因为当我们回到家,把胶片洗出来的时候,你甚至已经不在旁边了。我想让你现在、今天,就见到它。"

"哇哦,"奥古斯特说,"哇哦,慢点说,塞思。给什么拍了一张照片?什么如此神奇?"

"双层彩虹!"

他沿着陡峭的小路指向峡谷边缘。亨利呆呆地站着,背对着他们,在他的身后架着一条双层彩虹,在峡谷间弯成弓形。奥古斯特很难想像他所看见的是正在消失的彩虹。

"现在相机在哪里?"奥古斯特问。

"就在我的口袋里,在那里它能保持干燥,我把它拿出来之前雨就停了。不过我只是想让你知道,如果又要开始下雨的话,我得让它保持干燥。"

"把它递给我,好吗?"

"好的。"

塞思从口袋里掏出相机，递给奥古斯特，奥古斯特打开相机准备拍照。

"不过我给它拍了不少很棒的照片，奥古斯特，而且它们更亮。"

"不过你有拍到亨利在那儿盯着它看吗？"

"哦，不，当时他站在我的旁边，所以没有。"

"我只是觉得他在画面里的话看起来会更好。"

奥古斯特拍下一张照片，然后开始浏览所有的照片。塞思拍得非常棒，两座拱形彩虹都看得见，而下面红色岩石峡谷和怪岩柱的结构则非常完美。

"好美的彩虹啊，"奥古斯特说，"你是个很好的摄影师，你知道吗？"

"不，我不知道。我怎么可能知道呢？在我们踏上这趟旅行之前，我一辈子都没拍过一张照片。我怎么可能擅长一件我刚刚开始做的事情呢？"

"我想你只是对此有天生的感觉。很高兴你捕捉了这个画面。"

"我想这也许是个好迹象，你明白我的意思吗？"

"我不确定，你是说像个预兆那样？"

"也许是。只是，当我看见它……我有点觉得也许现在每一件事都会好好的。"

奥古斯特没有发表意见。他想要同意塞思的想法。这很有吸引力，也吸引到了他，但是在他的头脑和直觉中仍然有很多疑问和担忧。

第二天奥古斯特醒来时天已经亮了，他的背上肩胛之间压着什么坚硬的东西。这东西太圆太重，不可能是伍迪。他抬起头，微微侧转身体，身上的东西移开了。

奥古斯特坐起来。刚刚在背上的是亨利。他在奥古斯特的床上靠近沙发的那一边，正在睡觉——或者只是静静地躺着——额头朝上靠在奥古斯特背上。

奥古斯特环顾周围，寻找塞思和小狗。伍迪也许已经起来，呆在前面的驾驶座上，看着窗外的松鼠。因为窗帘拉着，所以很难说。奥古斯特听了一分钟，期望听到塞思在浴室里的动静，但是除了咖啡过滤的隆隆声，一切都很安静，显然塞思放上了一壶咖啡，让奥古斯特醒来后可以享用。

"塞思和伍迪在哪里？"他问道，目光和亨利对上了，亨利马上看向别处。当然，奥古斯特已经把它当作了一个设问句。

"出去散步了。"亨利说道。

他声音很小，想象一下，就像是动画里羞涩的小老鼠所发出的那种声音。奥古斯特感觉自己的眉毛上扬，朝亨利看了一分钟，等待他也许会说出更多的话来。亨利决心避开视线。

"所以你可以说话。"奥古斯特说。

亨利微微地点点头。

"你只是选择不说？"

亨利又点点头。

"是什么让你改变了想法？"

亨利耸耸肩。奥古斯特又躺回去，而亨利则挪得更近一些，并再次把他的额头枕在奥古斯特的肩胛之间。

当塞思和伍迪回来时，奥古斯特正坐在餐桌前喝咖啡，亨利则坐在他对面，给吐司抹着黄油。

"谢谢你泡的这壶咖啡。"

"不客气。我希望你没有担心我们去了哪里。"

"一点也没有,"奥古斯特说,"亨利告诉我了。"

塞思哼的一声大笑起来,但是没有回答。

"不,真的,亨利告诉我了。"

塞思瞪大眼睛,"用语言吗?"

"对,用语言。"

"好吧,我真是该死。哎呀,对不起。"

"为了什么?"

"为了脏话。"

"那严格说来不是脏话。"

"但也许你压根不想让我骂脏话,一直都不。"

"塞思,坐下。"

塞思解下伍迪的皮带,坐到亨利旁边,手里还紧张地握着那个皮带,眼睛向下投向桌子。"什么?"

"你担心的太多了。你觉得你得做很多很多事情,好像你觉得你马上会犯下某些可怕的错误。想要把水槽的垃圾倒掉没有什么错。给我做咖啡或是遛狗也没有什么错。这很好。只是我觉得你做这些是因为你觉得自己做得不够多,不够好。就像是,如果你不是那么能干的话,你就不配活在世上。为什么不能放松一下,只是当个正在放假的孩子呢?"

塞思朝他看去,然后又一次垂下眼光。"我可以试试。"

"为了你自己好,对。"

"只是……我已经像这样很久了。"

奥古斯特深深地吸了一口气,又叹了出来。"是啊,能看出来，但是如果你放开你一直需要给我留下好印象的念头，我仍然会很感激。"

"我会尝试的。"但是他听起来对于成功的几率不怎么确定。

"吃吐司吗？我想亨利会和你分享的，然后我们可以再做一些。"

"好的，"塞思说，然后他低头看向他的弟弟，"亨利。你对奥古斯特说话了？"

亨利点点头，这一次更坚定了一点。

"是什么让你迈出这一步，然后决定这样做的？"

亨利耸耸肩。

"你见过怪岩柱吗？"塞思问道，然后陷入沉默，听着他父亲的回答。

在炙热的太阳下，他们站在付费电话前。亨利蹲下来，蹲在奥古斯特的影子里。

"好吧，我之前甚至从没听说过它们。我希望你可以看见它们，但至少我拍了照片，我给每样东西都拍了照片，主要是用奥古斯特的相机拍的，不过他说当我们九月份到家以后，他会给我们一份所有照片的拷贝。昨天我们一路向下走到了峡谷底，还绕着环形路线走了，然后我们就到了有怪岩柱的地方，就在一些岩柱底部的旁边。他们像那些……像尖塔一样，但是很粗糙，你知道吗？还有红色、橘黄色、金色和白色，我指的是，岩石的颜色。我从没看见过这么多颜色的岩石。有点像在照片上看到的大峡谷，只是更加多彩。我希望我能更好地描述它们，它们很难描述。我想要在峡谷底端的路上，从那下面给你打电话，因为我想要一边看着怪岩柱，一边描述它，但我不确定那样是否有所帮助。不仅如此，我们在那下面一点信号都没有。但这是趟很棒的徒步旅行，而且亨利的体力也变得很好。一直到我们再次返回边缘处且走了一大半的时候，奥古斯特才需要背他。他现在有更好的袜子了，我们都有。奥古斯特给我们买了徒步穿的袜子，所以我们不会长水泡，那个有用。"

一阵停顿。

"是的，他……是的，我们……是的，好的。"

塞思把听筒递给亨利。"他想跟你讲话。"

亨利拿起电话又再次蹲下，但是这次是在太阳下。他闭上了眼睛。

一分钟后他把电话递给奥古斯特，但奥古斯特把听筒靠近耳朵时，韦斯还在说话。

"所以，我知道你表现不错，因为你一直——"

"韦斯？"

"哦，亨利怎么了？"

"我不知道，他只是把电话递给了我，我以为你要和我讲话。"

"噢，呃，并不是，不过——"

"不过，我需要跟你讲话，真的。"奥古斯特朝男孩们看去，他们正小心地看着他。"孩子们，你们能让我一个人在这儿呆会儿吗？"

塞思的脸微微凑近，绷紧了，但是他抓住弟弟的袖子，走开了。

"发生什么了？"韦斯问，"什么事？是有什么问题吗？"

"不，没有问题。我只是想知道你确切的释放日期。你明白，这样我可以做我的计划。"

"唔。"韦斯说。

"我不知道回答这个问题有什么难的。"

"嗯，是九十天，就像我说的那样。"

"所以你应该知道确切的日期。"

"我得去看下日历。"

"我很难想象你没有在数日子,那些监狱电影中人们在墙上标记过去的天数又是怎么回事呢?"

"那只在电影里。"韦斯说。

"不,我不这么认为。我觉得数日子、数到你厌恶的事情结束,这是人的天性。不管怎样,这样下去事情不会有进展。所以,以下是我希望你做的事,我希望你能准许我直接从监狱的工作人员那里获得信息。"

一阵沉重的沉默。奥古斯特的大脑飞速运转,想知道如何解读这个沉默。

"我可以找出日期告诉你。"

"我想直接去问工作人员。"

"你觉得我会和你说谎?"

"实话回答?我不确定。你告诉我你进过两次监狱,而最后发现是四次。"

"这无关我进监狱的次数。"韦斯说道,他的声音冷酷了一些,"那真的不管你的事,你该关心的是我何时去把孩子们接回来。"

"好的,我承认,那不管我的事。但是你主动说出了这是你第二次进监狱,然后你忘了另外两次。我不知道你是忘了还是你说了谎,甚至那也并非问题。问题是我不确定我能否相信从你那里得来的信息,我想听听监狱的工作人员怎么说。"

又一阵沉默。

然后,"好吧。"

"所以你会准许我从他们那儿得到信息?"

"对。"

"今天可以吗?"

"在你下次打来之前,对。"

"但是我可以在任何一天打给他们。只能在一周的三天里接收来电的人是你,所以今天怎么样,正好你在考虑这件事?"

"好啊,随便你,奥古斯特。"

奥古斯特紧闭双眼,又再次睁开,然后看到塞思和亨利抚摸着一位女士的金色猎犬。

"我教高中几乎教了一辈子了,韦斯,我活得久到足以明白,'随便'的意思基本就是'见鬼去吧'。"

"你想让我怎么样,老兄?"

"我想让你告诉监狱的工作人员,奥古斯特·施罗德,那个正在帮你照管孩子的男人,有权和家人一样获得你的信息。"

"知道了。好的。"

奥古斯特张着嘴想要问打电话的时机,但是他的想法被打断了,不是被韦斯打断,而是被挂电话的声音。

第九章
打　开

奥古斯特锁好车子，然后他们三个和伍迪穿过停车场，站在朝向布莱斯峡谷的观景台的木桩和石柱栏杆前。他们为了一个一个地观看景点，就把车里所有可以移动的东西装上车，踏上清早的驾车之旅，沿着和峡谷平行的长路行驶，在每个观景台逗留。

这里的海拔比营地要高，超过九百英尺，奥古斯特可以感受到他呼吸中的微小变化。

狐尾松的小球果遍布这个地区，而亨利开始采集它们，并抓起自己衬衫的底部，形成一个临时的袋子，把它们放进去。奥古斯特犹豫着是否要告诉他，采集任何东西都是违反公园规定的。他权衡了一下其重要性，然后随他去了。当他们回到房车时，也许奥古斯特会鼓励他选一颗自己最喜欢的，并且只留下那一颗。

一只几乎是老鹰大小的乌鸦坐在一根石柱上，看着他们，发出呱呱的叫声。塞思朝峡谷里看去，呆住了。奥古斯特从口袋里拿出手机，惊讶地发现手机有几格信号。

"嘿，"他对男孩们说，"我可以在这里收到手机信号。我要离开一下去打个电话,等我回来的时候,也许我们可以打给你们的父亲。"

"好的。"塞思说,好像几乎没有去注意他。

"你会替我看好伍迪吗?"

"当然。"塞思说道,然后伸出手去抓皮带。他的视线不曾离开峡谷。

"哈维,"奥古斯特说,"真棒。你接电话了。"

"我以为你生我气了。"

"不,你才没有那么认为,你知道我只是没有手机信号。"

"差不多吧,也许两者都有一点。有什么新消息吗?"

"有,也没有。我和监狱方面谈过了,他们不会给我任何信息,所以接着和韦斯通话的时候,我让他授权我去问关于他的信息。就在那时,那一天,当他还在考虑这件事的时候。他似乎对此不是很开心。事实上,他挂了我电话。但他说他会授权我的,然而后来我有给监狱打电话,而他还没有授权,或者至少说他昨天没有。"

"惊讶吗?"

奥占斯特抬头看见乌鸦跟过来了,不是刚刚那一只,就是停在附近的另外一只。那只鸟用一只闪亮的黑色眼睛盯着奥古斯特,随着嘴巴一张一合,发出奇怪的叫声。奥古斯特观察着它奇怪形状的巨大鸟喙。

"并没有。我只是不确定他是不是有可能忘记了,或者说我应该直接假设他放了我鸽子。"

"说得好像这之间有不同似的。"

"嗯,确实有些不同。"

"没有不同,奥古斯特。人们记得他们想要记住的,而忘掉他们想要忘记的。如果你告诉他某件事对你而言很重要，而他忘了去做这件事，他就是放了你鸽子。"

"是啊，"奥古斯特说，"我猜我明白你的意思了。"

"我需要和他聊聊。"当塞思在等他父亲接电话时，奥古斯特对他说道。

"好吧。"

大约过了一分钟，塞思滔滔不绝地说了起来。

"爸爸！真棒。你接电话了。你听我说，我就站在朝向布莱斯峡谷的栏杆前。我打算把它描述给你听。但是……你知道吗？这还是很难。这些岩柱有条纹，侧面的条纹，那是我所能描述的最佳方式。岩石真的像砖块一样红，甚至要更红一些，不过它有宽宽的白条纹相间其中，而且即使是红色的部分看起来也像有条纹似的。有些怪岩柱是并在一起的，就像是岩柱连在一起形成了一面大墙，而其中一些则只是单独立着。我拍了照，那根本没用，不是吗？我敢打赌你仍然无法想象它的样子。听着，奥古斯特需要跟你讲话……不，他特意说了他需要和你讲话。"

奥古斯特伸手去接电话，而塞思则把它交了出来。很快，但还不够快，等到奥古斯特把电话靠近他的耳朵说"你好"的时候，韦斯已经不在线上。电话已经挂掉了。

"唔，"塞思说，"一定是没有信号了。"

奥古斯特看向屏幕上的信号，四格，和电话接通时一样。

"是啊，也许是这样。"奥古斯特说道。

亨利在驾车回营地的路上睡着了，塞思则在前三分之二的路程一直盯着窗外。

然后他说："我们在布莱斯呆了多久了，奥古斯特？"

"五天吧。"

"哦。"

"怎么了？是不是感觉已经看够了？"

"呃，我说了不算，奥古斯特，我们在一个地方呆多久是你说了算。这是你的车、你的汽油钱、你的旅行。"

"不过你感觉如何？我在问你，是不是感觉是时候离开了？"

"也许。也许是的。我想我一辈子都可以闭上眼睛就看见怪石柱，即使我永远无法弄明白如何描述它们。去有会议的地方会不错。"

"会议。"

"是啊，你知道，如果你能找到开放的会议的话，那种不只是酗酒的人可以参加的会议。接下来我们会走哪条路？下一站是什么？在这里和我们接下来要去的地方之间有没有会议呢？"

"几乎每个地方都有会议，"奥古斯特说，"当我们离开这儿以后，我们会开很长的路才会到达更多很棒的国家公园，我们计划在那些地方停下并逗留一段时间。接下来我们会穿过盐湖城和犹他州的一些其他部分，那里的岩石更少，而人更多。所以，没错，接下来的路上有一些会议。"

"好，那么我已经准备好随时出发了。"塞思说。

"听着，我想在亨利还在睡觉的时候和你说些事。"奥古斯特说。

他们回到了营地，而奥古斯特正站在厨房区做午饭吃的吞拿鱼三明治。亨利仍然戴着安全带坐在座位上睡觉，伍迪趴在他的膝盖上。狗的爪子在抽动，仿佛它正在梦里奔跑。

"当然，好的，奥古斯特，什么事？"

"我需要你去问你父亲他出狱的确切日期。"

"你不知道吗？"

"我以为我知道，但现在我不确定了。"

"为什么你不能从他进去的那天开始算一下呢？那个星期一，我们离开后的那天。"

"是啊，我可以那么做，但是当我问他这件事时，我没有得到一个清晰的答案。而且有一次他甚至挂了我的电话。"

"我不认为他会故意那么做，奥古斯特，我想只是你的手机没有信号了。"

"我说的是在付费电话上的那次。"

"哦。"

"所以我只是觉得，如果你问的话也许会更好，也许他会更愿意和你说。"

"好的。"

沉默。

奥古斯特做完了三明治——一共三个——然后把它们放在餐桌上的纸盘子上。塞思在一个三明治前坐下。

"如果他出来的时间比你以为的要晚呢？那时我们怎么办？"

"我现在也不知道，"奥古斯特说，"兵来将挡，水来土掩吧。"

"好的。"塞思说，然后咬了一大口三明治。

奥古斯特抬头看见亨利睁开了眼睛，睁得不是很大，好像他刚刚才醒，然而看起来更像是他决定要把眼睛睁开。

"亨利晚上睡得很早，"奥古斯特说，"你觉得我们应该怎么做？"

"我想可以把他留在车上。"

"是吗?"

"我们会锁门的,对吧?而且如果有任何人试图进来,伍迪会发疯似的大叫。我们可以把那些窗帘放下来,这样没有人能看见这里面有个孩子。我想他会没事的,奥古斯特。"

"而且不管怎样,车上有警报系统。"

"我们会听见它的,对吧?我们就会在那里,对吧?"塞思透过车窗指向会议地点大开的门口。灯光向外泻在街道上,看上去很诱人、温暖。"会没事的,奥古斯特。"

"要是他醒来,因为他一个人而感到害怕呢?"

"他不是一个人,伍迪在这里。"

"你觉得它也算?"

"你在开玩笑吧?对亨利来说没有人比伍迪更重要了。"

"噢,看,"奥古斯特说,"有饼干,以及咖啡,但是不要喝咖啡。"

"我不喝咖啡,奥古斯特。"

"很好。"

"但是我能去拿点饼干吗?"

"当然可以了。"

但是塞思没有动。

他们站在小会议厅的入口通道上。距离会议开始还有整整十分钟,所以只有大约三个人在闲逛。四张折叠桌被推到一起,拼成一个大桌子,一个大个子宽肩膀的男人正在桌子旁摆放折叠椅。

"我爸爸不喜欢我吃糖。他说我话也说太多了。"

"我确定到你再见到他的时候,这些糖已经消化掉了。"

塞思勉强地笑了笑,然后找了个地方坐了下来。

那个体格像美国橄榄球联盟后卫球员一样的男人靠近了奥古斯特。

"我是雷伊,"他说,"欢迎。"

"奥古斯特。"

"新成员吗?"

"只是访客。这趟会议是开放的,对吧?他们在总公司的电话上告诉我,你们只允许男性参加,但是是开放的。"

"是的,"他说道,"但是我觉得你儿子在隔壁房间会更开心。我们的一些常客会带孩子来,因为他们请不起保姆。那里面有电视、一些漫画书和别的玩具。"

"谢谢,"奥古斯特说,"但是你不了解塞思,他求我带他参加一次会议。"

"这不会让他无聊透顶吗?"

"就像我说的,你不了解塞思。"

奥古斯特抬头看见塞思并没有去到饼干桌那里。塞思被一张放满明显标志着免费的 AA 书籍的桌子吸引。他正在挑选小册子,并把它们塞进口袋,直到塞不下为止。

那天晚上分享会的主持人是个戒酒时间最短的人,只有五天。当这位年轻的会议主持人分享他整整七个月每日酗酒的经历时,奥古斯特时不时地瞥向塞思的脸。

"每个人都问我我当时在想什么,"那个名叫格雷格的男人说道,"而我完全无法解释。因为我没有,我没有在思考,没有思考的过程,完全没有。事情就是发生了。我不是说那顺其自然就发生了,因为我知道我有责任。我只是不知道当它发生时我在想什么。

"没发生什么悲惨糟糕的事,也没发生什么可庆祝的事。当时我很饿,而且心情比较糟,然后我买了一点炸鱼和薯条。我发现饱腹能让我平复下来,你们明白吗?我的神经有点迟钝,甚至不比往常更严重。而然后……我甚至不想说我有了一个主意,这感觉甚至不是一个主意。我只是点了一杯啤酒,因为似乎它不会对一个填饱的胃产生任何坏处。突然,两杯啤酒和一盘炸鱼薯条似乎是个好主意,完全合情合理。我一直回想这件事,但是我还是不知道如何阻止自己,因为直到我清醒过来,才明白自己做了些什么。

"是的,我和我的协助者聊过很多,而且我在更广泛的意义上知道,我怎样可以防止它发生。如果我积极地参加这个项目,并且像我应该做的那样每天给他打电话,并且脚踏实地,去参加更多的会议,我也许就不会再次滑入酗酒的深渊。但是当我一旦开始,我甚至都不知道事情是如何发生的。我只知道我点了第一瓶啤酒,并且满脑子想的都是没有关系,不会有问题。但那天晚上晚些时候,当我出门买更多酒的时候,我知道出问题了。我只是想象不出最初的时候事情是如何一步步发生的。不明白这是怎样发生的。"

当他结束自己的分享时,塞思交叉双臂放在他前面的桌子上,然后把他的头放进了这个小"摇篮"里。奥古斯特发现他只是累了,虽然只是八点多一点。

雷伊下一个分享,开始说道:"欢迎回来,格雷格,重要的是你现在在这里,你回来了。我会确切地告诉你发生了什么。有一种说法用来描述你喝酒但说不出为什么喝酒的疯狂事,这叫做酗酒。唯一一种试图让你相信你没有病的疾病,这星球上最他妈卑鄙的一种病。"

奥古斯特弯下身子朝塞思的耳朵悄声说道:"你还好吗,哥们儿?"

"我没事。"他说。

"你确定?你看起来不太舒服。"

"我没事。"

雷伊正在分享他前几天做的一个喝酒的梦。"然后我有点清醒了——我是指在梦里,不是指我已经醒了——我正坐在酒吧里,手里拿着一杯喝了一半的威士忌。感觉与格雷格一样,完全不知道这到底是怎么发生的。我的意思是,我确实知道这是梦。但是在进退维谷之前,我从这个项目进进出出已经十一还是十二次了。而且相信我,那个梦很逼真,那就是真实生活里的样子。我的重蹈覆辙没有别的原因,只是因为我是酒鬼。我想我做这个梦是因为我妻子逼我进这个项目,而不是我心甘情愿要戒酒。我还没有触到自己的底线,但我妻子不那么认为。但我还未结束酗酒,这就是我的情况。"

雷伊说了更多,但奥古斯特又看着塞思,想知道他是否应该让他回到房车里去。奥古斯特在椅子上挺起身子,朝右侧探身,通过窗户看去,想看看车子里是否一切平静,是否有任何的动静,任何亨利睡醒的迹象。但是似乎一点儿动静都没有。

"我们的访客呢?"雷伊说道,靠近奥古斯特,"以及他年轻的朋友,介意今晚来分享吗?"

塞思抬起头来,害怕地朝奥古斯特看了一眼。"我必须要分享吗,奥古斯特?"他用响亮而紧张的耳语问道。

"不,不是必须的,这取决于你。"

可以听见塞思长长地吐了一口气,他的手臂垂落下来。

"我的名字叫奥古斯特,我是一个来自加州圣地亚哥的酗酒者。"

意料之中,组员们说道:"嗨,奥古斯特。"就像在其他小组所做的那样。

"我的故事与喝酒的梦有很大关系,我仍然会做这种梦,也许一个月两到三次。它们将我吓得屁滚尿流,但是这种惊吓是值得的,因为当我醒来并意识到我并没有那么做时,我如释重负。我没有真的浪费了我的时间。

"和雷伊所描述的有些不同,但是那种否认事情的因素是一样的,这正是这种毛病的卑鄙之处。比方在梦里,我一个礼拜喝了几次酒,每次喝了几杯,但是没有关系,这没什么。我没有告诉我的协助者或组员,我也没有更改我的戒酒计划,因为这无关紧要。但是后来,在梦里,我突然意识到这非常重要,我必须要坦白承认。但是我不想这么做。但是在那时,没有别的选择。

"在我家乡的小组里,有这样一个人会试图告诉你,如果你做了喝酒的梦,说明你的整个项目有些问题。而我已经告诉他最好不要再和我说那个,因为我完全不同意。我确切地知道我为什么做那些梦。这不是因为我想要喝酒,而是因为我对于格雷格所说的那种否认感到害怕。我害怕如果我不注意的话,我会再次酗酒,而且那种恐惧出现在我的睡梦里。如果我想喝酒,我早就那么做了。不管是出于什么原因,当我开始参加这个项目的时候,我就一直在参与。也许是因为我准备好了,我来这里只是为了我自己。没有人告诉我是时候来参与项目了,是我决定的。"

通常他会分享得更多,但是他向塞思看去。塞思又笔直地坐着,看起来更加紧张了。

"你想要分享吗,塞思?你不是必须得分享。"

塞思又快又害怕地摇了摇他的头。

"你感觉还好吗?想要回到车里躺下来吗?"

塞思点点头，面色苍白，沉默不语。于是奥古斯特从口袋里摸索出钥匙，递给塞思。塞思一把拿过去。

他又听了两个人分享，然后提早离开会议，去看看塞思，确认他还好。

他发现塞思端坐在沙发上，紧挨着熟睡的亨利，一边钻研着书本。

"你还好吗，塞思？"

塞思叹了口气，没有说话。

伍迪在奥古斯特的脚周围晃来晃去表示问候，而奥古斯特则蹲下来，温柔地挠着小狗肩胛之间的地方。

"你看起来像是生病了。你头痛或是胃痛或是别的地方不舒服吗？"

塞思摇头表示否认。奥古斯特坐到沙发边缘上，用一只手臂勾住男孩的双肩。

"想要聊聊吗？"

塞思哭了起来，用袖子的背面擦拭眼泪，但是眼泪只是一个劲地掉下来。"呸，"他说，"我讨厌自己哭。哦天哪，现在我还骂脏话了，对不起，奥古斯特。"

"真的不要在意，"奥古斯特说道，"怎么了？"

"我太蠢了。"

"你为什么蠢？我一点也不觉得你蠢，为什么你觉得自己蠢呢？"

"我以为我去参加会议的话，我可以……收集一些能够带回家告诉我爸爸的事情，比如我会发现能让人们停止喝酒的东西……然后……你懂的……把它带给他。但根本不是那么回事，对吗，奥古斯特？"

"没错。"

"你必须出于自己的意志想要那么做，而且即使那样做未必有用。"

"对。"

"你必须要真的做好准备，而且你甚至不能帮助别人做准备，他们必须自己做好准备。所以我要怎么做，奥古斯特？"

奥古斯特深深地叹了一口气，把塞思拉近他那一边。

"我不知道，塞思，对不起。"

"你觉得我父亲是个酒鬼吗？我知道你一直说的话，比如你不能从表面来判断，以及如果你说你是，那么你就是，等等类似的东西。但是现在感觉你只是在回避问题。我知道你不能确定地说，但我在问你怎么想，而且我真的想知道，奥古斯特，我想知道你是怎么想的。"

"那么好吧，"奥古斯特说，"我会告诉你我是怎么想的。我觉得大多数犯过三次醉酒驾车罪的人都是酗酒者。因为不管是不是酒鬼，如果他们经历过两次醉酒驾车的话，他们会做下面两件事中的一件：要么不再喝酒，要么在他们喝酒时不再开车。我所认识的人中，只有那些疯狂到经历第三次醉酒驾车的人才是酒鬼。所以，我对你父亲不够了解，不足以去评价他。但是基于我知道的这些，如果我必须得猜的话，我会猜是，他是酗酒者。而且还有另一个原因让我觉得他是，因为如果他不是的话，我觉得你不会像现在这样沮丧。"

塞思把他湿答答的脸转向奥古斯特，不再试图隐藏泪水。

"而该死的，我没有办法帮助他做任何一件事情。"

"如果有任何你可以做的事情，那也不会是从 AA 会议上给他带什么东西。如果说你能做什么起作用的事的话，我想那会是以你自己的经历去告诉他一些非常诚实的东西。比如让他坐下，然后掏心窝地告诉他，他的酗酒给你带来了怎样的影响。"

"你觉得那也许有用？"

"我不知道，塞思。那也许有用，也许没用。我确切知道的只是你有权利这么做，而且类似那样的事情可能会有很大帮助。"

"谢谢你告诉我你真正的想法，奥古斯特。"

"我希望我能做更多。"

"这不是你的问题。"

但我希望它是，奥古斯特想，这样我就能做更多去弥补它。他没有说出来。

他写了一张字条，告诉自己早上要给哈维打电话，并征求他对于计划介入一个人人生的意见——一个你之所以会认识他，只是因为他让你到他的修理店，修完车不收费便让你重新上路的人。哦对了，还因为你带着他的孩子。

第十章
四次撞击

当奥古斯特醒来时，亨利和伍迪都在车子另一边的窗户朝外看去，亨利的手和伍迪的爪子搭在玻璃上，哪儿也看不见塞思。

奥古斯特起身走向房车的另一边，一只手撑在沙发背上，向外面望去看他们在看什么。可他除了空荡荡的营地，什么都没看见，于是他低头看向亨利。

"早上好，亨利，你们这么入迷地看什么呢？"

亨利抬头仔细地看着奥古斯特的脸，然后皱起眉头，指向窗外。塞思又走回了他们的视线范围以内，可以听见他在用奥古斯特的手机讲话。他面部紧绷，脸色阴沉，音量中透露出愤怒，但是奥古斯特没法辨认出他在说什么。塞思略微抬头看了一眼，看见他们三个在盯着他，于是转过背去，径直从车子那儿走开了。奥古斯特穿上他的羊皮靴子，在睡衣外套了件薄外套，从后门走了出去。

当他来到外面时，塞思已经结束了通话，并且明显地放下了电话、或是把电话塞进了他的口袋。他在一个接一个地捡小石头，然后用力地扔向营地里最大的一棵杉树的树干。奥古斯特能听到石头撞击它们的目标时所发出的重击声。在一次撞击后,他看到一块树皮从树上裂开,落在离树一英尺远的地方。

塞思回头看向奥古斯特,向他投去绝望的眼神,好像他生活的每个部分都出了问题,而奥古斯特则是其中最糟糕的部分。然后他又捡起一块石头,把它扔出去,发出一声更响的撞击声。

"塞思。"奥古斯特说道。

没有反应。他走近男孩的身后。塞思的肩膀看上去很高,又很结实。

"塞思,让那棵可怜的树休息一下怎么样。也许你可以告诉我发生什么了,我敢打赌不管什么事,都不是这棵树的错。"

塞思回头又朝他瞥去愤怒的一眼,然后拿起一块新的石头。奥古斯特走过去,牢牢地抓住男孩的右手。塞思扔下石头,发出一声压抑的抗议声,疯狂反抗想要挣脱。奥古斯特没有办法,只好用两只手臂围住男孩,把他紧紧地包住。这像是为了试图控制一只中等大小的野猫而采取的动作,但是奥古斯特没有松开。

"放开我!"塞思大叫道。

"告诉我发生了什么。"

"你像抓囚犯一样抓着我,我不会和你说的。"

"我没有像抓囚犯一样抓着你,我是试图抱住你,我试图把我的手臂围住你给你一个拥抱,但是你抵抗得太厉害,以至于分不清了。"

塞思不再动了,一切的反抗默默地从他身上消失殆尽。奥古斯特能够感觉到它消失了。然后塞思开始默默哭泣。

奥古斯特带着他走到他们的野餐桌前,找了一张长凳坐下,仍然把塞思抱在怀里。他抬头瞥了一眼,看见伍迪和亨利仍然在透过窗户在看着他们。他想知道他们两个当中哪一个看起来更加关切,最终他决定这是一场平局。

"刚刚你是在和你的爸爸说话吗?"

塞思用抽鼻涕的声音回答了他,然后靠在奥古斯特的肩膀上点了点头。

"想告诉我是什么坏消息吗?"

一开始塞思什么都没有说,一分钟后,奥古斯特感觉到他准备开口了。他的双肩伸直,随后做了一个大大的深呼吸。

"我现在没事了,奥古斯特。"他说道。

这显然是谎话。但是奥古斯特放过了他。

塞思环顾一下,仿佛一块纸巾会神奇地出现,然后他在袖子上擦了鼻子。

"他说他们正试图给他定另一项罪名。他可能会在里面再呆九十天,所以当你在夏天结束回去的时候,也许他的服刑期只过了一半。"

奥古斯特坐了一分钟,有意识地调整着呼吸。新消息像万丈深渊一般到来,好像某样东西掉进了某个长长的井里,深得几乎见不到底。但是这还是有个底的,而当消息落到这底部时,奥古斯特意识到他一直隐约知道这件事,或是某件与之非常类似的事情。

"什么时候有确切消息呢?"

"我不知道,"塞思说,"但是有件事我可以确定地告诉你,我们不必再问他了,因为他说谎。我一直想要认为,也许他只是弄错了,但是我真的觉得他在撒谎,奥古斯特。所以,不管怎样,我让他就在我们打电话的时候去告诉门卫,他想和负责人说些事,并且允许监狱的工作人员直接把消息告诉你。"

"哦。"奥古斯特说道,惊讶于塞思的周到考虑,"那很好。你觉得他会那么做吗?"

"他最好这么做。不管怎样，一旦他告诉门卫，我想他就不得不那么做。不要告诉亨利，"他又猛呼一口气，"他会受不了的。"

奥古斯特转了下头，朝亨利的地方看去，他正跪在车里的沙发上看着这边的情景。

"我想你最好告诉他一些事，"奥古斯特说，"我想他所想象的也许会更糟。"

"我们要怎么做，奥古斯特？如果他得在监狱里呆到十二月的话，我们应该怎么做？"塞思吐出"十二月"这个词时，好像在讲将来几十年以后的日子，那时他和他的弟弟亨利会很苍老，头发灰白。

"唔，我不知道，哥们儿，我需要想一想。我给监狱打个电话，问问情况怎么样，然后我们再决定别的事。"

塞思一言不发地坐了一分钟，然后抽了一下鼻涕，站起身来。

"还有当你和亨利讲完话以后，开始收拾东西吧，这样我们就可以出发了。我今天想早点上路，因为我们会在傍晚赶到黄石。"

和奥古斯特讲话的女人声音又高又细，像小女孩的嗓音。奥古斯特有一瞬间想知道她的办公室是不是就在监狱那里，她听起来毫无警惕性。但是他意识到，那不是一个有用的观察，而且可能大错特错。

他再一次抛开了这些想法。

"我不知道你一直在说的这个'额外的'控告是什么意思，"她说道，"没有额外的控告，你所说的犯人只在一场法庭上被控告和定罪，即醉酒驾车。"

"哦，"奥古斯特说，心中充满困惑，"所以你们并没有要用别的罪来控诉他。"

"我们没有，"她说，"没有。"

奥古斯特抬头看向窗户,去看两个男孩是否在盯着他。伍迪正坐在车子的驾驶座上,显然是在观察松鼠。男孩们在窗边穿来穿去,急着把每件东西收拾干净,然后放好。

"嘿,等等,"他突然说道,"醉酒驾车?我以为这一次他被控伪造支票。"

"不,先生,是醉酒驾车。"

"噢,好吧,那不重要,至少现在不重要,主要的事情是我要马上知道他的出狱日期。"

"十二月三日。"她说道。

关于日期的消息让奥古斯特全身感到阵阵麻木。他静静地站着,感到这阵麻木到处回响,每一次都在触动他的内心。

"你说过没有额外的控诉。"

"对。"

"但是他本应该在九月出来。"

"不。"

"不?"

"不,先生,从来没有安排他在九月获释。"

"所以他最初被判……"

"六个月。"

又一阵沉默振荡开来。虽然这是个不恰当的想法,但是奥古斯特突然觉得这个女人一定是难以理解为什么这么简单的事情他一直听不明白,而且她一定希望快点结束这次通话。

"从一开始他就被判了六个月吗?"

"对。"

"因为醉酒驾车?"

"这是他第四次犯罪。"

"懂了。"

又一阵长长的沉默。

然后这个女人说:"您还有什么别的需要吗?"

奥古斯特注意到她的声音低沉了一点点,变得听起来更像是大人,好像她需要变大变强,才能让奥古斯特挂掉电话。

"唔,没什么了。只是,那是……我的意思是,那是没有改变余地的,对吗?那是确定的?十二月三号?那不会改变?不会因为行为良好或其他事情而减少刑期?"

"鉴于这是他第四次犯罪,我想你可以确信他会服满刑期的每一天。"

"好。"奥古斯特说道。这一点也不好,但是和这个女人说也无济于事。"谢谢。"

他挂断电话,然后走向车子的后门。伍迪摇摆着尾巴来迎接他,奥古斯特开门的时候,小心地看着伍迪,在他的余光中,他看见所有的忙乱都停止了,男孩们静静地站着,等待着。

当他最后抬头看向他们的脸时,奥古斯特不必说那是坏消息。他们已经知道了,显然,从他的眼里,一下子就能看出来。

"只是……"奥古斯特说,然后停下了,不确定自己要说什么,"只是……我不知道,给我点时间思考,我只是需要想一想这件事。"

"哇哦,看这些山,"塞思叫道,吓了伍迪一跳,"我这辈子都没见过这样的景色!它们看起来像阿尔卑斯山!这是黄石吗?"

这打破了萦绕了他们一路的令人惊讶的沉默。

"不完全是,"奥古斯特说道,"我们从南端上来,这样我们就能穿过大提顿国家公园。我想看看它的景色，而且我觉得你们也会想看。"

"所以那些是大提顿国家公园的山吗？"

"是的。"

"我从来没有听说过。"

"从来没有在学校里学过它们或是见过图片？"

"我觉得没有。它们是那么的……"

他没能说完自己的想法，不过奥古斯特觉得他知道。它们又高又陡，又大又窄的山顶笔直向上指着，看上去甚至往下弯了一点。它们是真正的山峰，是难以想象可以试着爬上去的那种。即使在夏天，它们也藏有陈年积雪，看起来确实有点像奥古斯特所拍的阿尔卑斯山。

"我们停下吃个午饭吧，然后我们就能真正地领略它们。"他说。

奥古斯特在靠近湖滨的岔道里停了车，然后做起吞拿鱼三明治。塞思站在外面，凝视着那些山脉。奥古斯特得去叫他进来拿他的三明治。

"我能把它带到外面去吃吗，奥古斯特？"

"当然。"奥古斯特说道。

然后他和亨利在餐桌的两侧坐下。奥古斯特看着窗外的大提顿山。亨利也在看，但是奥古斯特不知道他是在看那些山还是在看他哥哥看那些山，或者是两者都有。

几分钟后，他的嘴里塞满了吞拿鱼时，亨利说："他在想登山的事。"

从这个男孩口中听到那么多的单词，让奥古斯特感到惊讶。

"你怎么知道？"奥古斯特问。

亨利只是耸耸肩。

"不,真的,"奥古斯特说,"我很好奇,你怎么看出来的?"

亨利又耸耸肩。"就是知道。"他说。

奥古斯特吃完了三明治后,跨出后门,把伍迪留在里面,和亨利呆在一起。这样他吃完的时候也能继续看山。

奥古斯特几乎肩并肩地站在塞思旁边。塞思手里拿着三明治,几乎没有吃。他看起来像是不知道奥古斯特来到了他身旁。

"在想爬山的事?"奥古斯特问道。

一阵短暂的沉默。

然后塞思说道:"哦,是啊。"

他们沉默地继续看了几分钟。

"不要让你的午饭浪费掉。"奥古斯特说。

"我一直在思考怎么告诉你看到这一切之后我的感受。"

"大提顿山?"

"是的,不过不只是它们,所有这一切,所有这些……你懂的,这些地方,自然。它让我有特别的感受,但是我就是想不出要用什么词语。"

"大多数人说这让他们感觉更渺小,这世界是如此之大,以至于让他们感觉自己微不足道。"

"不。"塞思说,但是接着他没有马上详细地说下去。"更大。"过了一会儿他说道。

"真的吗?"

"不过只是在内部的层面上,"塞思说道,"好像在我的胸腔里。好像我把空气吸进肺部,然后我的肺比起之前更大了。但是并不是真的是指我的肺,我只是感觉在我的身体里有了比以前更多的空间。"

奥古斯特稍微试了一下，看看是不是像他说的那样。他想知道他如此渴望夏天，是否是因为夏天让他呼吸起来容易得多。

"你有没有这样的感觉，奥古斯特？"

"我不确定，"奥古斯特说，"不过我觉得你将你的感受描述得很好。"

"我们到黄石了。"当他们开进他们的营地时，塞思微不可闻地说道，这是他在好几个小时里说的第一件事。

这是一件每个人都已经知道的事，但是没有人说过它，因为自从他们穿入公园入口后，没有人说过任何东西。

"是的，我们到黄石了。"奥古斯特答道。

然后他关掉车子的引擎和前灯，营地陷入了黑暗，树消失了，他们周围的帐篷和房车也消失了。然后，他们坐了一会儿以后，所有的景物又都缓缓进入视野，间或点缀着其他房车车窗和野营篝火星星点点的亮光。

"你真的很想来这里，是吗，奥古斯特？"

"是的。"奥古斯特说道，他不喜欢这问题接下来的方向，但不确定为什么。

"所以……很棒，对吧？我的意思是……你在这里，很棒。"

他们静静地坐着，奥古斯特在驾驶座，塞思在他旁边的副驾驶座，亨利和伍迪在后面的沙发上。不知什么原因，他们没有一个人解开自己的安全带，仿佛惰性是某种有传染性的东西。

"我不太确定你想问什么，塞思。"

"我想我的意思是……你现在是不是感觉好点了？"

奥古斯特吸了一大口气，又重重地呼出去。

"没有。不过我觉得我会好的。"

"我能问你个问题吗,奥古斯特?"

奥古斯特眯起眼睛,紧紧闭住,把方向盘抓得更紧了。"我仍然需要更多时间来思考这个问题,塞思。"

"不,不是关于那个,是关于那个冰茶瓶子。我只是想知道……我的意思是……我们在这里,所以我们一定要那样做吗?在这里?我们要把这些骨灰撒在随便什么地方,只要是在黄石?还是要把它们撒在黄石里的某个特定的地方?"

"我不确定,我想也许会撒在很多不同的地方,但是我还没真的把它想得很清楚,目前还没有。"

就像我也没有想清楚,为什么觉得来到这里的话一切问题就都能迎刃而解,他想到,但没有说出来。

"你想要自己考虑这些地方,奥古斯特,还是让我们来帮你想?"

他们三个都两腿交叉地坐在营火前的毯子上,火焰的光照亮着男孩的脸庞,以及他自己的脸,奥古斯特意识到了这点,但是他不想费心去想。他想要感觉淹没在夜色中。

奥古斯特直觉塞思非常想要聊一聊在他父亲的后一半刑期里他们会做什么。而,由于他不能说,一般来说他唯一的选择就是拼命地说话。

"如果你想的话,你可以提出建议。当我看见一个好地方时,我就会知道,就会有那种感觉,你明白吗?"

"但是你还没见过任何你满意的地方?哦,不用回答我,对不起,那是个愚蠢的问题,我们刚刚开进来,而且很暗,你怎么可能见过任何地方呢？我很抱歉，奥古斯特。我知道我说得太多了，但是我没法让自己停下。"

"没关系，"奥古斯特说，"我们都有点脱离常态。"

"谢谢，奥古斯特。我能进去拿棉花糖吗？"

"如果你想去的话你可以去。不过在我们能烤好它们之前，这个火就得熄灭了。现在要做的是让火燃得旺一些。"

"我可以在我们等待的时候削一些棍子。"

"好。"奥古斯特说。

塞思一跃而起消失了。伍迪跟着他跑过去，以防万一发生什么麻烦或是有趣的事。

奥古斯特向上看——又向下看——看向亨利。亨利抬头看向奥古斯特，那表情毫无防备，男孩的脸像是一扇邀请客人进入他屋子的敞开的门。他微微地笑了一笑，奥古斯特只能将这笑形容为"折磨人的"。他的眼神让奥古斯特想起男孩们在家里呆的最后一天，他们的父亲教导他们避开他的样子，这样他们就不会用这样的眼神给自己不正当的负担。

虽然很困难，奥古斯特还是微笑了，然后很快再次看向别处。

在营火的边上，塞思蹲在亨利旁边，用奥古斯特的瑞士军刀削着一根长棍的一端，小心地避免切着自己，就像奥古斯特教过他的那样。

奥古斯特可以听见树丛里微微的沙沙风声以及某种昆虫的噪音，还有远处另一些野营者的声音。

"火！"奥古斯特突然说道。

他说完以后连自己都惊讶了。塞思非常震惊，向前跌倒，并且不得不用一只手把自己撑起来，避免摔到火坑里。

"对不起。"奥古斯特说。

"没事，只是你惊到我了。"

"你切到自己了吗？"

"没有，我没事，火怎么了？"

"那就是我应该放菲利普骨灰第一部分的地方，在我们的营火里。"

塞思好一会儿都没说话，而奥古斯特则能看到并感受到他凝视着火光。

"在火里？"过了一会儿他问道，听上去是反对的。

"是的，为什么不呢？如果他和我们一起在这里，他会坐在这里享受这营火。这是我们在这儿的第一晚，而他在这里一定会感到激动。但是现在太晚了，太黑了，没法去探险，所以他会就坐在这儿享受营火，享受我们身在这里的事实，所以我们要把他的一些骨灰放的第一个地方就是这火里。"

"但是……奥古斯特……"

"什么？"

"他不会在火里。如果他在这儿的话，他会坐在火的旁边。"

"嗯……那没错，但是我不想只是把他的骨灰扔在火坑旁边的地上。因为那样我们会在接下来的一两个礼拜里踏到它们，它们会沾满我们的鞋底，那样不好。但这样一来他就真的是火，他会成为火的一部分。"

"可是……奥古斯特……"

"什么，塞思？"

"这是火，没有人想在火里。"

"塞思,他已经被火化了。"

"哦,好吧,那没错。但还是……"

奥古斯特低头再次朝亨利看去,亨利很快回以凝视。

"你怎么想,亨利?我们是不是应该把菲利普的一点骨灰洒在火上?"

亨利点了一次头,很快,很坚定。

"我们应该?"塞思问道,"为什么?"

亨利耸耸肩。"我不知道,"他用小小的卡通老鼠一样的声音说道,"只是看上去挺好。"

奥古斯特半蹲下来,一只膝盖撑在火坑的一块石头上,伸出双手,掌心向上。

"多少?"塞思问道。

塞思在这次行动中的责任显然让他感到紧张。

"慢慢放,我会说什么时候停。"

灰烬拍打着奥古斯特的手掌,有一种沙子的感觉,就像是你能想象到的最细小的鹅卵石,甚至更细。当大约四分之一杯子的一堆灰末倒入了他的手中时,他说道:"好了,够了。"

然后他呆在那里,蹲着,姿势不太舒服地看着塞思把盖子放回瓶子上。亨利的脖子滑稽地向前伸,一边盯着奥古斯特手里的灰烬,好像在期待它们突然动起来。

"我们要说些什么吗?"塞思问道。

"我不知道,我并没有认真在考虑这件事。"

"如果我们要说些什么,应该是你说,你是他的父亲,我甚至都不认识他。"

"你会喜欢他的。"

"我确信我会，我希望他在这里。"

"是啊，"奥古斯特说，"我也是。"

"那么……你要说些什么吗？"

"我不知道，也许不说了，我不知道要说什么。"

自从这个瓶子从杂物箱里被拿出来以后，他一直在自己的内心摸索，然而至今他什么也没有找到。

"那么，我能说些什么吗？"

"当然。"

"菲利普是他的名字？"

"对，菲利普。"

"菲利普，我们希望这次旅行你和我们一起。我知道你不认识我，但我知道我会喜欢你的，因为我非常喜欢你的父亲。而且你要是在这儿的话，这次旅行会好很多，因为那样他就不会那么伤心。但是我希望当我们把你的一小部分放进火里的时候，他会感觉好些。我还是不确定你是不是喜欢这样，不过……呃……算了。"

奥古斯特等了一会儿，看他是否说完了。

"我们会替你进行一次很棒的旅行，"塞思补充道，"我知道那不如你自己旅行那样好，但是这是我们所能做的一切，而且我们会做好的，对吧，亨利？"

亨利点了下头，坚定地。

"好，我好了，奥古斯特，你现在可以撒灰了。"

奥古斯特前倾靠近火焰直到他的双手热得不舒服为止。有一瞬间，他不想打开他的双手，但是火焰快要烧到手了。而他不想没有完成这件事就把双手拿走。他不想在这上面失败。所以他打开双手，轻微地晃动了一下。

火焰因他的动作所产生的风而微微弯曲，然后……什么事也没有。

奥古斯特不知道他盯了火焰多久，他想知道他本期望这火能做些什么，以及为什么它没有做到。事实上，他不知道他期待的是什么。任何事情都好，除了什么事也没有以外。他不希望一切都毫无变化。

他低头看向自己的手，手上仍然覆有灰烬。突然他感到几乎无法呼吸，他的胸感到压抑，好像什么东西把他抱得太紧了。他站起身，微微感到晕眩。

"我得去洗一下我的手。"他说道，半连贯地含含糊糊地说出这句话。

他向后退去，走到车里，把自己关进了小小的浴室。当他用抗菌肥皂搓手时，特意避开镜子里自己的双眼。洗手的时候，他低头看着它们，看见它们在颤抖。他洗得越发用力，希望这压力能让它们保持固定。他胸腔里的感觉，那种压抑，没有缓解，甚至不如说，呼吸更像是一种挣扎。他把手彻底洗干净后，将冷水拍在脸上，不知为何觉得这样有所帮助，但并没有。

他一边仍然躲避着镜子，一边把脸和手弄干，然后走出浴室。他需要坐下。他在沙发的边缘坐下，头埋在手里。然后，因为感觉越发难受，他试着将头向下埋进膝盖当中。

几秒过后，他听见纱门开了，伍迪出现在他的脸下面，舔他的鼻子。他尽力直起身来。

"奥古斯特！"他听见塞思说，但是这话听起来很远，仿佛是沿着一条长长的隧道向他靠近。"怎么了？你病了吗？"

"不，我没事。"他说。

"看起来不像没事。"

"我没事。"

"你是不是在说谎,奥古斯特?"

塞思坐在沙发上,在他旁边,一只细手臂绕过奥古斯特的背部。

"是的,我猜我是在说谎。"

"怎么了?你感觉不舒服?"

"不,不是那样。"

"那是什么?"

奥古斯特艰难地试着深吸一口气。"我只是……我不知道,哥们儿,我不知道怎么说。我想来这里,你知道的,为了他。但是现在我在这里,而我不知道我本来期望它能弥补什么。它什么也没有弥补,什么都没变。"

"亨利!"塞思叫道,"你得到这里来!奥古斯特很难过!我们得帮助他!"

然后塞思站起身来围住奥古斯特,更好地抱住他。奥古斯特能够感觉到男孩的头发压在他脸上。他努力地克制住眼泪,以免让男孩们惊慌。不,这是个可悲的借口,他意识到。他一直努力去遏制眼泪,而他必须要停止那么做,在某一天,但肯定不是现在。

片刻过后,奥古斯特感受到亨利的手臂围住他的胸部,而这个小男孩的脸则用力地压在他的肩上。

"不要难过,奥古斯特。"小老鼠的声音说道。

奥古斯特的泪水涌出来了,并且停留了很长时间,该死的眼泪尽情地流,直到全部哭完为止。

男孩们也留在那儿。

亨利用一只手臂紧紧抱住他,用另一只手抚摸着奥古斯特后面的头发，几乎就是他抚摸伍迪的方式，而且他没有停下。

奥古斯特及时地微微挺直。

"我想我已经好了。"他说。

"你确定？"塞思问。

"至少像我之前那样好。"

"好，"塞思说道，一边放开手，"我猜这样就可以了。"

"你们俩回到外面的火堆旁边去，应该可以烤棉花糖了。"

"好的，我们会先给你烤一个的，奥古斯特，我知道你有多喜欢它。"

那是对的，他喜欢棉花糖。

奥古斯特退回浴室里，在水槽里好好地洗了脸，比需要的时间要长。然后他抬头看向镜子里自己的脸。这让他感到震惊，他的双眼又肿又红，而且他看上去完全……被摧毁了。他马上又转开视线，镜子里的图像让他显得非常脆弱。好吧，他想，镜子没有任何责任。他就是很脆弱。他只是感觉尚未准备好完全地去审视自己。他擦干自己的脸，然后加入了火堆旁的男孩们中。

他仍能感觉到自己的双手在颤抖。在他胸腔周围的压力消失了，但是又被胸口和内脏的掏空感所取代。他试图判断这是不是一样糟糕，或者更糟。

他两腿交叉坐在毯子上，塞思则递给他插在棒子一端上烤得非常完美的棉花糖。他犹豫地咬了一口，但是还是很烫，没法吃。

"关于我们将要做的事情。"奥古斯特说。

塞思一跃而起，身上掉下一根棒子。

"现在？"

这差点让奥古斯特大笑起来，或是又一次哭出来。很难知道哪一种更确切。只是这完全就是塞思，总是被自己的脚绊倒，试着去做你想让他做的事情，而你甚至还来不及说出那是什么事情。

"不，不是现在，塞思，是在夏天结束的时候。"

一阵沉默降临。塞思又回去坐下了。

"我不能和你们呆在你们的地方，我必须回去工作，所以我唯一能做的就是带你们一起回圣地亚哥的家。这会很难，因为你们将不得不进入新学校，但只是几个月，就到圣诞假期为止。然后是另外一件事，直到圣诞假期，我才能开车把你们送回家。我在双休日的时候有太多的事情要做了，而那比你们的父亲出狱还要晚两个礼拜。如果他想早点来接你们，那没问题。但是这是我能把你们送回家的最快方式了。"

沉默。仿佛男孩们以为他还会说更多。

"你们觉得这样行吗？"

"当然了！奥古斯特，那太棒了！"

"这会很难，转到新学校，然后又转回来。而且你们得乘公交车去学校，不然的话，我就得提早大约一个小时开车送你们到学校。"

"那不难，奥古斯特，那很棒。"

"你确定？"

"你在开玩笑吗？"

奥古斯特听到轻轻的抽鼻子的声音，便看向亨利，正好看见他在自己的袖子上擦鼻子。

"如果那很棒的话，为什么亨利在哭？"

"他开心的时候有时会那样。呃，并非是开心，当他觉得自己处于麻烦当中，但最后他是安全的时候，当他感到……那个词是什么？"

"如释重负？"

"对，"塞思说，"就是那个。"

奥古斯特吃着棉花糖。他们沉默地坐了一会儿，看着慢慢熄灭的火焰的余烬。亨利的抽泣声适时地平息了。

"知道什么很不错吗？"塞思问。

奥古斯特不知道，但是他猜这和避免去县上的儿童机构有关。

"不知道，什么？"

"现在有点像菲利普在烟里了，我看着这个烟，它升到星星那里，而其中有一部分是他。我只是觉得那很不错。"

"那的确不错，"奥古斯特说。

"所以有些事情确实改变了，不管怎样，至少变了一点点。"

"我想你是对的。"奥古斯特说。

第十一章
木桶里

第二天早上奥古斯特很早就叫醒了兄弟俩,才刚刚破晓。这样他们才能在大量人群涌进去之前看到一些景色。

当他们沿着麦迪逊自驾营地和老忠实间歇泉之间空荡荡的道路行驶时,他们刚好能够看到远处道路两边正在上升的地热喷气。月亮阴森森地悬挂在低矮的群山上,在雾气中若隐若现。

"哇哦!"塞思叫道,于是亨利便伸长脖子去看,"为什么它会那样,奥古斯特?"

"你知道在黄石有很多地热特点。"

"哈?"

"你至少知道有间歇泉。"

"间歇泉也是地热的吗?"

"对,它们是。"

他们驶进一个停车场,停车场旁边是些纵横交错的木板人行道,这些木板路穿过了沸腾的泥喷泉、热温泉、气孔喷泉,并且位于一个小型间歇泉旁边。他们是来到这里的第三辆车,但没有看到之前车上的人。

"伍迪能一起吗？"塞思问道。

"不能，抱歉。在公园任何的木板路或小路上都禁止带狗。这里不适合带狗。"

"对不起，伍迪。"亨利说道，然后奥古斯特从后视镜里看到伍迪的耳朵耷拉了下来。

他们走出去，进入了天微微亮的清晨。木板路下的地面冒着蒸汽，从地面下流出热液体。那些树看上去像是刚从一座火山爆发中幸存下来的。

"哇哦，"塞思又说道，而亨利则抓住奥古斯特的手，"这景象有点酷，但并非是漂亮。看上去有点像一部世界末日的电影，好像我们是唯一的幸存者。"

"我也觉得是这样，"奥古斯特说，"我看过很多黄石的照片，在这里绝对有美景，但是这些密集的地热区有点令人毛骨悚然。"

他们在一座彩色泥火山前停下，注视了一会儿。火山的中部是个清澈的翠蓝色深湖，在被腐蚀的路线图边缘被标成了铁红色。上升的蒸汽几乎模糊了他们的视线，所以他们看了更久，等待偶尔的微风能吹散蒸汽，让他们看清楚。亨利把奥古斯特的手抓得更紧了。

"我应该认真上科学课的。"塞思低声说道，他的声音里带着疑问。

每个人都应该在科学课上更加专注，奥古斯特想，他对于上没有人认真听讲的课程感到相当疲惫。

"你知道在地球内部有热量。"奥古斯特说道。

"我知道？"

"我以为你知道，你了解火山，对吗？"

"哦，是的，不过这个不是火山岩浆。"

"不是，但这都是同一个过热体系的一部分。"

"我不知道在地下发生着这一切，我不会再以同样的方式看待大地了,好像地球是活的。"

"地球是活的,对于它来说不存在'好像'。"

"我一直以为活的东西从地球里长出来,可……你会告诉我们为什么它会做这一切吗,奥古斯特?"

奥古斯特感到深深的叹息从胸腔里升起来,然后又听到它从鼻腔出去。"我确定小册子上有解释关于它的一切。"

塞思朝他投去受伤的一瞥,但什么也没说。

他们继续走,绕过木板路的一个弯道,那里有个小喷泉正在将水朝空中喷出几英尺,在刚破晓的时候,几乎很难辨别出那蒸汽的圈圈。有两对夫妻面前有一个架在三脚架上的相机,他们正在为喷泉而欢呼。他们没有讨论就继续向前走,想要去没有其他人的地方。这会是他们这一天最后的机会,人群很快会醒来。

"但你是个科学老师,"塞思低声说,声音因抱怨而低沉,"而每次我问你关于科学的事,你就叫我去看小册子。"

奥古斯特又叹了口气。"我知道,"他说,"对不起。只是我一年到头都在干这个,我有点疲惫不堪了。"好吧,他想,我没有疲惫不堪。我几年前就精疲力竭了,而且还未从中恢复过来。

"但你看上去甚至不喜欢科学。"

"我曾经喜欢。"他说。

"但现在你不喜欢。"

"我想我只是对我做的事情有点厌倦了。"

他们绕木板路走回来,走向停车场。深色的鸟停在树干上,然后又飞走了。

"你喜欢教孩子吗?"

"呃,他们并非小孩子,那是高中,他们更像疲倦的少年。"

"可是你喜欢他们吗?"

奥古斯特又走了几步,想知道自己是否该撒谎。"我曾经喜欢。"

"好吧,那你现在喜欢什么?"塞思问道,听起来很恼怒。

奥古斯特想了很久,希望找到一个更高尚的答案,然后他说了实话。

"夏天。"他说。

他们坐在裸露的无背长椅上,看着老忠实间歇泉正在升起的蒸汽,等待喷泉喷水,几十个人和他们一起等待,但是有很多长椅,所以不会挤得太紧。

"我希望我们在等待的时候有事可做。"塞思说。

奥古斯特深深地吸了一口气,准备叹口气,然后发现,自己叹气太多了。

"快速科学课?"他问。

"好啊!"两个男孩同时叫道。

他们抬起头用渴望的脸庞看向他。奥古斯特想知道,如果孩子们用渴望的面容看向他,他的工作会不会变得不同。他还想知道,如果他们在学校里的话,是不是哪怕是这两个孩子也对科学课没什么兴趣。

也许问题在学校,奥古斯特想。也许每个人都想上一堂科学课,如果他们坐在世界上最壮观的一大地热奇迹旁边的话。也许我们抹去了教给孩子的信息的所有关联性,以至于他们不知道他们为什么要关心那些。也许这不是孩子们的错,也许是我们犯下了最初的错误。

"我会从间歇泉开始,"他说,"它们和我们之前见过的温泉很像,但是没有那么开放,它们的开口很窄,所以热量不能很好地上升并散开,它会被堵住。而且所有这些热量的顶端还有由岩石和水所产生的压力。于是气泡产生，并且被困在那里，直到它们强大到足以把它们上面的水抬起，有点像溅出来的样子，而这让压力从整个系统中释放出来，所以你会看到这样猛烈的沸腾。而且它所产生的多余蒸汽会迫使水向上从这个窄窄的开口冒出来。"

然后他继续解释梯田、泥喷泉以及彩色温泉，他意识到自己两边的人都沉默下来，靠近一点来听他讲。就在他结束课程前，他模糊地回忆起自己曾喜欢过科学的原因，而且，从男孩们的脸上，他又想起了自己曾喜欢教孩子的原因。

但是这些想法被老忠实间歇泉打断了，正如同命中注定的那样。每个人都在大叫和欢呼，而奥古斯特不过是又一个为看到喷泉的涌出、为它和往常一样而高兴的人。在那一刻，他对于地热过程比周围的人了解得更多这事已经不重要了。每个人都喜欢好看的喷泉。

当人群和喷泉都逐渐平静的时候，塞思问道："如果菲利普在这儿，他会想要上一堂科学课吗？"

"他不需要上课，"奥古斯特说，"他知道的几乎和我一样多。他是个科学奇才，几乎是个爱科学的书呆子，虽然我没有贬义。"

他们三个都站起来，开始了从一系列大停车场穿过到他们房车的漫长道路。

"他喜欢科学，是因为你喜欢科学。"塞思说道。这听上去不算是个问题。

"也许，或者也可能是家族世代相传。"亨利瞥了一眼奥古斯特，像是亨利脑中有了一个想法。如果是这样，他也从不分享它。"不，我想你是对的。我想他之所以喜欢它，是因为他崇拜我，还因为这是我们可以一起感兴趣的某件事，我们可以分享的某件事。"

"哈,"塞思说,"那我打赌在他去世以前,你对科学要喜欢得多。"

奥古斯特始终没有回答。

"奥古斯特!水牛!"

奥古斯特下意识地把脚踩在刹车上,一边朝后视镜瞥去,去看清在他们后面的车跟得有多近。他突然拐弯开向路旁的空地,接着大多数的车都停在了道路的那块延伸地带,能停多少就停了多少,剩下的车只能非法地停在路中间。

"事实上,是美洲野牛。"奥古斯特踩着刹车说道。

"有什么区别?"

"你不是把两者搞混的第一个人,不过它们是有区别的。"

奥古斯特从塞思的副驾驶窗向外看去。那些动物在一大块绿地上吃草,一片山脉在后面形成鲜明的对比。天空万里无云,在天空的尽头呈现出几乎是海军蓝的颜色,一条窄窄的河流蜿蜒穿过草地。从这么近的有利位置看过去,那些动物有点愚蠢,它们的肩膀和脖子很大,身上仿佛正在脱下破旧的冬季外套最后的碎片;它们的臀部很小,好像这种动物的头尾两端在一次错误的匹配下被放在了一起。奥古斯特突然想知道,母野牛生孩子是什么感觉。

他扭头瞥向亨利,亨利松开了他的安全带,正跪在沙发上,朝窗外看去。伍迪就站在他左边,爪子搭在沙发背上,从喉咙低处朝野牛咆哮着。当奥古斯特往回看时,塞思已经拿出奥古斯特的相机,而且正在拍照,镜头推到了最远处。

"从你的相机里我能很好地看见它们,奥古斯特。"然后,大约十二声咔嚓声后,"我能出去离它们更近吗?"

"不！绝对不行，塞思。它们可能会很危险。它们是大型动物，你最好不要接近它们。"

"哦，太糟糕了，我猜我只能靠缩放了。"

他又拍了大约十张照片，然后把相机放在大腿上，静静盯着看了一会儿。

奥古斯特观察男孩一侧的脸，看上去很平静，几乎是出了神，但是冷静得很奇怪，对塞思来说。

"我很高兴你们能看到野牛。"奥古斯特说。

"我用你的相机拍了大约三十张照片，我希望这样没关系。"

"没关系，塞思，数码照片不花任何钱。"

"我等不及要给我学校的同学们展示了。哦，等等，我忘了，我要到圣诞节才会见到他们。好吧，这不重要，我想，我就明年再给他们看照片好了。他们还是会知道我看见了这一切，只是不会那么快。"

他们静静地坐了一会儿，然后那长长的、撕心裂肺般的疼痛又一次划过了奥古斯特的胸腔。

几乎就在同一刻，塞思说道："菲利普该看看这些野牛。"

"那会很棒。"奥古斯特说。

"我们应该把一些骨灰放在这里，就在我们现在坐着看它们的地方。"

奥古斯特环顾四周，透过自己一侧边窗的挡风玻璃向外看，又看了下后视镜。有许多车子保持不动，很多游客都在看野牛。

"我不知道，塞思。原则上我喜欢这个想法，但是周围有太多的人了。"

"我可以只将一小撮撒到窗外，没有人会知道的。你可以把一点点灰烬放到我的右手里，然后我就把我的手放到窗外。接下来就在你开始开车的时候，我会张开我的手，没有人会注意的。如果他们注意到的话，看起来也只不过像一缕烟或是什么。"

奥古斯特稍微思考了一下这个想法。然后他打开手套箱，拿出冰茶瓶，慢慢地旋开盖子。他在盖子里装满灰，然后把它们撒在塞思伸出的手上。然后他又合上瓶子，把它塞进门上的地图袋里，靠近他的左膝。他有种感觉，他可能会在开车时经常碰到它。

"看好了吗？"

"让我们就再看一会儿吧，奥古斯特，可以吗？这里太漂亮了。"

他们默默地又坐了两三分钟。塞思放在的大腿上的右手紧紧地握住他那巨大的责任。

然后塞思叹了口气。"好吧，我猜我们会去看到更多很棒的东西。"

"亨利，系上安全带。"

但是当塞思回头看去检查的时候，亨利已经坐回到他的位子，并系好了安全带。

当奥古斯特开回道路上时，塞思把他的右手举到窗外。一会儿过后，那只手又回到了里面。奥古斯特始终没看到那些灰散去，他不知怎么地感觉受到了欺骗。他希望自己看见了它们散去。

"手套箱里有湿纸巾。"他告诉塞思。

"我以为我不可以碰手套箱。"

"塞思……"但是在奥古斯特能够说完他的想法之前，他扭头看见塞思正在咧嘴大笑，开心于自己的……并非玩笑，而是……奥古斯特找不到那个词。

"有趣的家伙，塞思，"他说，"你是个有趣的家伙。"

但是这让奥古斯特感到奇怪，因为塞思不是个有趣的男孩，至少他之前从未是。

第二天早上他们沿着黄石湖旁边的公园路行驶，向峡谷和瀑布驶去。天空刚刚开始变亮。他们早早地离开了营地，希望能成为第一批到达瀑布上部边缘观景台的人。但是奥古斯特很确定，那已经是一场输掉的战役。

"那是个很大的湖，"塞思说，在齿间低声吹起口哨，"哈，这是我见过的最大的湖。"

道路离湖水的边缘近了，几乎在同一个平面上。

"你见过什么别的湖？"

奥古斯特扭头看去，看见塞思有点脸红了。

"之前我从没见过一个湖泊，"他说道，"任何一个湖泊，所以我猜我说的不对。"

"真的吗？完全没见过任何湖泊？"

"我们住的地方有点像沙漠。"

"你们住的地方绝对像沙漠。"

"我只在书里见过湖，你知道的，还有电影，还有电视上……"

在他能够继续说下去之前，亨利突然开始说话，让他们俩都感到惊讶。"停下！"他叫道。

"什么？亨利，怎么了？"

"没什么，我只是想让你在这儿停下。"

奥古斯特找到一块安全的地方开过去。

"你要去卫生间？"

"不。"

"那么，你需要什么？"

"那个瓶子。"

奥古斯特和塞思交换了眼神，塞思耸了耸肩。

"什么瓶子，哥们儿？"

"那个菲利普瓶子。"

奥古斯特眨了几下眼睛，然后把冰茶瓶从它所在的地图袋里拿出来。他松开自己的安全带，把瓶子递给亨利。亨利已经松开了安全带，正在等待。

亨利把双手一起伸了出去，掌心向上。

"只要放一点点。"亨利说道。

奥古斯特打开瓶子，把一小堆灰倒在等待着的两只小手上。亨利合上双手，紧紧地包住它们。

"等等，让我帮你把门打开。"

奥古斯特把后门敞开，亨利则小心翼翼地走下阶梯。奥古斯特跟随他出去走进了冷得惊人的晨光中。亨利走出去，来到湖水边的窄窄的岸边，把脚踩在另一只脚的后跟上，脱下了他的球鞋。

"我来帮你脱袜子吧。"奥古斯特说。

亨利耐心地把一只脚提起来一会儿，让奥古斯特把他的袜子脱掉。然后奥古斯特把亨利牛仔裤的裤边往上卷到足以让它固定在他的细腿上为止。

亨利走进湖里，湖水深得足以让他卷起的牛仔裤被浸湿。水肯定很冰冷，但即使这样，他也没有显露出来。

奥古斯特听见一点轻微的声响，便朝身后看去，看见塞思也出来看了。他用皮带拴着伍迪。伍迪似乎也打算看亨利在做什么。

亨利转了三圈，手臂笔直地伸出在身前，双手仍然紧紧地握着骨灰，仿佛打算像推铅球一样把它们投进湖里。然后他停下来把双手高高举起，仿佛有人可能会从高处下来把灰从他的手中拿走。奥古斯特以为他会打开双手让灰烬落下，可这样一来那些灰末就会落在亨利身上而不是落进湖里。但是亨利却突然把手往下陷入水里,当他的手重新从水中拿出来的时候,它们是张开的。亨利朝它们看了一会儿,仿佛要测量剩下了什么。奥古斯特可以看见一层暗淡的灰末膜升到亨利潮湿裤腿间的水平面上,然后男孩涉水上岸了。

"好了。"他走过他们时说道。

奥古斯特捡起男孩的鞋子和袜子,跟着他走进去,塞思和伍迪则紧随其后。

"你想在我们走之前换上干燥的裤子吗?"奥古斯特问他。

"不。没事。"

"想要洗手吗?"

"不。"

亨利坐进他在沙发上他一直坐的位置,然后系上安全腰带。伍迪刚刚从皮带中解脱,跳上了他的大腿。

奥古斯特暗自耸耸肩,坐回了驾驶座,等待塞思自己系好安全带。他又扭头瞥了一眼亨利,亨利正伸出双手盯着张开的手掌。奥古斯特打开手套箱,拿出他为伍迪沾满泥泞的爪子准备的湿纸巾,递给亨利。

"来,"他说,"给你擦手。"

亨利摇摇头。"不,"他用那轻轻的老鼠声音说道,"没关系,他可以留下来。"

奥古斯特思索了一会儿,然后收回他的手,把纸巾又扔进了手套箱里。他启动了引擎,然后便沿着巨大的山地湖继续开车,天空刚刚开始有了些色彩。

"今天是星期三,"当车子行驶时,奥古斯特说道,"你们今天可以给你们的爸爸打电话。"

没有回答，绝对的沉默。

奥古斯特扭头瞥向塞思，他正看着窗外，好像没听见一样。

"你是想要和你爸爸通话的，对吧？"

一开始没有回答，然后，过了一会儿，塞思说："并不想，不。"轻声地，仿佛突然耗尽了那属于塞思的看起来没有止境的能量。

奥古斯特在后视镜里瞥了一眼亨利，亨利本能地报以一瞥，他们的目光相遇了。

"你呢，亨利？你今天想和你爸爸说话吗？"

亨利摇了摇他的头。

"噢，不，"当他们为了走上黄石瀑布边上的短道而开进停车场时，塞思说道，"这里已经有人了。"

他们的车是第六辆进入停车场的。

"我想过这是有可能的。"

"但我们还是会去看瀑布，对吗？"

"对，当然是了，我们到了，去看瀑布吧。"

然后他们走出去，进入了凉爽的清晨。

"哇哦，"塞思说，"那一定是瀑布，我已经能够听到它了！"

奥古斯特牵住亨利的手走上通往瀑布的路，虽然他不确定为什么。直到他们到达瀑布边缘为止，都是不可能把他弄丢的，而且那个平台装有栏杆，他们在先前俯视的时候见过那个，所以即使到那里也绝对不可能把他弄丢。然而奥古斯特本能地向下伸出手，而当亨利把手伸上去在半路和他的手碰上时，他有点惊讶。

当他们手牵着手走路时，奥古斯特想起了亨利手上的灰末，而这让他感到舒心，而不是他以为他会感到的害怕。奥古斯特第一次理解了亨利为什么拒绝把它们洗掉。

他们一起站在平台上,离其他的游客尽可能远,瀑布的轰鸣声让交流变得几乎不可能。亨利向前探身,将肚子和胸压在平台边缘的岩石上,头则位于栏杆下面,即使岩石被薄雾打湿了。奥古斯特看着他,并抓住他牛仔裤的腰带,这么做不为别的,只是让他自己感到更安心。

当水溅到瀑布的边缘上时,奥古斯特感觉他可以看穿它,看见那带点绿色的深处,大片的瀑布独自在空中,没有东西支撑它。

塞思牢牢地抓住栏杆,越过它凝视了一会儿。他拿出自己的一次性相机拍下一张照片,然后他拽了拽奥古斯特的夹克衫。奥古斯特为了更清楚地听见他说话而俯身下去。

"现在我们走吧。"塞思朝他的耳朵里大叫。

奥古斯特得好好地拉一拉亨利的牛仔裤才能让他注意到,然后他们就一起沿着又短又陡的小路向上回到了停车场。

"那让人失望。"塞思说。

"真的吗?我觉得那是个很棒的瀑布。"

"我不是那个意思,我想我们能够把一些骨灰撒进去,这样它们就能随着瀑布远去,但是有那么多的人。"

"我们明天可以去得更早,我们可以四点起床,在天还黑的时候就到这里。"

"但是我们能这么做,而其他人也会做同样的事情。"

"也许,但我们还有别的选择吗?"

"我们应该沿着河走得更深,有没有能到达河流的更深的地方呢?"

"是更远，"奥古斯特不假思索地说，然后他希望自己没有纠正他，"我不喜欢那个计划。没有比瀑布上方湍急的河流更危险的东西了。很多人在国家公园里那么做过，他们掉进河里，然后河流把他们直接带到了瀑布。"

"一定会有一个我们可以去而且仍然会很安全的地方。"

"我不知道，塞思，我觉得要安全的最好方式就是根本不要去。"

他们在沉默中走完了剩下的路回到车里。伍迪坐在驾驶座上从窗外看着他们走近，整个身体都在摇摆。

当他们系好安全带准备开车时，奥古斯特扭头看向塞思，他看上去很低沉，脸耷拉下来。

"怎么了，塞思？"

"我知道你觉得我不够小心，奥古斯特，但有时我觉得你太过小心了。"

"不要说得像那是不好的事情一样。"

"这有可能。"

"小心让人保持安全。"

"并不是一直这样。人们总会错过最棒的东西，因为他们不想任何糟糕的事情发生。但是当糟糕的事情要发生时，它就是会发生。不管怎样都会，无论你有多小心。"

"那不完全正确，"奥古斯特说，仍然没有启动引擎，"有只要你小心就可以避免的坏事，其他则是你不能避免的。很多人会遇到很多麻烦，而只要他们小心一点，一些麻烦事本来是可以避免的。"

"但不是通过过分小心，"塞思说，显然被激怒了，"只要足够小心，我想我们就能沿河流走得更深……更远……而且只要足够的小心。"

奥古斯特内心怀着抗拒坐了一会儿，然后叹了口气，"你也许是对的，"他说，"也许我们应该去河流上游，并且保持小心，也许我太过谨慎了。"

"当然了，"塞思说，然后他快速地瞥了一眼奥古斯特，"我的意思是……谢谢你，我是那个意思，谢谢你。"

"我明白你的意思。"奥古斯特说。

"哦，这是个很棒的地方！"林间的河流映入眼帘时塞思说道。

但是奥古斯特一点也不喜欢，因为没有护栏，只有一条湍急的河流。

"我可以爬到那块大石头上去。"塞思继续说。

他朝一块大约和校车一样长、三倍宽的岩石指去，河流在岩石底的一边周围弯曲翻滚。

"但是有没有岩石的地方，你可以就站在河流的边缘，那不会更安全吗？"

"我不知道，奥古斯特。我想如果我站在一个安全的地方撒骨灰的话，它们只会掉进河边的泥地里。而且我确定我不想弯下身子，看那块大石头的顶部，它几乎是平的，而且它在河那边更高，所以如果我爬上去的时候滑倒了，我只会掉到岸上。"

"我不喜欢那样。"奥古斯特说。

然而他们正朝着岩石的方向走着。

"告诉你吧，奥古斯特，我会俯身下去肚子靠在岩石上，缓慢地向上移动，直到我的手臂正好能越过边缘为止。我的整个身体都会躺在石头上，我不会掉下来，不可能掉下来。"

"有一个条件，"奥古斯特说，"就是我和你一起去那里，并且紧紧抓住你牛仔裤的腰带。"

"奥古斯特，从那块石头上掉下来是不可能的。"

"依我的吧。"

"我并不知道那是什么意思，"塞思说，"除了我觉得这意味着你要牢牢地抓住我的裤腰带。"

奥古斯特抱着亨利的腰把他举起，然后放在岩石的顶上，岩石背河的那一面要低得多。

"答应我你要待在这里一动也不动。"

"我保证，奥古斯特。"亨利说。

"因为对你来说在这个地方单独走动是很危险的。"

亨利郑重地用一只手在自己胸前画十字。"两次、三次保证。"他说。

他们沿着石头缓慢前行，塞思带头。而这感觉足够安全了。直到他们离终点越来越近，奥古斯特可以往下看，看见他们下面的河流。但是岩石太宽了，以至于他甚至无法笔直地往下看。这真的很安全，他的大脑这样告诉他，然而他的心脏却开始狂跳。

"好了，把瓶子给我，奥古斯特。"

听到塞思这么说让他很惊讶，因为这意味着男孩已经达到边缘了。奥古斯特本能地伸出手抓住塞思牛仔裤的腰带，把他的拇指穿过一个皮带扣勾住。他往回看向亨利，亨利没有动过。他用空着的那只手从夹克衫口袋里拿出那个塑料瓶，把它递给塞思。

然后他再次看向湍急的河流，产生了一种糟糕的感觉，这种感觉告诉他来到这里是个错误，他正在做一件他本应知道不该去做的事情。

就在那一刻,塞思喘了一大口气,接着说道:"哦,妈的!"

奥古斯特猛地一拉牛仔裤,男孩便朝他滚回来,然后他们滚到河流外几英尺的地方,停了下来,有点缠在一起。奥古斯特的心脏跳动得像要挣脱出来一样,他还抓着塞思的衬衫,仿佛为了确保男孩还在,而塞思不可能离开。

"刚刚发生了什么,塞思?"

塞思盯着他自己的双手,什么也不说。奥古斯特低头看向那双手:它们是空的。

"我把它弄丢了,奥古斯特。"

屏气凝神的奥古斯特第一次深深地吸了口气。"哦,天哪,塞思?就这些吗?你把我吓坏了。"

"奥古斯特,我把它丢掉了,菲利普的瓶子,它没了。"

"所以呢?计划就是把它放进河里,而你做到了。"

"但是不该是整个瓶子,你还想把它撒在别的地方。"

"呃,现在他沿着河流向下,这样他会去各种各样的地方,不是吗?我们不可能想到的地方,现在他正在一场漫长的黄石之旅中。"

"你说这些只是想让我感觉好一点。"

"我没有,真的。来吧。我们从这块石头上下去吧,我们去找你的弟弟。"

在开车回营地的多数时间里,塞思都愁眉苦脸地看着窗外,最后他开口了。

"你是对的,奥古斯特,对不起。"

"我什么是对的?"

"你说我们不应该这么做,这太危险了,你说某些糟糕的事情可能会发生，而你是对的。这都是我的错。"

"塞思，没有什么不好的事情发生，我们都没事。那就是个塑料瓶，里面有我儿子半杯的骨灰，而剩下的那些都安全在家。当我听到你的尖叫时，我以为你要掉下去了。那就是个瓶子，塞思。你是个活着的、呼吸着的孩子。当我说有什么坏事可能会发生时，我指的是对你，而不是对那个瓶子。你是安全的，所以没有什么问题。"

"我知道你那么说只是让我感觉好些。"

"塞思，随它吧。"

塞思把脸转向奥古斯特，用灼热的凝视盯着他。"人们一直那么对我说，而我一点也不知道那是什么意思。"

"我知道，"奥古斯特说，"对不起。"

那天晚上他们躺在各自的床上，奥古斯特盯着天花板，最终他听见了亨利睡觉时的鼻息，像是轻微的鼾声，但是到现在为止他能分辨出塞思仍然醒着。

"奥古斯特？"过了一会儿塞思说道。

而奥古斯特并不惊讶。

"怎么了，塞思？"

"如果你现在不想带我们一起回圣地亚哥的话，我理解的。"

"哦，塞思，我希望你不要再说那样的话。"

"为什么不行？"

"因为……我当然还是会带你们一起走，我不会因为你意外地掉了某件东西而改变我的想法。"

"但你告诉过我那不安全。"

奥古斯特深深地叹了气。在塞思的内心有一堵墙，而他又一次碰壁了。他似乎从来不可能越过它、钻过它或是绕过它，而且这墙看起来几乎不会破裂。不管他多少次告诉那个男孩要对自己放轻松，还是像是对风说话。

"我来给你讲个关于菲利普的小故事。"他说。

"好。"

"他是个超级追求刺激的人。我记得有一次我们看了一个纪录片，讲的是在木桶里越过尼亚加拉大瀑布的人。一开始这是项自杀式任务，在木桶的初期阶段，但是后来他们把木桶变得越来越牢固。即便如此，很多人还是死了。这大约只是世界上所有一个人可以做的危险事情中的一件。"

"不要告诉我他想做那个。"

"是，也不是。他知道不该真的去尝试，但是他实在是对这个太着迷了。我知道，要是他可以确保自己的安全的话，他会马上去做的。"

"我不太明白你为什么要告诉我这件事。"

"想想这件事吧，还有什么比这更合适的悼念吗？你把他的一些骨灰放在相当于木桶的东西里，然后把它们送到非常高的瀑布之上。这是完美的，这比我能想到的任何事情都要完美。"

"你这么说并不只是为了让我感觉好些？"

"我觉得这件事是完美的。"

"谢谢，奥古斯特，我现在真的感觉好点了。"

奥古斯特又清醒地躺了几分钟，想着他那夸张的故事。菲利普从来都不是一个追求刺激的人。他们从来没看过关于尼亚加拉瀑布和木桶的纪录片，也没有讨论过这个想法，但是这么说是值得的。因为就在几分钟内，塞思开始平静地打起呼噜来。

而奥古斯特也睡得很好。

第二部
八月末

第一章
忧伤的好消息

他们踏进了拱门国家公园停车场边和煦的阳光里，沿着平坦的小道走向一个区域，在那里他们可以远远地望见著名的玲珑拱门。

"我们的假期还剩下多少时间，奥古斯特？"他们走路时，塞思问道。

他每个礼拜问一到两次，在每一次问完和下一次问之前，他似乎从来都不记得答案，或者也许他只是喜欢听到答案被响亮地说出来。

"两周左右，到我们回去为止还有十三天。到我们抵达那里为止再要过个几天，就在那儿，瞧见了吗？"

奥古斯特指向由栗色的犹他州红岩所构成的峭壁一般的斜坡。它远远地屹立在那里——一座完美、独立、平顶的拱门。几乎奥古斯特认识的每一个人都至少看过一张玲珑拱门的照片，除了塞思和亨利。

"哦，棒，"塞思说道，然后用奥古斯特的相机将镜头推进，拍了一张照片，"遗憾的是我们不能更靠近一点。"

"我们可以，我们马上就会徒步上去，我告诉过你，你不记得了？"

"唔，"塞思说，"也许我在想些别的事情。"

"我记得。"亨利说。从夏天开始以来，他的声音渐渐地变成了一只有些自信的卡通鼠的声音。

"好，"塞思说，"他终于又开始说话了，而他说的话通常会让我显得很糟糕。"

"有点陡。"亨利说道。

他们正在跟随标记路线的石堆路标攀爬一座光滑的岩石山坡，真的没有其他可以在光滑岩上标记路线的方式了，除了用蓝色喷漆，而奥古斯特很高兴公园没有选择这种方式。

"你想要骑在我背上吗？"奥古斯特问道。

"不，我没事，我只是想让你们慢一点。"

他们都停下了，亨利则蹲在地上，缓了一会儿，然后他再次直起身来。

"好的，我休息好了，我们继续走吧。"

他们再次向山上进发。

"你说他们管这些石堆叫什么来着，奥古斯特？"

"石堆路标。"亨利说道，在奥古斯特还没来得及说之前。

"对。"奥古斯特说。

"他又来了，"塞思说，"我想知道他们为什么那么叫它。"

"不知道，"奥古斯特说，"有些人管它们叫'鸭子'。"

"更奇怪了，但那也许是因为对于某些人而言它们看上去像鸭子。"

"也许。"

"在我看来它们不怎么像鸭子。"亨利说。

他们三个有一次全部停下，弯腰休息，但是这次时间更短。

"你愿意帮我和亨利在拱门前面拍张照片吗，奥古斯特？"

"我当然愿意。"

"好，我想让我学校里的朋友看到我们来过那里，当然，在圣诞节后。"

"你要知道，亨利，"当他们重新开始爬山时，奥古斯特说，"你会成为一个超级棒的小背包客。"

"我知道，"亨利说，"我也这么认为。"

大约在午饭时间，他们驶进了位于摩押的房车营地。

塞思去倒水槽里的垃圾，而奥古斯特则去给伍迪喂食，并接通了水和电，然后他检查了手机信息。

"又一条你爸爸的信息。"他告诉亨利，亨利皱了一下眉头。

"塞思！"亨利穿过窗户叫道，"爸爸又打电话了！"

"那又怎样？"塞思回话道，"我对前十次也不在乎。"

"他真的打了十一次电话吗？"亨利更小声地问奥古斯特。

"不，可能是五到六次，最多七次。"

午餐过后，他们在一块高高的河边护堤上散步，应该是个防洪堤，位于营地的另一端，沿着流入科罗拉多河的运河而延伸。

塞思牵着伍迪的皮带，奥古斯特则觉得他也许应该听一下手机信息，以免韦斯感到绝望，以免他去张贴全面通缉的布告，布告奥古斯特偷了他的孩子。

他落后两个男孩几步，打开他的语音信箱。

"奥古斯特，"消息开始了，"塞思，亨利，好吧，我明白的，你们不想和我说话。但是我有一些消息,你们会喜欢。这是好消息,但没有人打给我。你们知道我说服管理人员打一个不要对方付费的电话有多难吗?你们觉得我可以这么做多少次呢?我有一个好消息。我是不是已经说过了?我非常努力才得来这样的机会,这快要让人感到挫败了,所以不管你们现在有多恨我,能不能拜托有人给我回个电话听一下我的好消息?"韦斯的声音在这句话结束时几乎升到了喊叫的程度。

然后是一声滴答声,没有再见。

信息是当天早些时候留下的,这意味着,即使奥古斯特不完全确定这是星期几,这也绝对是他可以打回给韦斯的一天。

"你们的爸爸说他有好消息。"他对男孩们叫道。

亨利继续走路。塞思则停下来,几乎像防御一般转过身来。这绝对让他放下了戒备,然后他又开始讨论在不在乎的事情。

"那又怎样?谁在乎啊?这消息会有多好呢?我敢说他么说只是想让我们回电话。我打赌他在说谎,也许他一直在说谎。"

奥古斯特追上了男孩们,而亨利将一只手塞进奥古斯特的手里。

"我想我们至少应该听一下那是什么。"

"你会给他打电话吗,奥古斯特?"

"是啊,会。"

他们来到运河与科罗拉多河交汇处的角落。在他们的左边,一座公路桥横跨河流,它的后面有一面威严的红岩墙。他们坐在了护堤上。

"看,"塞思指着岩壁说道,"那会变成一个拱门,是吗,奥古斯特?"

奥古斯特抬头看向那从岩石中突起的部分,如同拱门下的门道一般。是啊，那就是它们开始的样子。

"也许在某一天它会变成拱门的，"他说道，"但是需要很长的时间。"

他按下五号键给监狱打电话，他设置了快速拨号。他对接电话的人念了犯人的名字和分配号码，没过多久韦斯便接了电话。这让奥古斯特感到惊讶，他想象着韦斯沿着监狱的过道跑过来抓起电话。

"塞思？"

"不，韦斯。是我，奥古斯特。"

"哦。"如果韦斯有试图隐藏他的失望的话，他并没有做得很好，"我知道塞思对于对错有非常良好的感觉，但是……有时候他得和我说说话啊。"

奥古斯特用掌根盖住话筒。"他说你有的时候得和他说说话。"他对塞思说道。

塞思嘲弄地哼了一声。

"现在我对此不作评论，"奥古斯特对电话里说道，"但是从长期来看，我倾向于认同你。我相信你可以理解为什么我们现在对你不太感冒。我的意思是……你以为你在做什么呢，韦斯？"

长长的沉默。鉴于他对韦斯的了解，奥古斯特以为他会挂掉电话。

"我想如果你知道我的刑期比我告诉你的要多一倍的话，你是不会带上他们的。"

"没错。"

"你想不想听那个好消息呢？"

"我想，真的。"

"当你再回来的时候，我会在的。我九月三号会回家。"

奥古斯特呆住了。他一边看着河水流淌，一边消化着这个消息。他准备好接受某些好消息，但这感觉并不好。这给他的内脏重重的一击，一种明显的失落。他已经完全地适应了男孩们几乎要和他一起呆到圣诞为止的想法。

在他的左侧，他能感觉到孩子们在紧张地听着这边的对话，而从他们坐的地方不可能听得到。

"你不说话了。"韦斯说。

"你是怎么做到的？"

"这不简单，但是我让他们允许我在家里度过另一半的刑期，戴上那种电子脚镣。我前两次申请过这个，他们拒绝了，但我还是一直申请。让他们明白这是为了孩子，不是为了我，让他们明白在九月的第一个礼拜过后，没有人会看管他们了。"

"我猜你没有告诉他们你确切地知道自己参与或没有参与多少对于孩子的照顾。"

"呃，没有，告诉他们这点不太好。我告诉他们你遇到了一些事情，所以你不得不提早把孩子们送回来。"

"所以你也对他们撒了谎。"

"奥古斯特，你真的想要让我为难吗？在我终于把事情办好以后？"

"不，我没那么想，我会告诉他们的。"

"就这样了？我甚至都不能和我的儿子们说说话？"

奥古斯特又把手捂在话筒上。"你们俩想和他说话吗？"

他们都坚定地摇了头。

"当他们准备好的时候，"奥古斯特告诉韦斯，"现在他们说他们不想。"

"妈的。"韦斯说，然后挂了他的电话。对于这样的谈话结尾奥古斯特几乎已经习惯了。

他扭头看向男孩们。

"那是好消息吗？"塞思问道。

"呃，是的，是好消息。"但是奥古斯特注意到，自己听上去不那么有信服力，"他会在他第一次说回来的那个时间回家，在夏天结束的时候，他会在家里接受软禁，戴着电子脚镣，他将不能离开家。但是在下个月的三号以后，他会在家里。"

他们都沉默地盯着流淌的河水看了一两分钟。

然后塞思说："在十三天内？"

"差不多。"

"在十三天以后我们就再也见不到你了？"

"哦，你们当然会见到我的，我们还会再见到对方。"

"但是我们不会再和你一起回圣地亚哥了吗？"

"我猜是的。"他看向亨利，亨利拒绝和他对视，长时间以来的第一次。"你呢，亨利？你怎么想？"

亨利只是耸耸肩。这给奥占斯特心脏的某个地方致以突然的一击。因为亨利现在已经开口和他说话很久了，久到奥古斯特已经习惯了这一点，而没有想到这又会停止。

"嘿，亨利，你在吗？和我讲讲话。"

亨利仍然看向别处。

"我们没有又一次失去你吧，哥们儿？"

亨利只是耸耸肩。奥古斯特做了几次深呼吸，试图通过呼吸让内脏里的不舒服的障碍通畅。仿佛他整个吞下了什么东西，一直没有消化。

"你们俩把伍迪带回房车,好吗?我需要再打一个电话。"

男孩们站起身,拍了拍他们短裤的后裆,然后不作评论地拖着脚走掉了。

奥古斯特拨通了他的协助者,哈维。

"你在那里一定过得很好,"哈维和往常一样跳过"你好"说道,"因为当你过得不好时,你会打电话的。"

"好吧,我崩溃了,哈维。因为直到刚才,我们都过得很好。"

"简直就是我的人生故事。"哈维说。

奥古斯特把突然的消息详细地告诉了他。"我不知道要做什么。"他说道,作为总结。

"你说不知道要做什么是什么意思。"

"我以为这是不言自明的。"

"只有一件你能做的事情,就是把孩子送回去然后回家,继续你的生活。"

"但是我不确定他们想去哪里,"奥古斯特以一种接近抱怨的语气说道,令人感到尴尬,"我甚至不确定他们在那里是否安全。"

"这不重要,奥古斯特,他是他们的父亲。"

"他还是一个习惯性酗酒者。"

"的确,但你想一下那样是否足以让孩子们离开他们的父母。我们喝酒的时候又是怎样的呢?许多父母喝酒,其中一些酗酒,但是他们大多数都会继续养他们的孩子。"

"从他嘴里说出的每个词都是谎言,哈维。"

"即使这样也没有剥夺他的抚养权。"

"妈的。哈维。"

"是啊,你是对的,我同意你的话,奥古斯特。这很糟糕,这是一生中你希望会不一样的那些事情之一。但是它没有不一样,是吗?你是个聪明人,我想你知道我接下来要说什么。接下来我要说什么?"

奥古斯特闭紧双眼。"我想你会说那两个男孩有神来看护他们。而我并不是神。"

"知道你有时会集中注意力,我就放心了。"哈维说。

"你觉得干涉怎么样?你知道的,我和男孩们,在我把他们独自留在那里之前。"

"当然,"哈维说,"好主意,随你便吧。这事儿和两张五十美分可以让韦斯再买一瓶啤酒。"

日落时,他们站在死马点的栏杆前。死马点位于一个同名的州立公园里,毗邻峡谷地国家公园,只要穿过始于拱门公园的公路,从营地很容易开到那里。

科罗拉多河在几百英尺以下蜿蜒,笔直流向他们所站的地方,然后以马蹄形的转弯再次流走。河流切割出一道红岩峡谷,在马蹄弯道的上方留下一块由彩色条纹岩石构成的台地。夕阳斜照在水上,令平静的水面泛起金光。

亨利一整天没说过一句话,塞思也许说了十句。

"这是我们在整趟旅行中见过的最好看的景色之一,"塞思边拍照边说道,"这句话可不简单,因为我们已经见过一些很棒的景色了。不过,我不喜欢这个名字,为什么他们要叫它死马点呢?"

"你最好还是不要知道,这不是一个开心的故事。"

"但是你知道?"

"在那里的那块标识上,但是我不建议去看它,这个故事里真的有死去的马,令人压抑。"

太阳照在水面上闪着光,他们沉默地盯着看了一两分钟,一会儿它就会消失在红色的台地后。

"我讨厌忧伤的事情,奥古斯特。"

"我知道你不喜欢。"

"你住得离我们那么远,真是让人难过。"

"我明白你想说的意思,但是你可以给我打电话,我会把我的号码留给你。你可以打电话给我,由我付费,任何时候都可以。如果你需要帮助的话,甚至你只是想要聊聊。"

"那如果我们的爸爸又得去监狱,我们能和你待在一起吗?"

"你们当然可以。"

当他们返回房车的时候,塞思说:"你还记得你告诉过我,如果有什么事可以让我爸爸不再喝酒,那也许是告诉他当他喝酒时我们有多伤心的真相吗?"

"是啊,我记得,而且这件事我早就想到了。我已经和我的协助者聊过关于进行干涉的问题了。"

"哦,好,我知道那些人,我在电视上见过他们。什么是协助者?"

"就是在一个项目中清醒时间更长的人,他会帮助你解决那些一对一的事情。"

"也许你可以做我爸爸的协助者。"

"这不是一个好主意,塞思。首先,你的协助者应该完全站在你那一边,而我并非站在你爸爸那边。我站在你和亨利这边,而且他知道这一点。"

他们又沉默地走了一会儿。

"其他事是什么呢?"塞思问道。

"其他事?"

"就是首先以外的事。"

"你得是清醒的,才能有协助人。协助是两个清醒的人之间的关系,你不能帮助某个正在酗酒的人。那没有用。协助是帮助别人保持清醒,而你爸爸并不清醒。而且即使我完全愿意和你们一起做这件事,并且支持你们,我还需要你们理解,这通常没有用。"

"我知道。"塞思说。

"只是要对此做好准备。"

"我准备好了。"塞思说。

亨利什么也没说。

第二章
待在这里

举行会议的地方是一个长长的银色旅行拖车，大约三十英尺长，停在空地上。那里只停了四辆车——好吧，两辆车和两部皮卡。

奥古斯特和塞思一起在薄暮下穿过泥地，他们的鞋尖粘满红色泥土。一只瘦瘦的浅黄色小狗摇摆着身体出来迎接他们。它的友好是试探性的，几乎让人感到苦恼。它的尾巴在后腿之间有节奏地摇摆着。塞思弯下身去抚摸它，它便抬头盯着男孩的脸，仿佛他从来没有如此爱过一个人类。

奥古斯特扭头看见伍迪在房车的后门一会儿摇摆一会儿跳跃，显然嫉妒。奥古斯特没有说起这个，因为他不想让塞思有负罪感，但是过了一会儿，伍迪开始发出呜呜声，还抓起门来。

"我们应该进去了，"奥古斯特说道，一边把一只手放在塞思的肩上，"在亨利醒来之前。"

"为什么亨利会醒呢？"

"算了，我们进去吧。"

他们一起走了两步，然后塞思停住了。

"我很担心,奥古斯特。"他说。

"担心什么?"

"你说这里是纳瓦霍族保留地。"

"对啊……"

"我只是……"但是他没有说出只是什么。

"塞思,对于你不知道的事感到害怕是很正常的,但是——"

"不,不是那个,奥古斯特。我会喜欢他们的,我知道我会的,我更担心的是他们会不会喜欢我。只是……这是他们的国家,从某种程度上说是。这块地方是保留地,是他们的土地。如果他们不想要我们在这儿呢?"

"这是一个 AA 会议,塞思,那跨越了一切界限。这样吧,我们去见见他们,然后看看我们是不是受欢迎。我愿意拿钱来打赌我们会受欢迎的。"

"好的。"塞思说。

于是他们又继续向前走。当奥古斯特把拖车门拉开时,塞思微微向后退缩,里面有两个印第安男人——一个五十几岁,另一个特别老——还有一个高加索男人和一个上了年纪的印第安女人。

"晚上好。"奥古斯特在他们都回头看的时候说道。

"哦,天哪,"年轻一些的印第安人说道,"访客。"

"可以参加吗?"奥古斯特问道,他被塞思担心不受欢迎的问题给传染到了一点点。

"没什么不可以啊,这很棒,一年只会发生一两次,剩下的时间只有我们。进来吧,你的这位朋友是谁?"

"我是奥古斯特,"他一边走进去一边说道,然后向后退,温柔地搭住塞思的肩膀,把他拉进来,"这是我的朋友塞思。"

"我叫埃默里，"五十几岁的"原住民"说道，"这是杰克和朵拉。这是我父亲，肯尼斯。你们俩是来这儿参加 AA 会议的吗？"

"塞思不是酒徒，"奥古斯特说，"但是他对会议有兴趣，因为他父亲喝酒。我在网上看不出这是不是开放会议，而 AA 信息栏上也没有人可以告诉我。"

年长的肯尼斯拉了一下他长着皱纹的下巴。"不需要去决定那件事，因为我们都喝酒，所以永远不会有结果。我们快速地做个小组表决怎么样？所有人都同意塞思参加我们的会议吗？"

四位成员都毫不犹豫地举起一只手。

"好了。"

奥古斯特低头看向塞思，他看上去如释重负。

"看吧？我就说我们会受欢迎的。"

"他是认为我们会把他排除在外，因为他不是酒徒吗？"朵拉问道。

奥古斯特正要回答的时候塞思抢先说道："不，女士，我只是想……我的意思是，这是你们的国家。奥古斯特告诉我这是一个主权国家，所以我以为也许我们没有权利来这里。我想我们可以沿着这个路行驶，但我不确定你们是否想让我们停下来看一看。"

"美国是一个主权国家，"白人男子杰克说道，"对吧？"

"我猜是这样，"塞思说，"是的。"

"你介意别的国家来的人过来看看吗？"

"哦，"塞思说道，"是啊，我明白你的意思了。好，太棒了。因为奥古斯特说他真的需要一个会议，而我也有一些心里的烦恼想要宣泄。"

"大多数时间他是一个非常棒的爸爸。"塞思说道,奥古斯特注意到塞思的双手在颤抖,"而且即使在他喝酒的时候也是如此。他不卑鄙。他不会打我们。有一次他打了亨利的……你们懂的……屁股,但是那是他打过我们的最糟糕的一次了。而在白天的时候他会和我们讲话,他也会确定我们有吃饭。但是当他七八点结束工作时,他就消失了。有时他会回来得非常晚,喝醉了酒,但从来不会给我们带来任何麻烦,只是去上床睡觉。但是有很多次他压根就没回家,现在这也不算太糟。因为我十二岁了,你们懂的,已经是大到可以照顾弟弟的年纪了。但是当我七岁、亨利两岁的时候,情况很可怕,当他彻底不回家的时候。"

塞思暂时住了口,环顾人们的面孔,舔了一下嘴唇。全组的人们全神贯注地等待着,相信他会继续说。

"在那之前都很好,因为我们的妈妈在那儿。她离开的时候,我七岁而亨利只有两岁。我仍然不知道为什么。我的爸爸永远不会告诉我们。我不知道她是不是有了别的男人,还是她的生命里有些她真的很想做的事情。我只知道有些事情比我们还要重要,所以……"

他又怔住了很久。奥古斯特可以看见在塞思的脸上和眼里有些东西在动,在变化。

"那就是我该告诉他的东西!我刚刚发现了当我们要干涉他酗酒的时候,我应该告诉他的东西。当你的妈妈因为你不够重要而没有留下时,你需要你的爸爸一直在身边。而我知道他会说他做到了,他会说他每天都和我们待在一起照顾我们。但是每天夜里,他把我们独自留下,因为喝酒更加重要。是啊,所以这不是我的想象。你的孩子应该是最重要的,但是我们却得去什么儿童服务之家,因为他把喝酒放在第一位,对此……我猜我可以看见他并不知道那会发生。但是然后……即使是这样以后他也没有停下来。他没有戒酒,而且他没有在喝过酒以后不再开车。所以这就和妈妈做的一样。他应该把我们放在第一位,但他没有,而这让我们感到很糟糕。我认为这就是我们在干涉他酗酒时我应该告诉他的东西。"

塞思又环顾了一下人们的面孔,每个人都在点头。奥古斯特能够感觉到自己在点头。即使当别人在分享时,你只需要聆听,但是你做不到不点头。

"我感到害怕,"塞思说,"我甚至不是害怕他不会戒酒。我的意思是,那不比我们已经遭遇的更糟糕。那是……等一下,我不知道那是什么,又或者我知道吗?我感觉我将要说出那是什么了,即使我甚至都不知道,而这似乎将是我第一次从我自己口中听到它,又或者也许我知道。是啊,我之所以很害怕,是因为如果他不戒酒的话,这就会变成我的错。因为唯一能够有帮助的事情就是我告诉他,他酗酒带给我的感受,而且我要做得很好,我的话也很恰当。但是也许我会做不好,然后这件事成不了就是我的错了。"

塞思又停住了。奥古斯特能够在几英尺开外听见男孩的呼吸声,仿佛这是一场身体上的跋涉,而不只是艰难的心理历程。

"我希望我们可以和奥古斯特待在一起。"塞思说道,似乎一切都从他的心里爆发出来了。然后他环顾四周,仿佛在识别那些话来自何处。"我刚刚的话说得很响吗?为什么我会那么说?我永远不该说的,我很抱歉。他是我的爸爸,我爱他。这不是因为我不爱他,我真的爱他,而且我知道我要陪伴他,并试着帮助他。而且我想他,我知道我会的。我会想他,我会想家。我甚至都不知道为什么我会那么说。好吧……是啊,我有点知道了。和奥古斯特在一起会不同。不是说他很完美,而是你知道接下来会发生什么,而且那都是好的。而即使当事情不是那样的时候,我也可以直接这么和他说……然后我们对此进行沟通,然后事情又好转了。我一直和我的爸爸沟通,但什么都没变,就好像我说的每件事情只是稍微从他身上反弹掉一样。但是当奥古斯特和我说话时,事情真的会得到解决,而这着实让人松一口气。"

塞思再次停顿下来。奥古斯特偷偷瞥了一眼手表,九点三十二分。塞思快要讲到会议结束了,似乎没有人打算让他停下。

"但我知道我不得不回去,"塞思说,"我对于我说的一切感到抱歉,我根本不该分享的。现在我说完了。"

"我叫埃默里,我是一个酒徒。"埃默里说。

全组的人说:"嗨,埃默里。"包括塞思。

"我要打破规则,并直截了当地告诉你一些事,孩子。我们不应该交叉说话的,那不只是打断别人说话,还是直接对别人的状况评头论足。我们应该在会议上专注于我们自己的故事,但是我要稍微打破一下这条规则。孩子,永远不要为说真话而感到抱歉,尤其是在这样一个就是为了让人们说真话而设的房间里。你的感觉就是你的感觉,不管你是否觉得应该有别的感觉,你无法改变它。一生当中,有一些你可以改变的东西,也有一些你无法改变的东西。我相信奥古斯特会告诉你同样的道理。接下来是当你要和你的父亲谈一谈的时候所要做的。以下是我所做的。我对造物主说:'我将要在此开口。而且,我们都知道,那向来是一件冒险的事,所以需要一些帮助。所以告诉我你希望我在这样的情况下对这个人说的话吧。通过我说出来吧。'所以那就是我对于你父亲的问题的建议。不管你信仰什么,不管在这大千世界里能够向什么祈祷,对它说:'你要我对我的父亲说什么?'如果你那么做,你说的话就是对的。而如果那些话是对的,那么你就做了你所能做的。如果他没有改进的话,那与你无关。那由不得你,所以不要自责。"

他停下来,大喘了一口气,而当他喘气时,朵拉开口了:"埃默里,我们超时了。"

"我知道,"埃默里说,"我知道我们超时了,但是那很重要。"

当每个成员把凳子推离桌子站起来的时候,凳子腿在疲倦而破旧的油毡上发出了吱吱声。他们围着桌子形成了一个紧密的圆圈并握住彼此的手。奥古斯特握着塞思和朵拉的手,而塞思则握着奥古斯特和埃默里的手。

他们一起背诵静心祷告,奥古斯特惊讶地发现塞思把祷告都背出来了。毕竟,这只是他参加的第二次会议。然后他们散了,各自回去。

"很高兴你能来,"埃默里一边拍拍奥古斯特的肩膀,一边说道,"如果你开车还会经过的话,过来再看看我们。"

"也许会的。"奥古斯特说。

"我喜欢那个男孩。"埃默里说道,一边用下巴指向塞思,他正在敞开的卡车门外抚摸那只可爱的浅黄色小狗。

"我也喜欢他,"奥古斯特说,"他值得更好的人生。"

"这是他的道路。"

"你听起来就像我的协助人那样。"

"你的协助人已经戒酒多久了?"

"二十二年。"

"我戒酒三十六年了。三十六年。我不是说我了如指掌。从某种意义上来说,从我们今天早上醒来开始,我们都只有这些时间,但是我看到很多人走过了很多路,有些人不是那么快乐,而那让他们成为现在的样子。所以如果你东奔西走，帮人们在头下垫好枕头防止他们掉落……嗯，我只是不太确定那是我们所以为的帮助。"

他们静静地站了一会儿，看向门外的塞思和小狗。然后奥古斯特的眼光落到了停在远处的车子上。车里的座舱顶灯亮着。奥古斯特疲惫的大脑花了一分钟才明白那意味着什么。只有一件事，这意味着车门中的一扇被打开了。

"不好意思，"他说，"我得去看看亨利。"

他拼命地跑步穿过停车场。当他疾步而过时，塞思问了他什么问题，但是他没法辨认出来，也没有停下去搞清楚。

驾驶座的一侧一切正常，这是他从那个角度所能看见的全部。他跑到车子后部，门大开着。他的脑子一片冰冷与空白，上身猛地钻进车子里。

"亨利？伍迪？"

没有亨利。没有伍迪。亨利和伍迪不见了。

三辆越野车停在他们车子周围的空地上，每一辆车上都标有纳瓦霍警察局的标志，车上的光条闪烁着。奥古斯特希望那些灯可以停止闪烁。它们在他的头脑和直觉激起紧急状态，让他无法忍受。

一个穿着棕色制服的警官用手电筒检查了好一会儿副驾驶一侧的车门。太久了，时间长得有点可笑，或者也许那不过是几秒钟，但奥古斯特估算时间的能力完全消失了。

"我没有发现任何强行打开的痕迹。"警官最后说道。

"所以你觉得是他打开了门。"

"你的这辆车有警报系统是吗？"

"有的，是的。"

"当时它开着吗？"

"嗯，每次我用钥匙锁门的时候它都开着。"

"那么没错，我想是他打开了门。他当时不开心吗？有什么他会跑走的理由吗？"

奥古斯特惊慌地瞥向塞思，塞思几乎忘了自己正在他的右边。塞思向他报以一瞥，但什么也没有说。

"可能是的。但是我真的想不到他会自己孤身走进那黑暗的夜里。没有灯，没有建筑，没有藏身之地。我无法想到他会决定给自己找这样的麻烦。他是个有点容易受惊的小男孩。"

塞思扯了一下他的袖子，轻轻地，好像在试着引起奥古斯特的注意，但他根本没有注意到。与此同时奥古斯特说："等一下，塞思。有一个我们没有想到过的情况，也许他被某个骗他开门的人给带走了。"

警官挠了挠头："在这种时候，的确不排除任何一种可能，但是当时你就在他们开会的那辆货车里对吧？"

"对……"

"要是一个陌生人走向车子，狗不会叫吗？"

"哦，是的，确实。好吧，那就好，没有人带走他的话就好。除了这意味着他是自己出去的……"

奥古斯特突然陷入了片刻的沉默，在这轻微停顿的同时，一群郊狼的叫声划破了空气，把奥古斯特劈成两半，就沿着他胸口的那条一直被心痛撕开的口子。这似乎不公平，这个世界总是企图利用他内心那深深的缺陷。

"你们这里野外有郊狼？"

"哦是的。"警官说道，仿佛这是理所当然的事情。

"它们对男孩的危险会有多大?"

警官深深地叹了口气。"我会更加担心那只狗。"他说。

奥古斯特开始头晕了,他直起自己的膝盖,来抵抗双腿正在融化的感觉。

"我的房车里有个手电筒,"奥古斯特说,"只要告诉我该走哪条路,告诉我哪个方向还没有警察在搜寻。"

"先生,我真的觉得你和你的另一个男孩坐在里面等待最好。"

恐惧在奥古斯特的体内翻涌,他害怕所有能让他分心、或者能让他摆脱内心恐慌的事物都被夺去。

"为什么我们不该去找呢?难道不是找的人越多越好吗?"

"先生,我无意冒犯,不过……如果你不了解这块地方……而且你不……我们要找你的孩子已经够忙活的了。我们不想再搜寻你们两个。你现在只要待在这里,让我们来看看能为那个小孩做些什么吧。"

"奥古斯特。"他们走进房车的那一刻塞思低声说道。

"怎么了,塞思?"

"亨利在县里的时候就逃走过,几次了。"

"哦天哪,塞思,为什么你之前没有告诉我这个?"

"我试了!我真的试了,但是你让我等。而且我想要悄悄地和你说,我不想把这个消息大声喊出来。我不确定我在警察面前应该说什么。我不知道要做什么,奥古斯特。不要对我发火,拜托了。当我感到害怕而人们对我发火的时候,我感觉我要爆炸了,要崩溃了。"

奥古斯特用深深的叹气平息了他自己的恐惧,然后他揽住塞思拥抱了他。男孩一直死死地缠住他的手臂。

"我不想看起来像发火一样的,塞思,对不起。今晚发生的一切都不是你的错。这都是我的错。"

"这难道不是亨利的错吗？"塞思在奥古斯特的胸前喃喃地说道，"他是那个离开的人。"

奥古斯特尝试了一下接受那样的想法，但是它又溜走了。

"不，这是我的错。亨利七岁，我有责任照顾他。我得为他负责。让我去告诉警官你告诉我的东西吧。"

塞思挣脱了那个拥抱，看起来似乎很尴尬，仿佛他不知道要如何挣脱。

奥古斯特在后门停下，为了确认伍迪不会跟着他推开门。然后他想起来了，他的心一沉。他再次试图消除自己的麻木感，可只成功了一半。他爬下去，把后门敞开，因为没有理由要关上它。

"先生？"他一边拖着脚穿过红土地，一边叫道。

警官站在白色吉普车打开的车门前，在对讲机上讲话。

"嗯？"

"发现我没有给你完整的信息，那个男孩有逃跑的历史，而我不知道。"

"好的。"

"我只是想我应该告诉你。"

"好的。"

"这样我们就明白我们在处理怎样的事件。"

"知道了，坦白说，我们一直把这件事当成出走在处理，所以这不会改变太多我们的思路。你去车里等着，我们会让你知道我们的发现。"

第三章
一只真的很棒的狗

"你还好吗,奥古斯特?"塞思突然问道,吓了他一跳。

他坐上他那未经整理的床,朝着灯光眨眼睛。"是的,我想。"

"我有点吓坏了,你刚刚把手放在你的脸上静静地躺了大概一个小时。我不知道……你能否……跟我说说话或什么的?"

出于他自己也不确定的原因,奥古斯特环顾了车厢。

"真的过了一个小时吗?"

"差不多。我想他会出现的,奥古斯特。他以前一直如此。"

"这并不是他之前走丢的地方那样的地形。"

"哦。"

一阵长长的沉默。奥古斯特努力地试着让自己的思绪和内脏平静。他感到浑身都有一种沉重的、令人厌恶的恐惧感,不过令人惊讶的是,恐惧的程度很低。他知道,如果他去刺激这种恐惧的话,他将免不了受到不愉快的"惊喜"。

"或者我来说话,"塞思说,"但我真的需要有人来说说话。你一直在想些什么呢,奥古斯特?"

奥古斯特叹了口气。"我在想我对我的前妻太刻薄了。"

奥古斯特以为塞思会问他什么意思。

相反，塞思只是问道："你是说那场车祸？"

"对，就是那个。"

"但是有人死了，那很严重。"

"但是如果因为在我们去开会的时候我把亨利一个人留下，今晚有人被杀了呢？记得我们第一次对这一点是怎么说的吗？我们第一次这么做的时候？我们说：'我们就在那里，我们可以从这里看见他，听见他。而且伍迪会在这里叫，那会是一个警报。'而一直以来我们所说的都是我们知道有些事情会发生，但是我们觉得它发生的几率非常低。而我们在该死的每一天的生活里这么做过多少次呢？我们冒了所有被低估的风险。一直如此。一千次里，九百九十九次没有糟糕的事情发生，而有一次它发生了，我们就责怪那个冒了风险的人，告诉他们，他们本应知道最好不要做这样的事情。我不是说这样不对，但是我们知道我们自己也在冒风险。也许我们甚至会更严厉地责怪他们，因为我们想要假装这样的事情永远不会发生在我们身上，但是它当然可能发生。我们每天都在做生死攸关的决定。对大多数人来说运气都很好。但是如果有什么事出错了，我们仍然有责任。而且我们也不会再做一次。"

"但是她醉酒驾车了，奥古斯特，那很严重。"

"没有超过合法标准。我不是说这样没错，塞思。我不知道我在说什么。好吧，我想我知道。我也曾酒后驾车，但我从没出过车祸。而现在，我表现得好像我比她要好，就因为当有人闯红灯的时候，坐在车里的人是她。我凭什么这么做呢？那是运气，那不值得表扬。我们对每件事都有责任，我们所做的每件事，不只是当这些事情给我们带来恶果的时候。"

沉默。

然后塞思说："这让我的脑袋疼，奥古斯特。"

"抱歉。"

"没关系，是我说你应该和我随便聊些什么的，他出走是我的错。"

"不，不是。"

"但你说我们对我们做的每件事都有责任，而是我说把他一个人留在这里没事的。"

"我仍然是那个大人。"

"但我应该看好我的弟弟，所以这怎么可能是你的错而不是我的错呢？有什么区别？"

"塞思……区别……就是你已经觉得每件事情都是你的错。你试图将整个世界都扛在你的肩上。我需要向前一点，而你需要后退一些。"

一阵敲门声把他们俩都吓到了。

"我是埃默里。"熟悉的声音说道。

奥古斯特一下子跳到后门口，用力地把门打开，以至于埃默里不得不一下跳开。

"抱歉。"奥古斯特说。

"没关系。我和警察一起搜寻了一会儿，但我想我现在要回家了。希望你不介意，我早上有工作。"

"哦。是啊，当然了。我甚至不知道你也在找。"

"嗯，我想做我能做的，但我真的觉得警察已经覆盖了一切地方。"他转头看向月光下的地平线，"他们很擅长自己的工作。他们布下了网状的搜查……"然后他又开始吞吞吐吐,就在奥古斯特好奇他在看什么的时候,埃默里说,"你的狗是不是很大?"

他把一只手放在另一只手上方,比划出伍迪大小的狗的身长。

"是啊,怎么了?"

"就是那里的那只?"

奥古斯特走到月光下,看向埃默里指的方向。大约在一百英尺外,他恰好能勉强辨认出伍迪正飞速地朝他们的方向奔过来。它伸直四肢,拼命地跑着,身体呈扁平形,以至于它看起来离地面比过去任何时候都要近。它那拉得长长的舌头从嘴里伸到一边。

"伍迪!塞思,快来看!伍迪回来了!"

就在塞思走完最后一个台阶来到空地上时,伍迪撞到了奥古斯特。真的,它在几英尺外的地方离开地面,朝奥古斯特的胸猛扑上去,落在他的怀中。奥古斯特能够感受到小狗吃力的呼吸,以及它心脏的跳动。有一刻,他担心伍迪的心脏可能会爆炸。

"奥古斯特,为什么它把亨利丢下了?"

"我不知道,"奥古斯特说,"但是我——"

他甚至还没来得及回答完,伍迪又回到了地上。显然,那个被响亮地叫出来的名字,亨利,让它动了起来。它跑了几码,回到开阔的空地上,就是它刚刚来时的方向,然后它停下了,回头看去,它的舌头仍然可笑地塌在嘴巴的一边,淌着汗。它奔回奥古斯特身边,拼命地叫着。

"我想你需要去看看它要把你带到哪儿去。"埃默里说。

奥古斯特环顾四周。警车还停在空地上,但是没有警察,他们都去搜寻了。

"我也那么想,但是警察说我得待在原地。那样他们最后就不会被迫派出搜寻队来找我了,因为我不了解这个地方。"

"我了解这块地方。"埃默里说。

"但是你白天有工作。"

"那我猜到时候我会很累。"

奥古斯特忍住了去"熊抱"这个男人的冲动,他不太确定他对此会怎么回应。

"塞思,你等在这里。"

"我想去,奥古斯特。"

"我知道,孩子,"埃默里说,"我理解,但是我想你应该留在这儿,万一你弟弟走回来了呢。"

塞思的肩膀垂了下来。"那么,"他说,"好吧。"

埃默里手电筒的光只够用来看清下一步该怎么走。为了确保他们不会被石头或矮树丛绊倒,埃默里得时不时地把手电筒举起来看伍迪,伍迪跑在他们前面十到二十英尺的地方,舌头正直直地伸着,焦急地等待着。

奥古斯特突然想到,在黑暗中,这里没法抬头看见任何地标,很容易彻底地失去方向。他想知道,即使是埃默里,是否能够掌握好他们前行的方向,让他们重新回到车子里。然后他想知道,一个七岁的孩子是怎么找到路的,但是他把哽在喉咙里的想法咽下去了——不管有什么让他的喉咙再次堵住,他都努力把那种念头赶走。

"来这个地方对一个七岁的男孩来说是段很长的路。"过了几英里后埃默里说道,"你确定他能靠自己走到这么远吗?"

"绝对可以,亨利徒步很厉害,我们整个夏天都在训练。"

"啊,"埃默里说,"真是倒霉。"

他们在沉默中又摸索着道路走了半小时左右,然后埃默里说:"啊哈。"

奥古斯特环顾四周,但是在黑暗中什么也没看到:"啊哈什么?"

"狗正在把我们带向一幢房子,确切地说是沃尔特·比盖和维尔玛·比盖的房子。"

"我甚至都没看见房子。"

"那儿。"

他把手电筒的光投过去,但是它没能到达房子那么远。不过它像个指示一样,奥古斯特因此看见一栋破破的块状石头房子,里面没有开灯,没有迹象表明里面有人。

"那个抓挠声是什么?"奥古斯特问道。

"我想是狗在门上抓。"

他们在微弱的手电筒光线中走上走廊。伍迪确实在抓木门,用两只前爪,好像在挖洞似的。

"伍迪,停下。"奥古斯特说,担心它会把沃尔特·比盖和维尔玛·比盖的前门弄坏。伍迪跳进奥古斯特的怀里作为回应。

埃默里敲了门,房子里没有动静,没有回应。

"我去车库看看。"埃默里说道,然后带走了微弱的手电筒光线。

奥古斯特无力地坐在前门前的台阶上,怀里抱着伍迪。郊狼的群叫又一次划破了夜空,变成了幽灵一般的嚎叫,奥古斯特抱紧了小狗,小狗颤抖了一下。

几分钟后埃默里回来了,坐在他旁边的台阶上,关上了手电筒。为了省电吧,奥古斯特想。

"他们不在家。"埃默里说。

"我无法想象伍迪会毫无理由地把我们带到这里。"

"尤其是还有抓门的动作等。我尽力从窗口看了,但是都锁住了,没有任何人在里面的迹象。也许男孩本来在这儿,但现在不在这儿。"

"如果是那样的话,他会在哪里呢?"

"呃,如果我们今晚运气好的话,他们也许会把他送到警察局,去看看他是谁的孩子。"

"希望我们会有个幸运的夜晚。"

"你和我都是,我的朋友。"

在那个黑暗的时刻,奥古斯特突然觉得被当成埃默里的朋友是对的,虽然很奇怪,但那就是他的感觉。事情本该是这个样子。

埃默里掏出一根香烟,用纸梗火柴点燃它。当烟从他面前飘过时,奥古斯特闻到一丝烟味。这让他心里的某些东西苏醒过来,以致于他宁愿离开去睡觉。

"我已经十六年没抽烟了,"奥古斯特说,"但你不知道那闻起来有多诱人。"

"要来一支吗?"

"想,但不了,不要给我,我无法忍受再一次去戒烟。我戒烟的次数比我认识的任何人都要多,也许有二十次,也许二十五次。我想最后成功的原因是,我无法再忍受重头来过了。只是,当你点燃那根烟的时候,我一下子想起来抽根烟再喝三杯左右的波本威士忌是什么滋味了。那会一下子削弱这些感觉。"

埃默里沉默地吸了会儿烟,然后说:"那个男孩需要你集中精神。"

"我知道,我并不是真的想吸烟喝酒。这只是从你脑袋里穿梭而过的事情之一。不,并不只是你的脑袋。它略过你的大脑,然后穿过你的内脏。我不想真的吸烟喝酒,但是……我不知道,我确定我感觉到了,你觉得那是个坏征兆吗?"

"我觉得是。"埃默里说。

"真的?"

"很坏的征兆,我想那意味着你是个酒鬼。"

两个男人都笑了一会儿,然后沉默又回来了。

当他们陷入沉默的时候,奥古斯特想,也许我真的有那么糟糕。也许我真的是个酒鬼。也许所有那些所谓的我喝酒的方式和会上的其他人不同的话,只是当你不想知道真相时告诉自己的事情之一。

埃默里再次开口了,把他吓了一跳。

"我想他之所以出走,是因为不想回去见他爸爸?"

"那有可能,是啊。"

"我心疼那些孩子。"

"我也是,我感觉我应该为他们多做点什么。"

"比如什么?"

"比如不让他们回去。"

"我不确定你可以做那样的选择。"

"那是我的协助人说的话。"

"呃,这是你的协助人和我第二次达成一致,所以我在想他是个明智的人,而你应该听他的话。不要不动脑筋地回答这个问题,奥古斯特,也不要用你的感情去回答它,像个律师那样想一下吧,他们的爸爸有没有做够多的坏事,以致于有人应该去法庭试图剥夺他的抚养权?"

奥古斯特想了一会儿这个问题,然后说道:"也许没有。"

"你有什么身份可以来与他争夺抚养权吗?你是那些孩子的亲

戚吗？"

"不是。"

"那样的话我觉得无论如何都没有必要去考虑一件你管不着的事情。"

他们在苍白的月光下又坐了一会儿。奥古斯特惊讶地发现他的眼睛已经适应了黑暗。他想知道他们是不是会马上回去。他想知道他们在这里接下来的行动会是什么。

"现在为止发生的事不算什么，"奥古斯特说，"可能会发生的事更重要。"

"从没听说过有人因为他们接下来可能做的事情而丧失自己孩子的抚养权。或者，他们也可能不做那些事情。你看，奥古斯特，我也是跟着一个酒鬼老爸长大的。"

"你吗？"

埃默里没有回答，只是等着，仿佛奥古斯特自己会及时想起来。

"哦，你的父亲，对，啊，他在会议上。"

"有过一些艰难的日子。但是，你知道吗？我长大了。孩子的适应能力很强的。日子即使艰难，他们也都会长大。所以如果他们和他们的父亲待在一起的话，也许有些事情会发生，不过，也可能不会。我的意思是，他们到现在为止已经做到了。还有，我不想让你感觉不好，不过……你是清醒的，但今晚还是发生了一些糟糕的事。有些事情就是会发生，你知道吗？并非一直有可以追究原因的简单的事情，好像只要你不做这件事，什么都不会出错。有些事情一直会出错，但是我们不喜欢那样想，所以我们会指出很多问题。"

他们又沉默地坐了一会儿。

然后埃默里说："我的建议是把他们送回去，你并没有别的选择。你要试着相信，他们会一直成长，就像在遇到你之前那样。"他把香烟放在他那大大的靴子下碾碎。"我们得回去了，光坐在这里没有用。"

"拜托你告诉我你认路。"

"我当然认路，我们现在就在路上。这条小道会把我们带到那条大路上，我们所要做的就是沿着它走个几英里。"

他们在没有手电筒帮助的情况下上路了。因为眼睛已经适应了，所以奥古斯特刚好能够看见铺好的道路上标志着中心分道线的白条纹，然后他们沿着那条小小的公路走过去。他们一路上一辆车子都没遇到。

奥古斯特让伍迪在他旁边走了几分钟，但是当狗又停下来闻路边的味道时，奥古斯特再次想起郊狼，然后把它捧起来抱着。

"如果最后发现那个男孩曾去过沃尔特和维尔玛家的话，"埃默里说，"那么你的这条狗真的是很棒。"

当奥古斯特从远处看到车子时，里面的灯亮着。果不其然，塞思醒着，等待着。没有警车。

"你觉得警车都去哪儿了？"他问埃默里。

"唔，不知道，可能是好消息，也许他们收到了通知或什么的。"

奥古斯特的胃里面开始打起死结，疼痛和不知道发生什么的恐惧似乎猛烈地占据了他。这是他第一次发现，疼痛感和发现真相的恐惧可以糟糕得多。

当他们离房车不到二三十步的时候，伍迪跳下来跑到了车子的后门。一辆警车出现在视野中，朝他们的方向开过来，红灯默默地闪烁着。

奥古斯特在路上停下，埃默里则停下来看奥古斯特为什么要停下。奥古斯特抓住这个男人的肩膀，因为远远地，他麻木地感到他可能会摔倒。

"哦，天哪，他们知道些什么了。"

当这些话从他口中说出来时，他感到很惊讶，因为他感到自己动不了，好像是石头做的一样。埃默里把一只手放在奥古斯特的肩上，显然理解他需要多少支持。

"也许他们知道了什么好消息。"

"这是我的错，埃默里。如果那个男孩发生了什么，我得永远带着这样的错活着。"

"这件事你并没有什么过失，奥古斯特。孩子们跑走了，他们打从出生就一直这么做。"

"但是这次是在我照看的时候发生的，我要怎么告诉他的父亲？"

"保持镇定，在我们了解事情的全貌之前不要自己下定论。我们去看看事情的真相吧。"

他们再次开始挪动双脚，就在这时，一个棕色制服的警察从他的车里走出来，并打开了车后门。那打破了奥古斯特如冰冷的石头和混凝土一样的状态，像一个潜在的好征兆那样穿透了他。

警察在薄薄的月光下转过身面对他们，显然在他的屁股后面背着一个孩子模样的东西。

"嗯，嗯，"埃默里说，"看来我们终究还是有个幸运之夜。"

奥古斯特奔向他们。

"这是你丢失的小男孩吗，先生？"警察问道。

亨利朝奥古斯特伸出双手，奥古斯特则把他拽到怀里，紧紧地抱着他，这样亨利一定无法好好呼吸，但是他没有松开他的怀抱，而亨利也没有抱怨。

"这样的事难免发生。"

"你们在哪里找到他的？"

"事实上，我们没找到。几个我们的当地人发现男孩在路上，就把他带回家了。然后他们把他送到警察局，来看看是否有人在找他。他们说对于那条狗他们感到抱歉。他们试着抓住那条狗，但是它担心他们要带走男孩，它就没有跟上来。他们抓不住它。"

"沃尔特·比盖和维尔玛·比盖？"

"你是怎么知道的？"

"他知道，"埃默里说，突然出现在奥古斯特的肩旁，"因为他有一条好狗。"

"非常感谢您，警官，"奥古斯特说，"很抱歉把你带进这样的境地。"

"这样的事难免发生。"那个男人说道。

第四章
最后一站

"我在想也许我应该直接把你们送回家。"奥古斯特说。

这是早上发生的第一件事,奥古斯特说的第一句话。他们还在床上,车还停在纳瓦霍族保留地的空地上,因为奥古斯特彻底精疲力竭了,没有力气再去开车。

塞思很快坐起来。"什么?为什么?"

"我只是不喜欢他可能会重蹈覆辙的念头,我无法对那负责。"

"但是我们本来要看那个大峡谷的。你说我们可以乘一辆四个轮子的车,看峭壁房屋、壁画等,还有蜘蛛石。为什么我们不能看蜘蛛石?你还说过也许会把大峡谷作为最后一站。我不会再到这儿来了,奥古斯特。"

"我不知道。我想我们会跳过谢伊峡谷和大峡谷,我只是对这一切没了胃口。"

奥古斯特把窗帘拉上,惊扰到了伍迪。他起床走到小浴室前,把自己关在里面。他听见塞思的声音穿透进来,于是他把耳朵凑近门,去听他在和他弟弟说什么,一边做这个一边小便并不难。这是个很小的空间。

"这都是你的错,亨利。我不能相信你那么做了。真是个愚蠢的行为。你有可能让那只狗丧命的,你知道的。它可能会被郊狼吃掉,而这都会是你的错。为什么你老是要毁掉一切?我想去看那个纳瓦霍峡谷。那个谢什么谷……管它是什么了。"

奥古斯特把门开了一条缝,还没洗手就朝外面看去。刚好看到塞思一拳打在亨利的肩膀上,看上去是很重的一拳,但是亨利没有表现出很痛。

"以后不会再有打人的事情了。"奥古斯特说道,把塞思吓了一跳。

"对不起,奥古斯特。"他马上说道。

"不管谁怎么表现,不管任何人对别人所做的事情怎么想,不要打人。"

"对不起。"塞思又说道。

奥古斯特洗完手,把手擦干,然后走出浴室,开始煮咖啡。

"奥古斯特?"

"嗯,塞思。"

"如果我们现在回去的话我们会早到几天,而我们的爸爸还不在家,那么我们要做什么?"

"我不会就那么把你们留在那儿的,如果你是那个意思的话。我会把车停在修理厂外面,直到他回来。"

长时间的沉默,长到奥古斯特能听见咖啡机开始冒汽,并啪啦作响。

然后塞思说:"奥古斯特?难道他不会也从那里逃走吗?"

"哦,"奥古斯特说,然后叹了口气,"我猜我还没想过那种情况。"

他们坐在一块平板上,被一个奇特古老的驱动器拖着,有点像某种古老的四轮拖拉机,但被改装成了带六排座位的平板拖车,周围是金属围栏。他们的纳瓦霍导游班森已经说过,这趟旅行俗称"摇一摇,烤一烤"。班森在他的驾驶室区域有一个帆布屋顶,奥古斯特、男孩们以及其他的观光客则只能坐在炎热的太阳下。

当他们的导游降挡的时候,拖车倾斜了,然后,当它再次爬出浅水湾时,又猛烈地摇晃了一下。六匹完全没人陪伴的马穿过谢伊峡谷的浅水湾,水没过它们的蹄子。

奥古斯特朝男孩们看去,一整天来他们俩谁都没有说很多话。呃,是塞思没有说很多话。亨利从摩押开始就一句话也没说过。

塞思抬头正好看见奥古斯特在看他。

"我最喜欢那些当地的岩石画,或者说是雕刻,或者不管它们是什么,或者……总之是至今为止最喜欢的。"他有些尴尬地等了一会儿,然后补充道,"那些看起来像是人们骑在马上猎鹿的画是我最喜欢的。"

"你还没见过白屋。"

"那是一种旧宅吗?"奥古斯特还没来得及回答,塞思突然叫道,"埃默里!"

奥古斯特没法想象这是为什么,他惊讶得没法回答。

"看啊,奥古斯特!是埃默里。嗨,埃默里!"

奥古斯特抬头看去,正好看见埃默里在沼泽里开着一辆载满观光客的旅游车,从反方向经过他们。一个骑在花马上的纳瓦霍人在后面穿过水滩。

埃默里在他经过的时候向他们脱帽,并露出一个大大的微笑。奥古斯特挥手致意,然后,当这个熟悉的男人再次开走时,他的心里涌上一股强烈的情感。

坐在塞思前面的一位女士转身说道:"你们认识那个导游?你们是在哪儿认识他的?"

奥古斯特用手肘推了推塞思的胸口。他不知道塞思是否明白手肘代表什么。他不知道他是否正确地教过男孩尊重他在会上见到的人们的匿名性。

"他在我弟弟失踪的时候帮了我们。"塞思告诉她。

她微微一笑,点点头,然后又朝前看了,仿佛一开始就不怎么在乎。奥古斯特好奇她为什么要问。

"我不会忘记的。"塞思在他的耳边悄悄说道。

他们站在白屋废墟前的沙地上,这是座部分已经倒塌的古老住宅,一些部分建在垂直的峡谷墙前面,其中一些显然是直接在峡谷上雕刻而成。他们从摇晃中解脱出来,休息了一会儿,不过仍然在炙热的阳光下灼烧。

一个高大的、有着圆圆的大肚子的纳瓦霍人正在用手工木笛吹奏令人沉醉的调子。在他面前的桌子上还有很多待售的笛子,以及他的音乐光盘。

亨利正凝视着这个男人的脸,聚精会神地听着,脸上露出若有若无的喜悦。

"现在我见到它了,"塞思说道,"我不明白他们为什么管它叫白屋,它并不是白色的。"

"我们又得求教小册子了,或者你可以等休息结束后去问班森。

亨利是生我的气了吗？"

"不。"塞思说道，非常简短。

"看起来他是生我的气了。"

奥古斯特说话的时候一直观察着亨利。奥古斯特一直看着亨利，开始感到这令人疲惫。

"不，他觉得你生他的气了。当他觉得人们对他生气时，他总是会不睬他们。"

"我没生他的气。"

"真的吗？看上去你好像生气了。我肯定你生气了。哦！看啊，奥古斯特！一条蛇！"

这么长时间来，奥古斯特第一次把视线从亨利身上移开。那条蛇弯曲着穿过他们所站的地方旁边的褐色泥地。它有三英尺多长，身上是一系列黑色褐色相间的精细的钻石图案。然后奥古斯特再次抬头，看见亨利就站在原来的地方，他感到很放心。

"它很好看，"塞思说，"我能把它捡起来吗？"

"不！不要，塞思！"

"我觉得它没有毒。"

"即使没有毒，蛇也可能咬人，不要碰它。"

"好吧，那我就给它拍张照吧。"

他用奥古斯特的相机拍了几张照片。现在塞思一直拿着奥古斯特的相机。他对景色的关注比奥古斯特更棒，眼光更好，而且拍出来的照片也更好看。

然后塞思说："不要告诉亨利。他怕蛇。你确定你没有生亨利的气吗？你看起来有点。"

"是吗？"

奥古斯特开始认真地思考这个问题，忍住了将它又一次丢掉的念头，让这个问题在他的脑海中静置一会儿。

"我不想发火，"他说，因为这是他想到的最诚实的话，"我觉得他生我的气，因为他认为我不应该把你们带回家。但是我没有任何选择，我不是你们的父亲，法律上我什么都做不了。"

自从发现了蛇以后，塞思第一次将视线从它身上挪开。

"奥古斯特，"他说，"我无法相信你会那么想，没有人因为那个而对你生气。"

"他看上去生气了。"

"他生气的是夏天几乎要结束了，还有我们的爸爸一直在说谎。但他不是把这个怪在你身上。这怎么可能呢？天哪，奥古斯特，你带了我们整个夏天。没有其他人会那么做的。我们知道当夏天结束的时候你得带我们回家。谁会为此而对你生气呢？"

也许没有谁，奥古斯特想，除了我。

"那么，你去过那儿吗？"塞思问道。

他系好安全带坐在副驾驶座上，看着挡风玻璃外面，他们正行驶在40号州际公路。

"大峡谷吗？"

"对。"

"看过几次。菲利普和我甚至徒步走过它的很大一部分。不是一路下去一直到河边，只是单日远足，但是那一直都像冒险一样。"沉默，然后他想知道这个问题是不是还有什么潜台词，如果那不只是个小对话的话，"为什么你这么问？"

男孩耸耸肩，而奥古斯特觉得他对这个讨论不会再补充什么了。

五公里以后，塞思说："只是那似乎会特别棒。如果你带我们去看它的话。你知道的，这对我们来说真的很棒。"

"夏天快要结束了，"奥古斯特说，"而我只是觉得我们应该在大峡谷结束它。"

奥古斯特把房车停在大峡谷东侧沙漠观光路上的一块空地，关上引擎。这将是他们第一次看到这里的风景。准确来说，是男孩们的第一次。

"哇哦。"塞思说，把这个单词拉得又长又低。

他们穿过车后门走出来，把伍迪留在里面。奥古斯特俯身去拉亨利的手，而亨利本能地伸出手来。这是新的交流模式。

他们一起站在低低的石墙边，完全沉默。岩石峡谷那往常充满生机的形状和曲线在正午的阳光下看上去积满灰尘。奥古斯特一直记得要带孩子们去沙漠景观的观景塔上，这样他们就可以俯视大峡谷，并且看到科罗拉多河在底下蛇一样蜿蜒流淌。

"我看到过很多它的照片，"塞思说，"但是它本身更好看。"

"照片无法正确地体现出它。"

"但我还是可以拍几张？"

"当然。"

塞思透过奥古斯特的相机镜头看去，并说道："那些色彩不止是比锡安或布莱斯峡谷要好看得多。我觉得它之所以令人惊奇，还因为它是那么的大。"

"雄伟。"奥古斯特说。

"哦，"塞思说，"没错。"

"我很抱歉这趟游览只能这么快结束，我们对于先到先得的露营已经太迟了。而我们不可能在公园外等到早上，然后向我们通常做的那样瞅准机会进去，因为我们得让你们回家。"

塞思把相机放下，放回到肩带末端。他的肩膀不再像平常那样挺直。

"我仍然觉得你把我们带到这里真是太好了，因为你已经看过它了。我无法相信这是给我们的夏天所准备的。"

"我明白。"奥古斯特说。

"你要留下帮助我们和我们的爸爸聊天，对吧？"

"对。"

"也许我们应该练习一下要说的话。"

"我不这么认为。"奥古斯特说。

"真的吗？通常练习一下会很好。"

"记得埃默里在会上和你说的话吗？"

"不记得。哦！是啊！我记得！他说我应该告诉我信仰的神明，我将要开口说话，然后问它我应该跟我爸爸说些什么。"

"对。不经排练、直接从心里流露出的东西通常是最好的。否则当你说出来的时候，只会听上去像排练过一样，而不是发自肺腑。"

"太糟糕了。我更擅长我练习过的东西。不过既然你在那里，奥古斯特……我过去从来没做过这样的事情，而且我觉得如果我像以前一样，就一个人和他还有亨利在一起的话，我可能会临阵脱逃。你会留多久？"

"需要多久就留多久，我想。和他讲话不会超过一两个小时的，对吧？"

"哦，我本来希望你会待得更久些。"

"为什么？你需要我为了某些事而在那里待得更久些吗？"

"也不是，"塞思说，"我只是讨厌看到你走。"

亨利一句话也没说。

在盯着巨大而安静的空地又看了好几分钟后，塞思说："我想知道我们所看到的这一切，这个又大又漂亮的世界，对我来说是否会一直真实。还是过了一段时间以后，我会记得它，但是有点遥远，像在梦里一样。就好像我知道它发生过，但是感觉并不像真的发生过那样。明白我的意思吗？"

"你会有所有的那些照片。"

"那只能帮上一点点忙，"塞思说，"我的意思是，一开始会有很大作用，但是接下来，你每次看见它们，你都想感到真实的感觉。然后，那样做了几次过后，你发现自己看它们看得太多了。于是过了一段时间，它们就更像是某样东西的图片，而不是真实的事物。再过一段时间，你看照片的时候，所能让你想起来的都是照片本身。然后，这变成了一种记忆，你几乎不再看它了。我有很多我妈妈的照片，但是它们只起了一段时间的作用。你明白我的意思吗，奥古斯特？"

"很不幸，"奥古斯特说，"是的，我明白。"

第五章
某一种

"他的车在这里。"塞思说。

"他是自己开车去监狱的吗?"

"我不知道,那时我和你在一起。"

奥古斯特惊讶地发现,当他再次驶入维修工厂的那块空地时,他的内心沉了很多。这种不适的感觉就类似你事与愿违地被某些事情困住了好多个没有止尽的日子。就像开车穿过整个国家,却只有一张音乐 CD 一样,尤其是这张 CD 你从一开始就没怎么喜欢过。

他们都走出车子后门,走进了最令人难以忍受的正午的炎热中。天气比他们六月离开的时候更糟。

伍迪到处跑动,一边嗅来嗅去,一边把腿伸到每一块看起来有意思的灌木丛上。

"修理间关了。"奥古斯特说。

"那不代表他不在家,那只是意味着他没有要修的车子。"

奥古斯特跟着男孩们绕到工厂的后面,一块他从没见过的地方。这是有意的,当他的车子在里面维修时,这些人到底住在哪里,这不关他的事。

这并不是栋房子，而是用和店面一样的金属薄片所造的高窗建筑物的一侧。但是门敞开着，穿过门，奥古斯特能看到它内部被装饰成了简单的功能性的家。至少，从他所看到的客厅来说是这样。

韦斯坐在走廊里抽着烟，单肩倚在门柱上。奥古斯特以为他首先会和男孩们打招呼，但是相反地，他直直地看向奥古斯特的脸，并眯起眼睛，这让奥古斯特感到不太舒服。

亨利从他爸爸身边挤过，吃力地走了进去。塞思则停下来等待着，为了某些原因。

"我甚至连一句你好都听不到？"当亨利从视线中消失的时候，韦斯扭头朝他瞥了一眼。

"让他走，爸爸。"塞思说。

韦斯和塞思彼此对视了很久。然后塞思的眼睛垂下去移到了他父亲的鞋子上。韦斯穿着松松垮垮的工装裤，比奥古斯特先前看到他穿过的任何裤子都要宽松，在他的左脚踝上套了一块很不自然的东西。

"是那个吗？"塞思问。

"还能是什么？"

"我能看看它吗？"

"不，你不能看，为什么你要看呢？那有什么意义？你知道那是什么。它看上去什么也不是，什么也做不了。我们所要担心的是它真正起的作用。你不得不为我们走路去商店，你明白的。我知道那是条很长的路，但是他们也许允许你借一辆推车，如果我们保证把它放回去的话。你要负责把我们所有人需要的每样东西带回来。"

一阵短暂的沉默。塞思仍然低头看着他父亲的鞋子，或者也许是鞋子前面那块棕色的东西。

"好吧，"他说，"但我不会给你买任何酒精饮料。"

韦斯直起身子向后退了一点，但什么也没说。

塞思打破了他雕像一般的姿势，从他爸爸身边挤进了房子里。"奥古斯特要进来了。"他走过的时候说道。

韦斯的视线又一次和奥古斯特相遇了。伍迪挨近韦斯，摇晃着尾巴，但是韦斯忽略了那只狗，或者甚至都没有注意。

"我有很多要感激的，"韦斯说，"我得为很多事情感谢你，但是把那样的想法放进一个孩子的脑袋并不是其中之一。"

"我们没有讨论这件事，那是塞思自己的想法。"

"是啊，有趣的巧合，和一个一口酒也不喝的人去旅行了一趟，回来就有了这样的想法。"

"如果对你了解事情有帮助的话，"奥古斯特说，"在我的人生中我喝的酒比我该喝的要多，我只是不再喝酒了。"

"哦，一个前酒鬼，唯一一件更加糟糕的事情。"

"你真的相信在塞思遇到我之前，他对这里各种事情的发生就开心吗？你真的觉得那种不满是来自我？好像如果不是我让他去介意这件事，他就不会不满了？"

"为什么你又过来了？"

"因为我答应塞思要来。"

韦斯又吸了一口烟，然后把烟头扔在门柱前面的泥地上，它们就留在那里，那儿还有好多个烟头。

"我有种感觉，我不会太喜欢这个情况。但是你答应了塞思，而我又欠你人情债，所以我想你最好还是进来吧。"

奥古斯特别扭而沉默地坐在客厅——或者说，总之是这个房子的主要区域——两只沙发之一的边缘上。两只沙发都盖着毯子，部分地隐藏了它们的年岁和瑕疵。韦斯坐在他对面，也沉默着。

奥古斯特把伍迪带回了房车，把空调开着，因为他不确定在修理师家里这条狗是否受欢迎。塞思在房子的另一个边，正试图说服亨利加入他们。时间像是被拉长了，让人感到痛苦，奥古斯特只能猜想，要把亨利带过来并不顺利。

又过了大把时间后——虽然那可能还不到五分钟——塞思又出来了，真的是拖着亨利的腰出来的。他把亨利拖到沙发边上，就在奥古斯特的旁边，然后有点粗鲁地让他坐下。

"我知道你不打算说话，"塞思对他的弟弟说道，"所以，好吧，别说了，但我们都参与其中，所以坐在那儿吧，当我们做这件事的时候，不管你喜不喜欢，我也不喜欢，亨利，但这不是关键，你也知道。"

然后塞思坐到奥古斯特的另一边。奥古斯特明白，这样会给韦斯带来明显的三对一的印象，但奥古斯特不知道如何纠正这样的错误。

然后他在脑子里更进一步地想到，只是因为韦斯不喜欢这样，并不会让这成为一个错误。三对一的印象是正确。那就是干涉的样子。当所有人都在同一边，而你在另一边的时候。那时你就知道该改变了。因为没有人支持你了。

"妈的，"韦斯发出了嘘声，声音并不小，"我就知道我不会喜欢这样的状况。"

"爸爸，"塞思说，"如果你听一听的话，真的是很好的事。"

在随之而来的一阵明显的沉默中，奥古斯特意识到，这种程度的直率，过去塞思从没对他爸爸用过。他能看到在韦斯的体内有些东西燃起来了，那种带头老大的直觉反应。然后韦斯看向奥古斯特，而奥古斯特则看着他把那样的直觉又压了回去。

韦斯把他的双脚放到咖啡桌上,一只脚踝搁在另一只脚踝上。然后他又不得不放弃这个姿势,将两只脚踝交换一下,因为脚踝上的电子脚镣带来了干扰。

"很好,"他说,"我有种感觉,我知道接下来你要说什么,不过……你说吧。"

"当妈妈离开的时候——"塞思开始说了。

"等等,妈妈?"韦斯插嘴道,"你妈和这个有什么关系?"

"爸爸,你没有在听。"

"对不起。"韦斯说道,他的窘迫显得异常真实。

"妈妈走了以后,我们没有聊过她的事,从来没有,完全没有。那是五年前了,而我仍然不知道她去了哪里,或者为什么。我还是不知道,她之所以离开,是因为她有了……你懂的……别的男人……还是她的人生中有一些想要做却无法在家里做的事情。"

塞思停顿了下来。

沉默了几秒过后,韦斯问:"我现在可以讲话吗?"

塞思只是点点头。

"她二者都有。"

"哦,好的。呃,好吧。我打算说的是——哦,等等,我忘记做一件事情了。"

塞思沉默下来,闭上眼睛。奥古斯特朝韦斯瞥去,他正有些困惑地看着他儿子的脸。奥古斯特没有疑惑。他完全知道塞思在做什么。他正在呼唤恰当的话。

"好了,"几秒过后塞思说道,"我想要说的是,我只知道,我们对她来说不是最重要的。我只是个孩子,也许我知道的不像你那么多，或者我压根知道的就不多。但我真的觉得，一个人的孩子应该是这个人最重要的东西。但是如果你因为有些想要做的事，就离开去做，而再也不去看你的孩子的话，那么他们就不是了。我是说，我们不是了。我们对她而言不够重要。"

"我不明白这——"韦斯开口了。

"爸爸。"

"没错，我知道，对不起，我听。"

"那以后，你一直和我们在一起。我知道，你会说你一直在，你没有为别的事情离开我们。我也知道那是真的，但是那不完全是真的。因为你一完成工作，你就会去酒吧，把我们独自留在家里。有时是几个小时，有时是一整晚。那时我七岁，我还没有到可以照顾一个两岁孩子的年龄，这我都知道，而你应该也知道。要是房子着火了，或是有人试图破门而入，或者亨利噎住了或什么的，我都不知道要怎么做。"

"这些都并没有发生。"韦斯插嘴道。

"但那只是运气好，并不是你阻止了这些事情的发生。你运气好，这种事没有发生。奥古斯特说，我们对自己所做的每件事都有责任，即使我们冒了险，而什么坏事都没发生，因为坏事是有可能发生的。我们不会因为坏事没发生而感觉好些。它没发生只是侥幸。"

韦斯的目光和奥古斯特的相遇了，然后他充满戒备地往后坐了一点，手臂交叉在胸前。

"那时我是在说一个完全不同的情境，"奥古斯特说道，"那时我在讲我自己的事。"

沉默。每个人都在猜测韦斯是否要说些什么。当他继续沉默时，塞思又一次抢了话头。

"然后你因为冒险而进了监狱,我们则不得不去帕蒂阿姨家里,不过这还好,因为至少我们在那儿过得还可以。但是那还是很糟糕,因为这意味着你把我们丢下了。先是妈妈因为什么事情走了,然后你又离开了我们,因为喝酒比我们更重要。然后你又一次那么做了,然后帕蒂阿姨说这是最后一次,这让我至今想起来仍然很糟糕,因为她是对你生气,不是对我们,因为我们在那儿的时候一直表现得很好。糟糕的是,明明是你不肯停下这一切,她却要让我们承担,可是她警告过你她会那么做。所以亨利和我,我们以为你不会再犯了,因为如果你再那样,我们会无处可去。可是你还是那么做了,我们因此而不得不去孤儿才会去的地方,因为你更关心喝酒。对你来说,我们不是最重要的东西。"

塞思停住了,然后叹了口气。谈话过程被长长的沉默代替。

当气氛变得太过尴尬时,韦斯开口了:"说完了?"

"我不知道,"塞思说,"也许吧。"

韦斯看向亨利,而亨利没有回看他。

"你呢,亨利?你也想朝我大叫吗?"

不出所料,亨利拒绝回应。

韦斯向奥古斯特看去,双眼恶狠狠地。"你呢?你想要补充什么吗?"

如果他不补充的话,情况可能会好一点,而奥古斯特也知道。但是他低头瞥向塞思,塞思正用让人无比同情的双眼看向他。他答应过要支持塞思的,而这可能包括开口发声。不仅如此,想要干涉成功——虽然奥古斯特从没真的指望过它会成功——就需要打破有攻击性的家庭成员的壁垒,而那样的目的显然尚未达成。

"当然,"奥古斯特说,"好吧。你还记得你跟我说过,亨利从县上的儿童机构回来以后就没对你说过话吗？你说你觉得他和他哥哥会讲话，但是你没法证明这点。我只想补充的是，亨利在这个夏天的大部分时间都会和我说话。我并不是说他对我说了很多话，但是他说话了。这对他来说是很大的事情。这意味着他唯一不肯开口的人是你。要是我的话，身为家长，我会认真地思考这件事情。我会觉得，那意味着真的有问题。而既然这一切是在一个戒了酒的男人出现以前就发生的，那么我可以推测，亨利不肯说话的问题在我出现之前就存在了。而我也不会试图让自己相信，这个问题可以推卸到一个外人身上。"

韦斯把双脚从咖啡桌上放下来，向前倾了一点，把他的头埋在手里，很长时间，长到令塞思抬头去看奥古斯特寻找答案。奥古斯特没有答案，他只是耸耸肩。

手终于放了下来。

"好吧，这就是扯淡。"韦斯说。

奥古斯特感觉到塞思在他旁边身体绷紧，整个人蜷缩起来，于是他将一只手搭到男孩的肩上让他平静。

"不，"奥古斯特说，"这不是胡扯，这就是该死的真相。你的儿子正在告诉你那该死的真相。"

"不，这就是某种胡扯，"韦斯说，"我来告诉你为什么。因为我被这该死的电子脚镣困在家里，而我那可靠的儿子向我扔了个曲线球，告诉我他会去购物的，但不会买我要的东西。那令人震惊，你明白吗？首先他坚定地拒绝了我的要求，这样我在接下来的三个月里就完全不能喝酒，然后他又要我坐下来，告诉我不应该喝酒。在我想喝酒而不能喝的时候告诉我不该喝酒。这就有点像是在伤害的基础上再加上侮辱，你不这么觉得吗？"

"你怎么会想让塞思帮你去买酒的?他十二岁。"

"我可以办到的。酒铺的家伙是我一朋友,我可以让塞思带着我的身份证去。"

"这完全是不合法的。"

"超速驾驶也是如此,但是每个人都那么做。"

"所以,你会因为要你儿子帮你做点什么,而让他超速驾驶?"

"这里没我的事了。"韦斯说道,然后站起身来。

"爸爸,等一下!"塞思几乎是尖叫地说道。

"干吗,塞思?什么事?为什么我做的每件事都不够好?你现在想从我这儿得到什么?"

"我想知道在三个月结束的时候发生了什么。"

韦斯呆呆地站了几秒,他的嘴里像在咀嚼着什么。

然后他说:"告诉你吧。你在想喝酒和开车的事。上帝知道我为此而给你们俩和我自己带来了够多的麻烦,所以等这该死的事情过去以后……"他用一只靴子的鞋头踹了一下监视器,"我会去店里买一箱酒,然后把它们放在家里,晚上也不出门。可以了吗?只要我不在外面的路上,一晚上喝个两三杯酒不会伤害任何人,对吧?我只需要几杯酒,让我缓解压力,你懂吗?让我平静下来。现在……你可以不要管这件事了吗,塞思?那样对你来说够好了吗?"

"你喝酒喝得有多慢啊?"

奥古斯特无法分辨,这是个严肃的问题还是讽刺的埋怨。

"你在说什么?"韦斯问道。

"你会在外面待四个钟头、五个钟头、六个钟头,甚至整个晚上,而你只喝两杯酒?"

韦斯叹了口气。"好吧,也许有时我喝得更多,但是那不代表我会一直喝那么多。我是说我会把它控制在两三杯左右。现在，我再问你一遍……这样对你来说够好了吗？"

"我不知道。"塞思说。

"好吧，你只能这么认为。"韦斯结束了他雕塑一般的姿势，朝门那边走去，"我要出去抽支烟。"

他就去抽了。

塞思坐着眨了半分钟的眼睛。然后亨利起身，脚重重地踩着地板又走进了房子的后面。塞思抬头看向奥古斯特。

"那并没有花一两个小时，是吗？"

"没错。那也许会成为一项新纪录。"

"我不知道它进行得顺不顺利。"

"我也不知道，"奥古斯特说道，"来吧。帮我把你们的东西都从车里拿出来。"

"然后你就要走了？"

奥古斯特看向塞思的脸，他看见了自己内心的感觉，开车离开似乎是那样冷酷而决绝，好像命脉被过于草率地切断了，回不了头。

"想在我走之前，在车里和我还有伍迪吃个午饭吗？"

塞思叹了一大口气，这似乎把他体内的气全放掉了，但显然又让他完全释怀。

"谢谢，奥古斯特，"他说，"我去叫亨利。"

几分钟后，当塞思出现在车后门时，他并没有把亨利带来。

"亨利在哪儿？"奥古斯特在塞思自己进来的时候问道。

"在里面。我今天没法让他做任何事情。我告诉他这是告别的最后机会，但是他好像是机器人，而开关被关上了一样。他就是什么也不会做。"

"哇。那太糟糕了。他会出来和我说再见的,对吗?我讨厌不辞而别。"

"我不知道,"塞思说,一边在小餐桌前坐下,"对于亨利一切都难说。我爸爸的承诺可以吗?如果他不开车,而且保持一天最多喝两杯,那样就可以了,对吗?"

"我希望如此。"奥古斯特说道,然后拿下一罐沙丁鱼给他们当午饭。

"所以你不认为那样就行得通。"

"我觉得它可能成功,我也希望如此。"

"你必须告诉我实话,奥古斯特,你得告诉我你真实的想法。"

奥古斯特在打开罐头前停住了,转而看向塞思。他向后倚在角落上,因为这个对话也许会进行一会儿。

"好吧。这是我真正的想法,如果你的爸爸是个酒鬼,他会做出很多少喝酒的承诺,但他不会信守它们。因为……呃,那一定程度上是教科书对酒鬼的定义,即一个知道该少喝酒却不能做到的人。所以我觉得,要过上几个月,我们才会知道事情会怎样。"

"唔,"塞思说,"我讨厌这样的事情。"

"每个人都是如此。"

然后他给他们做了一些三明治,做两个而不是三个的感觉很怪。他突然想到,下一次要做饭的时候,他将只要做一份,但是这感觉并不舒服,很糟糕,所以他尽可能地赶走这种想法。

第六章
再 见

"把你们留在这儿我感觉不好受。"奥古斯特说。

他记不起来这句话自己之前是否已经说出口过二三十遍了,还是这剩下的次数都是他在脑海中默念的。

"没关系,奥古斯特。"

他们坐在房车的沙发上,中间放了一个装满男孩衣物的黑色大垃圾袋。他们的东西比旅行开始的时候要多。奥古斯特不得不把它们拎进去,因为塞思搬不动。所以奥古斯特还得见到韦斯一次。

"这不是世界上对孩子来说最好的地方。"

"对,"塞思说,"这不是最好的地方,但这是我们的地方。这是我们住的地方。我们没有期望你能修补它,奥古斯特。"

"好。我想我必须停止这么做,你还不知道我姓什么吧?"

"我想我听你说过一次,但现在我忘了。"

"是施罗德。"

"我不知道要怎么拼它。"

"我会写下来给你。"

奥古斯特从一个柜子下面拿出他空白的日记本。他本来打算用来记录夏天每一刻的那一本，上面一个字都没写的那一本。他撕下了第一张空白页。

"我在写我的名字和地址，还有我的电话，家里电话和手机……你能上网吗？"

"我能！我爸爸刚送了我一台新电脑用来做作业。好吧，对我来说算是新的。"

"那么，我会把我的邮箱也写下来。"

"你用网络电话吗？我和学校里的一个朋友用网络电话聊天。如果我们能够视频聊天的话会很棒。而且它不像电话那么贵。把你的网络电话昵称写下来吧。"

"我没有，"奥古斯特说，"但是等我回去以后我会弄一个的。我会开一个账号，然后给你发邮件。"

"真好。"

奥古斯特把那张纸递给塞思，然后塞思仔细地研究了这张纸，仿佛他的任务是要当场把上面的内容背下来。

奥古斯特拿出钱包，在纸币当中翻找。他依然留着韦斯给他的那张五十美元，因为要把五十美元换成零钱似乎不太方便。他把它递给塞思，而塞思只是盯着它。

"这是用来做什么的？"

"这是过去被女性称为应急私房钱的东西。以前，当女人出门约会时，是由男人开车，男人花钱。所以女性会带一点应急私房钱，以备约会进行得不顺利的时候用。如果她得离开的话，她可以叫出租车或是别的什么。这是为了安全。你可以带着亨利走到最近的公用电话那里给我打电话。你甚至可以乘公交车到隔壁的镇子，从那儿打电话。你爸爸永远不会想到去找那种地方。"

"我不明白为什么我们要做这些。"

"只是以防万一。"奥古斯特说。

塞思仍然盯着那张纸币。"我真的觉得拿你的钱不对,奥古斯特。"

"这不是我的钱。这是你爸爸给我用来给你们买食物的钱。我们并没有把它们统统花完。这真的是你们的钱。只要答应我,你不会用它来做别的事情。"

"我答应。"

他抽走了奥古斯特手里的钱,塞进了他的短裤口袋。"你忘了某件事,奥古斯特。"

"我忘记什么了?"

"你真的不知道吗?"

"哦!那些照片。"

"对,我想给我学校的朋友看。"

"我会把它们存到 DVD 上给你。"

塞思默默地看着奥古斯特启动了他的电脑,把照片内存卡上最新的照片拷贝下来,然后把一张空 DVD 插进光盘槽里。

"天哪,你拍了一些很不错的照片。"奥古斯特说。

"它们看起来真的很好看,对吧?"

伴随着 DVD 开始运作,出现了一阵长长的沉默。

然后塞思说:"看上去已经不像我们拍照时那样真实了。"

"DVD 运转的时候你就坐在这儿,"奥古斯特说,"我会把你们所有的东西拿到屋子里去。"

韦斯站在门口抽烟,就像之前一样。奥古斯特停下来正对着他,肩膀上还拖着那个垃圾袋。

"我知道你觉得你比我要好。"韦斯说道,避开了奥古斯特的视线。

"不,我没有。你和我两年前的情况是一样的。"

"嗯,就是这句,"韦斯说道,他抬起眼睛正视奥古斯特,"就是这句话。你刚刚说了,我和你两年前的境况一样,而现在你要好多了。"

奥古斯特挪开视线,向他显示自己不想吵架。

"韦斯,我知道你认为这一切都是我做的……"

"不完全是,"韦斯说,"我们来面对它吧。塞思一直表态他很可能向自己的父亲提出干涉。他就是这样的人。他希望这个世界成为某种样子,一切都有秩序。他试图把自己的一切都处理得井井有条。但是当然,这从未实现。不幸的是,他觉得我也是他该处理好的事情之一。我不知道哪一个更糟:是他觉得他可以把我们的生活弄得比我要好,还是我有时担心他这样也许是对的时候。"

奥古斯特放松了一些,感觉自己一边的嘴唇弯成了一丝微笑。

"也许你们可以把你们的想法集中起来,然后去解决这件事。"

"当然,"韦斯说道,"也许吧,谢谢你所做的一切。"

"不要担心,我们度过了一个非常棒的夏天,除了偶尔发生的小插曲。我本来希望能和亨利告别。"

韦斯把香烟扔到地上,用靴子尖把它埋起来,吐出一口烟,然后把两只手挡在嘴巴周围。

"亨利!过来和这个人说再见!"

然后他们等待着,等待着,等了好一会儿。

亨利一直都没出来。

"你不应该难过,奥古斯特。"塞思说道。

他们倚着车子驾驶座的门,站在地上。越来越明显的是,奥古斯特该进去开车了。

"你不难过吗?"

"是啊,我难过。但是你不应该。"

"为什么这么说?"

"因为我不想你难过。"

奥古斯特听到一声细细的呜咽,然后回头看见伍迪坐在驾驶座,爪子搭在玻璃窗上。

"说到难过……它会疯狂地想念你们。"

"我不想去想这一点,奥古斯特。"

"好吧。对不起。"

奥古斯特匆匆地抱了一下塞思,然后钻进了驾驶座,把伍迪放到另一边。"照顾好你的弟弟。"

"我会的,我一直如此。"

然后塞思转身向房子走去,故意用鞋尖把灰土踢起来。伍迪跳到奥古斯特的大腿上,默默地看着他走掉,然后它跳下来落到座位之间的窝里,准备迎接下来的路程。

奥古斯特启动引擎,缓缓地开过留有车辙的土地,朝大路驶去。他还没开出这块空地的边缘,就听到有人叫他的名字,从远处微弱地传来。

"奥古斯特!"

那不是塞思的声音,也不是韦斯。

伍迪呜呜地奔到后门。奥古斯特刹了车,从侧视镜看去,亨利正在追赶车子。他踩下刹车,把门敞开,跳到炎热的地上,而引擎还在运转。

亨利追上后，便跳进了奥古斯特的怀里，很像伍迪通常做的那样，只是奥古斯特不得不更小心地避免被向后扑倒。

"我很抱歉伍迪可能会被野狼吃掉，奥古斯特。"亨利快速地朝奥古斯特的耳朵里说了悄悄话。

"那是过去的事了，为什么你之前没有出来说再见？"

"我想如果我说再见的话你就会离开。"

"你知道我必须得走的，亨利，我得回去工作。"

"那太蠢了，对不起。"

他跳下来，着地的时候把泥土都踢了起来。他走到打开的车门那儿，踮起脚尖拥抱了伍迪，然后在它的耳朵上吻了一下。

奥古斯特说："也许明年夏天我出城的时候会顺道回来看你们，如果你们的爸爸觉得可以的话。"

"他不会同意的，"亨利说，"再见，奥古斯特。"

然后他挥了挥手。

奥古斯特呆呆地站了一会儿，搜寻着选择，然而他只有一个选择。挥手回应，驱车离开。

所以他就那么做了。

奥古斯特本来可以在六七个小时内回到家的，但是他没有。因为他试都没试。虚弱占据了他，而他无法分辨，那是源自身体还是内心，或者他可能没有足够的能量去在意。

他驶入了加利福尼亚一个沙漠小镇上的沃尔玛停车场，这个小镇看起来和其他的加州沙漠小镇毫无区别。才下午四点半，而停车场却热闹又嘈杂，所以他停得很远，停在了最远的角落，但还是很热闹很嘈杂。他拉下窗帘，几乎马上就在沙发上睡着了，衣服都还穿着。

当他醒来时，天黑了，而且非常安静。他眯眼看了一眼微微发光的表盘，九点多一点，而他感到非常清醒。

他把伍迪带出来小便，然后检查了手机短信，一条信息也没有。他摁下了手机快速拨号的2号键，那个号码还是他前妻玛吉的，在过了这么多时间以后。她在第二声铃响时接了电话。

"玛吉。"他说，心想他本该在打这通电话前考虑得更仔细。

"奥古斯特？我的天哪，你干吗打电话过来？"

"我不该打吗？"

"见鬼，我不知道，应该还是不应该。我只知道你之前从没打过。不是一次都没打过，但是……"

"是的，我想问你一个关于菲利普的问题。"

电话那端传来一阵漫长的沉默。奥古斯特一下子好奇她是否是在喝酒，在晚上的这个点，很可能是那样的。她听起来很好，但是她总是那么做，她一直那么做。

"是什么让你觉得我知道一些你不知道的关于他的事情？"

"我不知道。我想我只是在寻找一个看待问题的不同的角度。或者确切地说，只是观点。任何观点。"

"好吧，"她说道，声音很紧张，"告诉我怎么回事。"

"我知道他从来没表现出喜欢追求刺激的样子，但是他是否有没表现出来的冒险意识呢？"

"我不知道要怎么回答这个问题。"

"他会想过坐在木桶里穿过尼亚加拉瀑布吗？我的意思是，在某个他百分百确信会生存下来的神秘的世界。"

"奥古斯特……套用我们去世的儿子的一句话……那是个奇葩的

问题。"

"是吗？我觉得我甚至失去了判断的能力。"

"你在喝酒吗？"

"不！不，我已经戒酒……呃，快两年了。"

一阵尴尬的沉默。

然后她说："那很好，奥古斯特。那对你很好，我为你感到高兴。"

"谢谢，我猜你不知道答案是正常的，也许根本就没有答案。"

奥古斯特稍微把窗帘拉上去一些，为了探究那恍若飞机掠过沃尔玛停车场一般的喧哗噪声。取而代之的是，他看到一个员工在用吹风机清理垃圾。他用一根手指堵住那只不在听电话的耳朵。

"如果你想要的话，我会给你一个答案，奥古斯特，但是那只是我的答案。它可能是正确的，也可能不是。我想每个人都会想坐木桶穿过尼亚加拉瀑布，如果他们能奇迹般地确定自己不会死的话。人们之所以不做那样的事情，是因为他们不想死，而不是因为它听上去不好玩。我觉得菲利普有很好的冒险意识，但是他见过我们撞了好几次墙，所以他很谨慎。如果没有那份谨慎的话，我觉得他会马上跳进那个木桶。他有过很厉害的时候，记得那次雪橇事件吗？"

"不记得。"

"你应该记得的。在我们搬去西部之前，他的朋友弗兰基，还有那座直接连到公路上的山。"

"我，天哪，那件事。是啊，但是那件事里没有什么雪橇。"

"呃，所以他们是用硬纸板代替雪橇。有什么不一样呢？那是蛮干。虽然……我不完全确定他是否事先就知道那个山连着公路。"

"如果他不知道的话，他难道不会说自己不知道吗？为了自己辩护?"

"你知道别人对他发火时,他总是会说错话。好了,真的,奥古斯特,这一切都是怎么回事?"

"只是当我们把他的一些骨灰撒在瀑布上的黄石河里时,我想到了这个问题。"

"我们?你在和什么人约会?为你高兴。"

"不,不是那样。今年夏天我和别人的孩子在一起。这是一个……有点长的故事。"

沉默片刻。奥古斯特花了一分钟才意识到她在等待他再说些什么。

"那是你打电话来要说的事情吗?"

"不。"他说道,而这也是他第一次听到这个答案,就在话从口出的时候。

"我不这么认为。"

"我欠你一个道歉。"

"为了什么……"

"我载着他开过好几次车,你懂的……我的体内虽然没有含大量的酒精,但是也有一些,足够了。"

"但你并没有在发生事故的时候开车。"

"但那是有可能发生的。"

"但没有发生。"

"但是没有发生,不代表那是值得表扬的事,这是我试图要说的东西。你和我的情况并没有区别,只是运气罢了。"

"你从没说过任何让我感觉是与之相反的话。"

"是的。"

"那么，你是说你曾这么感觉过吗？"

"我是说我本来会小心地避免产生这种感觉，那是一种努力，我不知道要怎样更好地去表达它。"

"听着，奥古斯特，"她用越发坚定的声音说道，"你能打电话来可真是太棒了……你知道吗？我很抱歉。我一直出于习惯地防御着。你能打电话来告诉我，出事情的本来也可能是你，这真的是很好的。我很感激，但是出事情的毕竟不是你。"

"我知道。"

"但你不知道我是什么感觉。"

"我从来没有声称我知道。"

"但是不管怎样，谢谢。"

"当然，"他说，"这是我起码做得到的。"

然后他们互道再见。

奥古斯特没法重新睡觉，不管他有多努力地尝试，所以他启动了车子。

第七章
不会的

临近晚上十点,奥古斯特坐在一家咖啡店里,刚刚和哈维会过面。这是个只要你想要,二十四小时都会提供早饭的地方。奥古斯特吃着西式蛋饼。哈维在一杯接一杯地喝着咖啡。奥古斯特怎么也不明白他是如何在这么深的夜里做到这样的。他睡觉吗?如果他睡觉的话,要怎么睡呢?

奥古斯特早上有课。他新学年的第一天。这个事实积压在他的胃里,让他感到有点反胃和酸涩。他本来也许不该进行这个谈话而该去睡觉的,然而他还是在说话。

"所以他告诉我的最后一件事……"

"哪一个?"

"亨利,小的那个。我只是说:'也许明年出城的时候我会顺道来看你们。如果你们的爸爸觉得行的话。'然后他就非常漫不经心地说:'不会的。'"

"我确定他是对的。"哈维说。

哈维有着一头乌黑的头发,整洁地朝后梳着,某种产品让头发看起来湿湿的。他比奥古斯特要老个十五二十岁，最近还在额头和下巴做了皮肤癌切除，这破坏了一张原本有着老影星帅气的脸庞，虽然这种帅气显然过时了，就像是默片男主的脸，只是他很少是沉默的。

"为什么那么说？"

"因为那是事实，而且即使是个七岁的孩子也看得出来。"

"我以为他会考虑到我们之间的关系。"

"是的，说得好像他非常尊重别人一样。把你的视野放宽一点吧，这样来看这件事：他没有义务去尊重你和他孩子之间的关系，而且他也不想，所以他不会。你看到过他很坏的一面，而他的孩子发现有更好的人，他觉得自己比你差，所以我猜他会试图擦去任何叫奥古斯特的人在他生命中存在过的证据。"

"塞思还是会和我保持联系。"

"希望如此。"

"你从来不告诉我我想听的话，哈维。"

"对，我不会说。我的职责不是要把你想听的话告诉你，我的工作是指出现实。也许我是错的，我希望我是错的，但是你或许愿意考虑一下，你和那些男孩之间的亲密关系完全是由环境形成的。看上去很重要，但是人们还得继续自己的生活。他们没有多少选择。这对你来说很重要，是吗？为什么那会对你如此重要呢？难道你忘了他们是别人的孩子吗？"

"也不尽然。"

"让你又一次感受到了失去菲利普的感觉？"

"也可能是第一次。"然后奥古斯特呆住了，他听着这几个字沉默而有形的回声。他又一次为自己说了一些他都不知道自己知道的事情而感到惊讶。"那听起来很奇怪吧？"

"并没有。"

"真的吗？"

"真的没有。你刚刚自己说过，我从来不会告诉你你想听的话。这件事过去还不到两年。人们认为两年够长了，但是对于这样大的损失来说并不够。它往往会经过几个阶段。不只是你这样，每个人都这样。人就是这样。真相并不是你第一次感觉到失子之痛，即使我可以理解那是一种怎样的感觉。真相是把那些孩子送回去，让你感受到了一种新的缺失。我的建议是这样：不要固执于你和那些男孩之间的纽带。你只会伤害自己。下定决心告诉自己，这是只会发生一次的事情。他们答应会保持联系，但他们不会。平静地接受它吧。然后，如果你还能继续和他们说话或见面，那将是令人愉快的惊喜。"

电脑第一次响起来的时候，奥古斯特正在餐桌上准备他的课堂讲义。那听起来就像电话一样，但不像他的电话。他听得出那声音来自他的电脑，但是电脑从来没有响过铃声，因此他不知道要拿它怎么办。

铃声一直到第四声时，他才注意到网络电话的图标在跳上跳下。他点击了图标，马上便在弹窗里看到了昏暗光线下塞思的脸，因为离屏幕靠得太近，他的脸微微有些扭曲了。

他用网络电话已经一个多礼拜了，他也想打给男孩们，但是塞思说过最好等他打过来。塞思没有说为什么，但是奥古斯特很明白答案。

"我能看到你！"奥古斯特说，惊讶于自己声音里的喜悦程度。

塞思皱了皱眉。"我看不见你，把你的摄像头打开，奥古斯特，你有摄像头的吧？"

"我之前从没用过，但是我知道我有。我要怎么把它打开？"

"看见那个像只眼睛一样的小图标了吗？它周围是不是一个圆圈，而中间有一条线？"

"是的，没错。"

"点击它。"

奥古斯特点了，然后图标就变了。

"现在我看见你了，"塞思说，"嘿，亨利。我连上奥古斯特了，过来说嗨。"

亨利那犹犹豫豫的脸出现在他哥哥的肩膀上，然后他默默地挥了挥手。

奥古斯特感觉到伍迪的前爪放在了他的大腿上，然后他朝下看去。小狗对于那熟悉的声音感到好奇，或者只是好奇于原本空荡荡的房间里出现的声音。奥古斯特不确定小狗是否能通过电脑认出声音，他俯身把伍迪抱到了自己的大腿上。

"伍迪！"两个男孩几乎异口同声地叫道。

伍迪把头摆向一侧，两个男孩都大笑起来。

然后塞思说："没什么，我在做我的功课。"

弹窗卡住了，然后消失了，会话结束了。

奥古斯特试图重新回到他的课堂讲义上去，但是他的大脑太活跃，无法再集中注意力了。他起来给自己做了个三明治，把它放回到桌上，然后检查了电子邮箱，除了一封来自玛吉的邮件以都是垃圾邮件，而奥古斯特暂时还没有勇气打开那封邮件。

电脑又一次响起来，他一跃而起去接。塞思的脸又一次出现在屏幕上。

"抱歉，奥古斯特，我爸爸来房间了。"

"所以他根本不知道我和你们在联系？"奥古斯特问道，觉得自己听上去像个充满愤恨的小孩子。

亨利的脸又一次出现在塞思的肩膀上面，又一次，沉默地挥了挥手。

"也许只是暂时的，"塞思说，"他现在心情糟到了谷底。是吗，亨利？"

亨利用大拇指和食指捏住鼻子，表示回答。

"小心眼。"

"但你和他相安无事……是吗？"

"嗯，他并不暴力，如果你是指这个的话。他只是常常大喊大叫，而且总是一副受到刺激的样子。他告诉我们，我们每天都会刺激他二十次左右。昨天特别糟糕，以至于我几乎想拿着他的身份证去给他买点酒来。当然我没有做，但是很想那么做。就在今天亨利告诉我，要是我们能和你去圣地亚哥待到十二月的话会好很多。"

亨利默默地点点头。

"结果发现他喝酒的时候比不喝的时候要好。但是我不该谈论他，因为我确定我不想让他听到我的话。那些照片非常棒，奥古斯特。我把它们带到学校，然后我的老师让我把它们像幻灯片那样展示给整个班，然后我就站起来介绍了那里有些什么，我们又做了些什么。我现在就像个摇滚明星一样。每个人都是那样嫉妒我，即使是那些能去各个地方的孩子，比如兰迪·西蒙斯。去年夏天他去了大峡谷，很多孩子放假的时候都会去个地方。但是我认识的人里没有一个在同一个夏天能够去所有的这些地方。这像是一个通往所有地方的假期。每个人都是那样嫉妒，但并不是不好的那种。呃，大多数不是。"

一阵短暂的沉默，而在这沉默结束前，奥古斯特听到他的前门传来敲门声。这让他感到奇怪。因为他没有在等任何人来,而且没有人会不打招呼就出现在他家门口,因为每个人都知道他不是可以忍受这种情况的人。

"有人在我家门口。"他说。

"哦,那没关系,奥古斯特,我们晚点再聊。"

"我不想打断它,我一直想和你们说话。"

"没关系,我们很快就会打回来的。"

"答应我?"

"绝对的,我答应。去开门吧。"

然后塞思的图像僵住并消失了,而奥古斯特感觉自己的一部分,自己体内的一些活力也随之消失了,仿佛一小团火焰被熄灭了一样。

他穿过屋子来到门口,不管门的那边会是谁,他已经生气了。他把门敞开,看见前妻站在门口的台阶上。她剪过头发了,原本一直是及肩的长度,现在绝对算是短发。她还停止了染发,任由白发从里面冒出来。奥古斯特觉得这样看起来很好,还好奇为什么原本不是这样。只是她的突然出现让人一时很难接受。

"我正在打一个重要的电话。"他说道,一边意识到这样太苛刻了,但他并不在乎。

"我可以别的时候再来的。"

奥古斯特叹了口气,把额头靠在门边上。"好吧,现在我把它中断了,所以你最好还是进来吧。"

"你这儿有什么喝的吗?"她说道,一边穿过客厅,好像她打算自己找到它。

几乎有二十年,这也曾是她的房子。她自愿净身出户,只拿走行李。她在离婚的过程中几乎没有索要任何东西,也许是负罪感起了作用。

奥古斯特看着她走来走去,好奇她在这里是什么感觉。熟悉得让人舒服?熟悉得让人心痛?他想知道,现在她是否为放弃了太多而懊悔。

"我有两种苏打水……茶,还有咖啡。"

"那并不是我的意思。"

"那应该是你的意思。你知道我现在不喝酒了。"

"什么,你在家里一点要给客人倒上的酒都没存吗?"

"当然没有,我为什么要那样呢?"

"人们来做客时喜欢喝上一杯。"

"我从来不邀请任何人来做客。如果他们不打招呼就过来的话,那他们喜欢喝什么也和我没多大关系。任何想要喝酒而来我家的人都是找错地方了。你可以在来这儿之前或离开这儿以后喝酒。"

奥古斯特好奇她是否喝过了,之后又是否会喝。

她直视了他的脸很长时间,然后又走进客厅,在沙发上坐了下来。

"我猜我错了。"她说。

奥古斯特坐在沙发旁边那又大又软的安乐椅上。她则表现出拒绝再次和他对视的样子。

"哪里错了?"

"我以为,除非你是想重修旧好,否则你那天晚上不会打我电话的。"

"哦。"他说。

他知道他应该再多说一些,但那些并不是事实。真正的答案是否定的。他并没有试图要重新和她建立长久的关系。但是现在她知道了，而要把实情说出来是残酷而没有必要的。

"那些关于菲利普的奇怪的话似乎不太着边际，所以我以为那是个借口。"

"如果给了你错误的印象，我很抱歉。"他说，"那就是我说的意思。"然后他意识到他正在重复她已经知道的事，而他已经决定不要这么做的。但是他还是在这么做，而且他似乎停不下来。"我真的想知道关于菲利普的那个问题的答案，而只要我们聊起天，我就想要道歉。我已经告诉过同行的男孩之一，这是我欠你的，可是不知怎么的，一直到我和你通上话为止，我才有意识地想到要直接和你说对不起。"

他不说话了，词穷了。他在寻找爱了她很久的那部分自己，即使他明白，触及那个部分会让他受伤。他什么也没找到。但他并不认为这说明他已不爱她了。

咖啡桌上有一个小小的立体拼图，那是菲利普在高中木工课上做的，奥古斯特看着她几乎是漫不经心地用手指触碰那个东西。她的脸上什么也没有流露出来，她一直有一张完美的扑克脸。和奥古斯特截然相反，他的脸总是会泄露一切。

"和孩子们是怎么一回事？谁的孩子？"

"哦，我在去黄石的路上遇到了两个孩子，他们的爸爸整个夏天都得在监狱服刑，所以我带他们一起走了。"

"因为……？"

"我不知道。他们是好孩子。他们需要这个。"

"我是说他因为什么进监狱。"

"哦，醉酒驾车。"

奥古斯特感到大脑混乱，几乎无法说话，无法把握让对话进行下去所需要的思绪。他的脑子里一团糟，仿佛他患了感冒，或是脑袋被撞了似的，好像他刚刚醒来，与此同时玛吉看起来冷静又尖锐。但这也许只是因为他将他的内在与她的外在作了比较。

"不要告诉我你在做传教的工作。"

"我不知道那是什么意思。"

"那个项目有一部分是要发现并拯救酒鬼吗？"

"不，我没有去找那些人。他们找到了我。房车坏了，所以我给汽车俱乐部打了电话，接电话的就是那个出来把我带到他维修店里的人。"

"巧合。"她说。

奥古斯特不知道她是什么意思。事实上，他越发地感到自己在失去控制，对于一切都知道的越来越少。

"那是玩笑吗？"

"不，为什么会是玩笑呢？"

"如果我遇到某个儿子在两年前死于车祸的人，那会是一个值得注意的巧合。但如果你朝人群里扔块石头的话，你很难会一个酒鬼都砸不到。"

她抬头看向他的脸，他的脸红了，避开了她的眼神。他又一次发现他难以读懂她的表情。

"我猜那取决于你如何定义酒鬼。"她说。

一阵让人头晕的沉默随之而来。在沉默的时候，奥古斯特掂量了一下他们已经碰到的麻烦。他们刚刚触到的话题之外有些尖锐的地方。这让他想起来，为什么他们之间的事情会变得糟糕。为什么这些事情似乎终究会变得糟糕。他想表达这种感觉，但是他还没来得及整理完思绪，她就开口了。

"我们在一起的时候曾经很好。"她说，"我们之间到底发生了什么？"

就在他回忆他们之间有多么糟糕的时候，他惊讶地听到她这么说。他没有——无法——说话。

"哦，我不是那个意思。"她说，"我知道我们之间发生了什么，那很显然。我想我的意思是，我们是否确定我们的婚姻中发生的那些是永久性的？"

奥古斯特开口要说话，却一下子掉进了更深的深渊，因为他突然考虑了一下她的想法。如果那时面临的不是绝境，而是世界上最大的减速带的话，他们的婚姻会发生什么呢？

一部分的奥古斯特准备认同这个想法，而他那更敏感、隐藏得更深的自己则拽着他的袖子警告他，他忘了某些事情。原因是存在的，绝境是存在的，而他知道这一点，但是现在他没法去想那是什么。

"哦。"当他又想起来的时候，他大声说道。他原本没想要说得那么响。

"哦什么？"

"你喝酒而我不喝。"他说。

"而那是离婚的缘由？"

"我认为是的。"

"没有夫妻俩一个喝酒一个不喝那样的事情？"

"也许有，"他说，"但我认为那完全不是行得通的打算。当你在来这儿的路上准备告诉我，我们应该复合的时候……说实话……你有想过你要戒酒吗？还是你觉得，也许我会再次开始喝酒呢？又或者你觉得那样的分歧并不重要？"

"我压根想都没想，"她说，"那么我直说吧。你不会再和任何一个哪怕沾过一滴酒的人在一起吗？"

奥古斯特机械地直起身子，试着让头脑清醒。他觉得自己有点过于被动了，并决定再这样下去之前重新摆脱这样的境地。他基本成功了。

"如果我遇到一个在庆典上手持香槟或是在外出吃饭时点一杯葡萄酒的女人……我不会觉得那是很大的问题。"

"有意思，"她说，"听上去好像你把自己变成了法官、陪审团和执行者，可以判定多少是足够，而多少是过多了。"

"完全不是。"奥古斯特说道，感觉终于将自己拉到了更为现实的境地。

"那么分界线在哪里呢？如果分界线既不抽象，也不是你自己的判断，你把它定在哪里呢？"

"这很简单，"奥古斯特说道，"一个发生在餐厅，另一个发生在我家。人们可以在餐厅里做任何他们想做的事情。那真的不关我事。我无法让这个世界戒掉酒精，我也不会那样尝试。那些是我无法控制的事情，但是我控制着我的家。当我走进客厅或厨房，发现我住的地方有打开的酒瓶时，那就越线了。这和评判别人没有任何关系，我只知道我想怎样在我自己家里生活。"

他等待着，但她什么也没说。她拿起了那个小小的木拼图，把它放在掌心上，在手心里来回轻轻地晃动。如果菲利普在那儿的话，他会把它从她掌心里拿走，然后放回到桌子上。他讨厌任何紧张的习惯、不必要的重复性运动。他说过这让人难以思考，而思考已经很难了。奥古斯特突然想到，也许自己已经找到了立足点，而她却失去了她的立足点。

她始终没有回答。

"那么，告诉我，"奥古斯特说，"你可以住在没有酒的房子里吗？"

让他惊讶的是，他感觉心中某种感情在升腾，如同一只充满期待的小鸟在扑腾似的。他并不知道心里还存有期望。他被失去儿子的痛苦所占据，以至于其他的损失都被迫深深地处在阴影之中，深得他无法找到它们。

"我当然可以，"她说，"我只是不明白我为什么得那么做。"

那只小鸟收起了它的翅膀，退回到了阴影之中。

"我还有课堂讲义要写，"奥古斯特说，"我不知道是什么让你不说一声就来这里。"

"你依然感觉需要控制一切对吧？"

但是奥古斯特并不曾想要控制一切。事实上，他还带着某种惊喜的感觉注意到了这点，他甚至不需要让她相信他不曾那么想。

"我把你送到门口。"他说。

奥古斯特在客厅的桌子前又坐了半个小时，期待他的电脑能再次响起来。他非常想重新和男孩们进行对话，事实上，是想疯了，而他也知道这点。仿佛他需要他们的电话来自我拯救。他知道这样是不对的，然而他不太明白要如何去恢复它。他没法继续准备讲义，因为他无法让自己的大脑保持平静。

他瞥了一眼手表，发现他对于定期的会议已经迟到了二十分钟。等他到达时，他将迟到三十分钟，但这是唯一可行的选择，所以他匆忙穿上夹克衫，抓起车钥匙，跑出了门。

"我想和男孩们说话。"奥古斯特边喝咖啡边对哈维说,"因为我想让他们知道我完全理解他们的感觉。"

哈维怀疑地眯起眼睛。"因为他的前妻也试着赢回他们?"

"因为我不是她最重要的东西,我问她是否能把我放在喝酒前面,而答案是不能。"

"她是你前妻,奥古斯特,没有像前父母这样的东西。他们需要父母把他们放在首位,而把孩子放在首位是做父母的责任。你知道有多少人的前任把自己的幸福置于一切之上吗?"

"我想你没有说到重点,"奥古斯特说,"我和她结婚几乎有二十年了。我们一起抚养了一个儿子。她到我家里,试图告诉我,我们可以克服所有那些让我们分开的事情。你真的觉得我没有考虑过那个想法吗?你觉得我的心里没有一个地方依然想要那样吗?"

女侍者来给哈维的咖啡杯倒满,打扰了他们。两个人陷入了沉默,一直到她离开为止。

"好的,我明白你的意思了,"哈维说,"我不想显得轻蔑,但是让我再抛一个想法给你考虑吧。你想和男孩们说话,告诉他们你知道他们的感受。很好,也许。我们都是人类,因此我们总有一些共同的感受。你也知道他们孤独的时候是什么感觉,但你不一定非要给他们打电话告诉他们这些。我觉得你之所以需要和他们聊天,是因为你现在需要一个情感寄托,还因为你让他们成为了你的情感寄托。而那对他们来说不公平,他们是孩子,别人的孩子。你应该帮助他们,而不是让他们帮助你。"

奥古斯特皱了皱眉,将叉子插在他不想再吃的煎饼上。他明白哈维是对的,但是他拒绝接受真相,因为那意味着他不得不切断这羁绊。

"为什么我要费心来和你谈话呢,哈维?"

"如果你不想听真相的话,你可以等到你想听的时候再来。"

奥古斯特叹了口气。"所以我该怎么做?"

"像你遇到他们之前那样做。去工作,去开会,给你的协助人打电话。一步一步来。继续你的生活,也让那些孩子继续他们的生活。这真的是你唯一能做的事。"

那天晚上睡觉的时候,奥古斯特做了一个关于菲利普的梦。这是他第一次梦到他。呃,那么说不全对,是第一次菲利普真的在梦中出现。在事故后的几个礼拜里,奥古斯特几乎每晚都会做一个梦,梦到他从电话里得知菲利普在医院。菲利普在医院,受伤了,但还活着。而几乎每晚他都会奔去医院告诉他儿子,他被告知他已经死了,告诉他自己本来真的相信他死了。但是他总是来不及赶到那里,就醒了。

这个梦感觉完全不同。

奥古斯特梦到他坐在餐桌前,用手指把那只丢掉很久的冰茶瓶子滚来滚去。但是里面并没有装一半的冰茶,而是装了一半的灰,就像它在房车之旅中那样。当他终于抬起头时,菲利普已经过来和他一起坐在桌前,而奥古斯特没有感到惊讶。他感觉很高兴。事实上,他感觉他的心好像在伸展,每一次都会伸展一到两倍。他一点儿也没觉得惊讶。他试图说话,却说不了。真的说不了。

"我想像这样坐在一个木桶里穿过尼亚加拉大瀑布。"菲利普说。

"你想?"奥古斯特说道,突然听到了自己的声音,"我以为也许你是那种不想这么做的人。"

"那时我活着,而那样也许会让我死亡。所以回到当时的话,我不想。但是现在我愿意,毫不迟疑。"

奥古斯特又一次低头看向瓶子里的灰,想着菲利普的话会对撒出它们带来怎样的不同。当他抬头时,菲利普不见了。

奥古斯特清醒着笔直地坐在床上,时钟显示那是早上四点十分。他能想到的,只有自己是多么希望能够给亨利和塞思打电话,告诉他们他的梦。很快他就意识到他不能这么做,即使他们第二天就给他打电话也不行,因为他告诉过塞思,菲利普一生都是个追求刺激的人。这不得不成为他的小秘密。

但是他依然迫切地想要和他们通话。这让他明白了哈维是对的。他让这些男孩成了他的生命寄托,而那对他们不公平。他的职责是帮助他们摆脱困境,绝对不是截然相反。

奥古斯特花了十到十一天才消化了这一切,他还是接受了那些话。还好他这么做了,因为塞思一直到圣诞节才打电话来。

他打电话来,报告他的父亲的确一直信守他的话,每天晚上只喝一两杯酒,但是留了一手,酒杯变得越来越大。

塞思打电话来的时候,一杯酒——根据他们老爹的标准——是一只装满纯苏格兰威士忌或伏特加的12盎司玻璃水杯。没有水,没有冰,什么也没有。但是塞思说男孩们过得还好,因为父亲待在家里。

在聊天的最后,塞思感谢奥古斯特主动提出他们可以在必要时和他在一块儿。他的表达让奥古斯特清楚地感受到自己是他们好好生活的重要因素。在那个世界,一切都不确定,但是塞思和亨利却生活在合理而放松的状态,因为他们一直有奥古斯特作为备用计划。

奥古斯特想起了哈维的话,当他道别的时候,他默默地放开了他们,将他们放回了他们自己的生活。他希望他们的父亲可以免于麻烦,即使那意味着他将永远都不会再见到男孩们。因为那就是你该做的事。

你要放手。

第三部

八年后，五月末

第一章
虚 弱

奥古斯特慢慢地穿过客厅，小心地避免被伍迪绊倒，然后坐在了电脑前。他闭上双眼，许了一个简单而无声的愿望。

请让塞思在那里吧。

他已经准备好视频聊天了，但这并不简单。如果塞思不在他的寝室，奥古斯特会不知所措。他可以感觉到这一点。而且他不知道要花多久才能再次做好准备。

他启动了他的笔记本，打开了网络电话。八年过去了，他仍然只有一个网络电话好友，塞思。他点击图标来呼叫他，欣慰地发现塞思的状态显示为在线。

奥古斯特可以毫不担心地给塞思打电话，因为塞思已经离开家去大学了。去年，他大一的时候，他们经常聊天。聊了八到十次，这比他们前几年加在一起聊天的次数还多。今年，哈维关于生活会继续的预言似乎又一次实现了。不是生活在继续，就是奥古斯特一直都试图避开他即将进行的这种对话。

"奥古斯特。"塞思说道，出现在了他屏幕上的一个窗口。

他和他父亲一样高,奇高无比,好像生活把他拉长了似的。他戴着一副小小的圆框金丝眼镜,头发则长长地垂在后头,卷曲地落在衣领的里面和后面,像他父亲一样。

他留了胡子,一撮修剪过的小山羊胡,奥古斯特从没见过。上一次奥古斯特打来时,塞思的胡子剃得很干净。

"嘿,塞思。这是新的,哈?"

奥古斯特在自己的下巴那儿摸了一下,以便塞思知道他的意思。

"哦,是啊。"塞思说道,看上去很尴尬,"一个实验。我也许会一直留着它,也许不会。听着,奥古斯特。我很抱歉过了这么多个月,我只是一直忙于学校的事情。我这个学期的课多到疯狂。我不知道为什么我选了那么多的课。"

"这不怪你,"奥古斯特说,"我本来可以打电话的,但是发生了一些事情,一些健康问题……"

"是啊,我们上次聊天的时候你提到了,但是你没有说得很详细。而且你看起来很好。顺便说一句,现在看起来依然很好。所以……现在还好吗?"

"不,有些正在面临的问题……"

塞思担心起来,他的脸色变了。

我做得很不好,奥古斯特想到,*我应该从另一个话头来说这件事的。不该让他这么担心。*

"哦拜托,奥古斯特,快点把它说完。你的健康有多糟糕?"

"不会威胁生命。"他快速地说道。

塞思砰的一声靠回到椅背上,奥古斯特都能听到那声响。"好吧,谢天谢地,"他说,"和我说说吧。发生了什么?你看上去很好。"

"那不是我坐在电脑前你就能看到的问题。不是那种病。只是……几个月前……我的腿出了些问题。"

塞思的眉毛向下拧到一起，要不是现在情况非常严肃，那几乎有点搞笑。

"你的腿？"

"是的。它们正在变得越来越虚弱。时间其实远比几个月要长，但是你知道，人们对于这种事情总是会有无数种解释。然后过了一段时间后，这一切突然被打破了，我发现那并不是正常的事情。我花了一段时间去寻求诊断。我想那就是我几个月没有联系你的原因。我不想告诉你我遇到了什么在脑子里悬而未决的事情。"

"但是你现在有诊断了？"

"是的，就在今天，是一种肌肉萎缩。"

奥古斯特停顿了，他不知道为什么，也许是以便塞思有什么想法要表达，也许是因为很难继续说下去。

"你不知道我有多希望我能一边和你聊天一边用谷歌搜索些什么。"塞思说道。

"呃，不要用搜索来吓自己。因为里面有些非常严重的症状，而我没有。他们管那个叫末梢型肌肉萎缩。它会影响四肢，手和手臂、小腿、脚。我的手现在很好，但它们可能不会一直这样。不过这种疾病有很多种形式，而这不是其中最糟糕的那种。它会持续发展，但往往会发展得很慢，而且不会威胁生命。也许我还是会活得和原本要活的一样长。"

塞思眨了几下眼睛，然后脱下眼镜，擦擦双眼。

塞思的室友出现在他身后，吵闹地跳着。他说了几句话，但奥古斯特听不太清楚。

"皮特，我正在做一件重要的事情，"塞思说，"所以你要么闭嘴要么出去。"

"呀，"皮特说道，一边凑到电脑屏幕前看着奥古斯特，"有人心情不好。"

然后他又消失了。

塞思深深地吸了一口气——可以听见他吸气的声音，然后让自己平静下来。"这听起来很可怕。"他说。

而奥古斯特没有心情去隐瞒真相，便说道："是的。"

"这一切的结果是什么？你的生活会发生怎样的变化？"

"有点难以预测，取决于它进展的速度。但是我走路已经有点困难了。我已经拄拐杖一两个月了，并且很快就会变成两根拐杖，或者是腿支架。最糟糕的情况是，我想我最后可能会坐轮椅，但是也可能不会变得那么糟糕，只是取决于它恶化的速度。"

"你还能开车吗？"

奥古斯特想知道塞思是否无意中发现了自己打电话来的原因，还是他确切地知道奥古斯特接下来要说什么。

"我一直在开车，直到最近为止。现在我的车正在装手动控制装置。但是以后，如果我的手出了问题的话……也许就不能开车了。这是我打电话来想要告诉你的真正原因。我的意思是说，我打来当然是要告诉你我的诊断。但是我不得不做一个决定，而也许我是错的，也许那对你不算什么事，可是……"

"奥古斯特，什么？"

"我开不了房车了。我得把它卖掉。"

塞思陷入了沉默。奥古斯特试图读懂他的表情，但是失败了。也许奥古斯特对于男孩们是否在乎那辆旧车赋予了太多充满希望的猜测。也许他只是在给自己讲述这个关于他们难忘夏天的故事，讲述那辆车有多么象征那段时光，让它成为一段富有情感的重要历史。也许那对他们而言只是一块大铁片罢了，也许那对奥古斯特而言也应该只是一块大铁片而已。

"你不能在车里装上手动控制装置吗？"过了一会儿塞思问道。

"然而不只是开车，还有在那些狭窄的后门台阶，上上下下，还有倒水槽的垃圾，通水管，通电。你必须得站着，腾出手去弄这些东西，而现在这些对我来说有点太多了，已经太多了，而且它不会有任何好转。"

"哦。"塞思说道，然后垂下双眼，视线离开了屏幕。

"我不知道那对你来说算不算一件重要的事。我知道那里面承载了一些你的回忆……"

"你可以把那句话再说一遍。"塞思说。

这话温暖了奥古斯特胸口的某个角落。他试图回答，却找不到话。

"你准备把它卖多少钱？"

"我还没有算好。我得调查一下它的价值。它很旧了，而且跑过很多里程。"

"让我来买下它吧，奥古斯特。"

这是奥古斯特没有料到塞思会说的，因此他花了一分钟才把自己的想法重新整合好。

"你确定只是因为情感上的原因就让你想要买下它吗？"

"不，不只是出于情感上的原因，还为了出去旅行。我可以在我去登山的时候开它。不过我只能每个月付你一点点。我是说……也许真的只有一点点。那样行吗？"

"当然行了。但是你确定要这样吗？就像我说的，它很旧，而且跑了很多里程了。"

"奥古斯特，我在修理厂长大。我可以修好它百分之七十五的问题，而我爸爸可以免费修好那剩下的百分之二十五。"

"好吧，你说的有道理。"

"那么就这么定了。一旦学校放暑假，我就到圣地亚哥去开走它。"

想到塞思会来做客，这让奥古斯特的内心为之一振。这是奥古斯特在打电话的时候不曾想过的事。

"那么好的，就这么定了。听着，你会把这个消息告诉亨利吗？"

"不。"塞思猛烈地摇了摇头，"不，我不能，奥古斯特。这是大事。他需要从你那儿听到这个消息。我会让他打给你。我会让他下次在我爸不在家的时候给你打电话。不会过很久的，多数的晚上他都整夜不在家。"

"哦不，我以为你爸爸一直信守承诺。"

"那是很久以前了，奥古斯特。自从我离家住校……呃……我猜他觉得我在这个计划中扮演着警察的角色。而且，你知道……亨利十五岁了，并不是孩子了。"

"可是你没告诉过我。"

"我不想让你担心。"一阵沉默，塞思一直都没有直视屏幕上奥古斯特的眼睛。"所以无论如何，亨利会打你电话的，而你可以自己告诉他，好吗？"

"好的，"奥古斯特说，"那很好。"

他担心不会有第二次通话。但是塞思是对的，亨利需要听到他亲口说。

"很高兴能再次见到你,"塞思说道,露出一个腼腆的微笑,"天哪,只是过了八年。是吧?我们怎么会让那么多岁月过去的呢?奥古斯特?我们明明发誓不会那样的。"

"不知道,"奥古斯特说,"我不知道时间为什么就这样流逝了,也不知道为什么人生就这样过去了。这对我来说是一个谜。"

那天晚上十点不到的时候亨利打来了电话,将奥古斯特从睡梦中惊醒了。奥古斯特才刚醒,以至于没有理解那时并不是深更半夜,他以为那是出大麻烦的标志。当他意识到那是亨利的时候,奥古斯特并没有因为他那么晚打来而不安,反而为那么早就上床睡觉而感到丢脸。

"抱歉,奥古斯特,"亨利说道,"我知道这么晚打电话来不礼貌,但是我刚刚和塞思通完电话,我得知道发生什么事了。"

"亨利?"奥古斯特问道,他虽然清楚,但还是在怀疑中。

"是啊,是我。"

"我的天啊,你的声音变了,你听上去像是个成熟的男人。"

"哦别胡说了,在我变声后你和我们通过话的。"

"也许吧,但是一直是塞思在说。"

奥古斯特用一只手肘将自己撑起来,然后伍迪过来蹭他,好像是在问这些动静是怎么回事。

"发生了什么,奥古斯特?塞思告诉我你在卖房车。他还告诉我我们要买下它。呃,是他。呃,某种程度上也可以说是我们。他说他会在去爬山的时候带上我。"

"你也爬山吗?"

"不!我?你在开玩笑吗?他会带我去约塞米蒂和约书亚树国

家公园，但不是去爬山。他从来都不会让我去爬山，即使是带着铁叉或刺刀也不行，哪怕两样都带着都不行。但是为什么你要卖车呢？一开始我觉得这主意不怎么样，因为我想你只是要卖了换辆新的，现在那车肯定是很旧了。但是他说不是，说你不会再整个夏天都出去旅行了，但是你喜欢整个夏天都在旅行当中度过。国家公园、远足还有开车。如果没有那些的话，几乎就好像你不再是你了。而他没有告诉我为什么。我说我得给你打电话让你告诉我，所以现在我很紧张，而且我没有办法入睡。所以告诉我吧，拜托了？"

当他终于平静下来的时候，奥古斯特几乎想要再问一次："是亨利吗？"他从来没有听到亨利一下子连续地讲这么多话。亨利变了这么多吗？还是他的担心让这些表现了出来？

奥古斯特过了一两拍才开始说话，脑海里依然回荡着亨利的评论，说他如果没有那些夏天就不再是奥古斯特。自从得到诊断以来，这样的想法一直萦绕在他脑中的某个角落，但是他没有将其如此简明地告诉自己。现在既然亨利说出来了，他感觉有点震惊，并且想知道今后自己会是个怎样的人。他无法摆脱这种感觉：他可能会变成某个一点也不好的人。

"我面临一些健康问题。"

"哦天哪，那就是我所害怕的。奥古斯特，如果你说你要死了，我发誓我会马上和你一起死。此时，此地。"

"我不会死的。"

"哦，谢天谢地，谢天谢地你不会死。我不认为我能承受那样的事情。那么，是什么问题让你不能再开房车出门了呢？"

"末梢型肌肉萎缩。"

一阵长长的沉默。

第一章 虚弱

"等一下，"亨利用他那还是让人感到惊讶的男人的嗓音说道，"我要去搜索一下它。"

奥古斯特感激地等待着。他为不用再将整件事重复一遍而欣慰。

"哦。"亨利过了一会儿说道。

"可能会更糟。"奥古斯特说。

"可能会更好。"亨利毫不停顿地回应道。

接着又是一阵长长的沉默。奥古斯特不知道亨利是在阅读，还是在理解他已经读到的东西。

"这太糟糕了，"过了一会儿亨利说道，"唯一不糟糕的是我们马上就会见到你。十号，塞思说。"

"我们？我不知道你也会来，那太好了！"

"该死，"亨利说，"哦，对不起。很抱歉我骂脏话了，奥古斯特。我刚刚做了件愚蠢的事，这应该是个惊喜的，所以不要告诉塞思我告诉你了。我说我会一起来，帮助他开车。"

"你会开车？"

"我有实习驾照。"

"你只需要那个就够了？"

"我不能独自开车，但是我可以在一个成年人的陪同下开车。"

"这样的成年人要几岁呢？十八岁？还是二十一岁？因为塞思没有二十一岁。"

"哦，我没有想过那个，我不知道。但是……好吧。即使我不能开车，我也可以在他开车的时候帮助他保持清醒。"

"路上只要六七个小时，你知道的。"

亨利没有回答，好像奥古斯特的话刚刚让他愣住了，而奥古斯特不知道为什么。

"但是听我说,"奥古斯特说道,"我在说什么呢?我当然想要你来,不管是什么原因。我想念你甚至比想念塞思还要多,因为他现在离开家在学校,我和他聊得更多。"

一阵短暂的停顿。

然后亨利问:"你想念我们?"

"我当然想了。"

"很抱歉我没有像塞思那样保持联系。你知道那是怎么回事,他比我更反叛,一直如此。"

"我没有理解,为什么非要变得反叛,才能和我保持联系?"

"哎呀!"亨利发出带有气声的感叹,说道,"愚蠢,愚蠢,愚蠢。我真的要把这件事搞砸了,奥古斯特。我甚至不该说话的。我应该回到我沉默的常态中,因为我会毁掉一切。十五天以后见,等不及了。"

然后他就不见了。

奥古斯特坐着看了很长时间的电视,但是并没有真的在听或者在看它。他想知道自己是否可以认为那个对话听起来有些奇怪。

那天晚上七点半左右,哈维开进了车道,并按响了汽车喇叭。就在奥古斯特开始感觉到他缺觉的时候,伍迪跳到沙发背上,大声地叫起来,响得足以震破奥古斯特的耳朵。

"嘘,"他对狗说道,一边用一只手抚摸着它背上坚硬的毛发,"他是来找我的,那是哈维。"

一提到哈维的名字,伍迪就安静了,还摇起尾巴来。

奥古斯特艰难地站起来去拿他的两根拐杖,它们正靠在咖啡桌边。当哈维开始敲门时,他感到失望,却一点也不惊讶。

"是的,我来了,哈维,"他说,"给我点时间。"

开门有一点棘手,因为门是朝里开的。他不想向前倾得太多。他不希望门突然敞开,然后撞到他或者他的拐杖。所以他慢慢地走近门,把门锁打开,然后小心地向后退了几步。

"进来。"他说。

哈维走进他的客厅,单膝跪地,和那只跳跃着的狗打了招呼。

"它没有变过,对吧?表现得还是像只小狗一样。你准备走了?"

"已经准备得很好了。伍迪,留在这儿做只乖狗狗。我只是不得不去参加一个会议,我很快就会回家的。"

哈维替他把着门,然后在他们身后锁上了门。奥古斯特小心地沿着走道向前走,哈维则小跑到他的车子前,替奥古斯特打开了副驾驶的门,就像近来每个人所做的那样。在学校,门会突然地为他打开,椅子都被魔法般地拉到后面,从他看都没看到走过来的人的手中,而且当他坐下的时候已经稳当当地摆好了,看上去不存在的手在他站起来的时候支撑着他的手肘。当然,除了在家的时候,那时他只有自己一个人。

他有点想告诉人们停下来,告诉他们他必须得适应,得找到解决方法。但是他一天里的每一次思维运转都让他疲惫,每一次选择更简单的那条路都要轻松得多。

哈维从奥古斯特那里拿下他的拐杖,把它们放在后座上,然后伸手去抓奥古斯特的手肘。

"不用,我还好,"奥古斯特说,"我只要紧紧抓住门上的把手就好了。"

他叹了一口气坐下。伍迪坐在窗口，微微地摇晃着，看着他们离开。脑海中一下子闪现出某些回忆。想起他在锡安国家公园和男孩们一起站在哭泣岩下。塞思问他把伍迪留在车里会不会让它难过，而奥古斯特之前未曾想过这一点。但是，那肯定让伍迪感到难过。

然而，我们每个人都做过一些让它难过的事，奥古斯特想，而且没有人能够让我们免于这么做。

哈维猛地坐进驾驶座，启动了引擎。

"所以，现在是两根拐杖了。这是否意味着它发展得比你以为的要快？"

"不，这意味着我熬了太久才开始用两根拐杖。我摔过几次，如果我早就用两根拐杖的话，事情不会这么艰难。可我拒绝相信，你不会知道那是怎么一回事的。"

"希望用两根拐杖的情况可以持续一段时间。"

"除非我的手也开始虚弱起来，那样的话我将不得不戴上那种绕在我前臂上面的金属玩意儿。"

他们沉默地开出了车道。

过了一两个街区后，哈维说："但是你看上去是那样幸福。这是为什么呢？如果我不够了解你的话，我会认为你有了新的约会对象，你坠入了爱河，但我是你的协助人，所以如果是这样的话，你肯定告诉过我了。"

"我没有新的约会对象。"

"我也这么想，是因为男孩们，对吗？他们要来做客了。"

"我想是这样，是的。我的意思是，我不知道自己看上去特别幸福，但如果是那样的话，男孩们就是原因。"

"我觉得你的生活太狭窄了，连两个孩子要来看你都能让你看起来像是在谈恋爱一样。"

"我认为这么说不是很好,你明白我对那些孩子的感情。"

"对不起,"哈维说,"我不想显得轻蔑的。爱是爱,我只是希望你能更愿意去尝试发展其他的关系。"

"我知道你是这么希望的。"

他没有再多说,因为他们之前说过这件事。

"你什么时候把你的车取回来?"

"他们对此事有点含糊,但是希望是下个星期。我真的想及时把它弄回来,好去公交车站接孩子们。"

"我以为他们会开车来。"

"计划赶不上变化。我也不确定为什么,也许他们想要一起开车回家,也许他们会直接去旅行。"

"你要知道,你得去问。"奥古斯特忽略了他的话,"好吧,如果他们让你失望的话,你知道我会来载你的。"

"谢谢。"

他们又沉默地驶过几个街区。

然后奥古斯特说:"我告诉过你那天晚上我和亨利之间有点奇怪的对话吗?"

"你跟我说你和他们俩都聊了天,你没有说它奇怪。"

"那也许是我的想象。"

"我对此表示怀疑。如果你感觉它奇怪的话,它可能是真的奇怪。"

"他只是……他一直表现得好像在回避什么东西似的。结果发现,我不应该知道他要来。那是个惊喜。但是他说漏嘴了,所以他告诉我不要告诉塞思他说了。然后过会儿他变得很慌张,好像他只是在一直犯错。但我不知道其他的错误是什么。"

"试着乐观地来看待它吧。他唯一说漏嘴的秘密是个让人开心的秘密,也许还有更多的惊喜。"

"那会很好,"奥古斯特说道,接着,因为不说出来会太过沉重和明显,他又补充道,"可以改变一下。"

哈维皱了皱眉,但是没说什么。最近他们为了帮助奥古斯特适应诊断而做了很多努力。既不能将问题的严重性减到最低,也不能落入另一个极端,自怨自艾。

奥古斯特一下子想知道,那是否正是他最近总是感到如此疲惫的真正原因,似乎比喻的、内心的"直线"比真实的、自然的直线更加难走。

"然后他在对话的最后对我说了些我依然不理解的话。他为塞思和我保持了更好的联系而向我道歉——"

"如果你说出来的话会有帮助。"哈维打断道。

"呃,亨利打电话来的那天说了很多话。所以如果他想的话,他是可以做到那样的。总之,他说那是因为塞思更加反叛,而我没有理解这句话。"

"这似乎是不言而喻的,他们的爸爸告诉过他们不要联系你。"

"但是他们从一开始就无视了他的话,而且背着他联系我。那是肯定的。我不知道,也许我把这事情搞得比本来要大了。"

"你要知道,"哈维说道,他通常用这种口吻说一些让奥古斯特想要揍他的话,"如果你不知道某个人说某句话的意思,你可以问。这叫做沟通。"

"搞笑。我问了。然后他就变得很慌张,表现得像是他做的每件事都是错的一样。然后他匆忙地挂掉了电话,然后就没有然后了。"

"好吧。他们很快就会到这儿来,更多的事情就会浮出水面了。"

然后他们会去约塞米蒂,奥古斯特想,还会去约书亚树。他们还会远足,还有野营。塞思还会爬山。他们会在傍晚的时候点燃篝火,然后在小道或大路上度过一整天。

而我不会。

一想到那个,奥古斯特感觉自己第一次失去了重心,深深地陷入了自怜。他甚至都没有费心让自己重新得到平衡。他就一路沉了下去,任凭这一刻将他带走。

第二章
长大成人

奥古斯特背靠在公交车站的外墙上，庆幸这样能减轻他手臂的负担。他等待公交车在前面停下，这样他就能在男孩们走进车站之前就见到他们，从而让自己尽可能少走路。今天是一学期的最后一天，而他累得要死。

三辆公交车驶过来了，但是结果令人失望的是，三辆车都是从别的地方开过来的。等到他看见也许是对的那辆公交车的时候，奥古斯特已经深深地为没有地方坐而感到后悔。

当公交车驶过——从很远的地方驶过来的时候，他透过窗户看见了他们。他不得不又要走路了。他看着男孩们举起手静静地挥着，他们的表情时而激动、时而欣慰。他没有感受到他以为会有的感觉。

在他的想象中，这应该是充满积极情感的时刻，它了结了八年以来半沉默的状态，而且它很简单。它很好。它就是很好。

我什么时候才会明白呢？ 他想。世事从来不那么简单，不会那么完美。

取而代之的是，他感到一阵强烈的空虚，一种深深的失落感。他刚刚挥手示意过的人当中，有一个是男人，一个年轻的男人，但是是男人。另一个是少年，青少年。他们不是他所记得的孩子了。他们不是孩子了。他们长成了他不甚了解的大人。而且他们就这样长大了，没有受到他的帮助或影响，甚至——很大程度上——没有经过他的见证。这让他感觉好像某样珍贵的东西从他身上被夺走了。

他哆嗦了一下，让自己摆脱这个时刻，然后沿长长的——根据他的新标准——道路走向公交车停下的地方。他低头看去，以确保自己的拐杖不会和其他冲向公交车的人的脚缠在一起。当他抬头的时候，塞思正飞速地朝他的方向奔过来。显然塞思计划用一个拥抱来扑倒他。不幸的是，塞思可能没有意识到，如今奥古斯特有多么容易被扑倒，这个动词可以变得多么真实。

"小心！"他突然不假思索地说道。

塞思僵住了，他的脸色变了，一下子紧张起来。现在他的胡子都剃干净了。奥古斯特隐约意识到人们与他们不断地擦肩而过。

"把我撞倒比你以为的要容易。给我一个大大的拥抱吧，但是当我张开手臂来抱你的时候，你会变成我唯一的支撑，所以不要不说一声就松手。"

塞思的脸色柔和下来，但是并没有完全变得轻松，更像是放心和痛苦的混合，甚至是对奥古斯特的新境况的同情。紧接着，奥古斯特发现他被塞思强壮得出奇的胳膊所包围。他依然很瘦，但是爬山改变了他。奥古斯特又一次想到，塞思是个成熟的男人了。

他举起双臂和拐杖，回抱了塞思。越过塞思的肩膀，他看到了亨利，看上去腼腆一如从前。奥古斯特微微一笑，亨利移开视线，然后回以微笑。但是彼时，亨利是朝着车站人行道的混凝土微笑。

奥古斯特小心翼翼地重新挂起拐杖。"好了，我可以了。"他说。

塞思放开他并向后退去。他微微地搂住奥古斯特的肩膀，然后脸上露出一个微笑，看起来很担心，又有些忧伤。奥古斯特不知道，被搂住的肩膀代表的是身体上的支撑还是情感上的支持，也许两者都有。

轮到亨利了，他上前一步。

"注意你抱他的方式，"塞思告诉他的弟弟，"不要把他撞倒，而且在你放手之前要让他知道。"

"好，好，"亨利说，"我都听到了。我可以做得像你一样小心。"

亨利的拥抱不一样，更温柔，多了一种感觉，好像他不只在给予奥古斯特支撑，还从奥古斯特那儿得到了支持。

"我们得去拿我们的包了，"亨利小声地在奥古斯特的耳边说道，"我们有很多包。"

奥古斯特撑了一下拐杖，然后亨利小心翼翼地放开了他。

"为什么有那么多东西？难道你们不打算直接回家吗？"

奥古斯特看到男孩们交换了一个神秘的眼神。

"不，"塞思说，"我们要去爬山。"

"直接从这里吗？我之前不知道。好在我在车里留下了很多东西，有手电筒、螺丝刀、茶壶、盘子还有好多别的东西。如果我要把车卖给陌生人的话，我还得把它们拿出来。"

或者说我还得沿着狭窄的后门台阶把这么多东西搬上搬下，他想。他没有说出来。

一瞬间，奥古斯特又一次感到一阵强烈的失落。塞思和亨利要去约塞米蒂和约书亚树了，而他去不了，而且他可能永远也不会去了。

"伍迪在哪儿？"当他们以极慢的步速穿过停车场的时候，塞思问道,"我们以为你会带它来。"

"它在车里等。如今,牵着它走对我来说很难,因为我需要依靠双手来走路。现在我给一个邻居的小女孩付钱让她带它散步。"

奥古斯特可以感觉到他的疲倦正在转变成不协调的动作,而且他们走得越来越慢。他感觉得到男孩们要以这样的速度移动有多难。他们得不断地提醒他们自己注意。他们俩都各自背着两只大背包,双肩上各一只。奥古斯特想知道,要是他们没有那么多负担的话,是不是会主动帮助他走路。然而他不得不要自己行走,即使是在漫长的一天结束的时候。

"好吧,你不要担心,"塞思说,"我们会带它多多地散步的。"

"哦?我以为你们早上就要走。"

他试图让自己的语调保持平和。他有一点受伤——也许不止是一点——因为他们没有选择停留得更久些,但是他当然没有把这句话说得很响亮。他看到两个男孩又交换了一个眼神。

"对,"塞思说道,"好吧。那么我们不得不快一点了。"

这时,奥古斯特几乎要说出口了:待得再久一点吧,你们为什么那么急?我们八年没见了。几天以后,约塞米蒂和约书亚树依然在那里。

但是他感觉自己正在危险地滑向自怜的边缘,所以他什么也没说。

"它不记得我们了。"亨利说道,他的声音泄露了他的意外和失望。

伍迪站在那儿,爪子搭在副驾驶座窗上,朝男孩们大叫。它叫了又叫,叫了又叫。

"你要知道,你看起来有点不一样了,"奥古斯特说,"等它闻到你的时候再看吧,那时它可能会改变它的态度。"

至少奥古斯特是这么希望的,但是他真的不知道一只狗可以记住多久以前的事。

奥古斯特的车只能装下两个大包,所以亨利不得不把另外两个塞进后座,一个放在另一个上面,然后在它们旁边给自己找了个位子。与此同时塞思坐进了前排的副驾驶座,伍迪则退到驾驶座,远距离地嗅了嗅他。小狗微微地竖起头,向前倾身,凑近闻了闻塞思裸露的肩膀。突然小狗的喉咙里发出一个声音,听起来介于尖叫和呜咽之间。它跳到塞思的膝盖上闻了起来——然后开始舔他——把塞思的脖子舔了个遍,塞思则转过头来大笑。

"看到了吧?"奥古斯特如释重负地说道。

他开始艰难地俯身让自己钻进驾驶座。

"需要帮助吗?"亨利立马问道。

"哦。不,谢谢,亨利,不过不用。这个我练习得越多越好。"

伍迪还在塞思的膝盖上扭动,爪子搭在这个年轻人的胸口,试着直接舔到他的脸。塞思继续扭着头,并且大笑。这笑声弥补了奥古斯特生命中一个裂开的巨大洞口,但他甚至不知道这个洞口存在。他没有特意去填补这个裂口,但是他突然感觉,他本应知道它的存在。

他叹了口气坐下来,让自己放松,并把拐杖放在副驾驶座那边,挨着塞思的膝盖。

"嘿,伍迪,"亨利从后面说道,显然他等得很疲倦,"我呢?"

然后伍迪飞起来了,看上去甚至不像是跳跃。奥古斯特从未见过它跳起来过。它看起来就像一架从起飞就竖直上升的军用飞机,直接一跃而起。奥古斯特扭头正好看见它降落在亨利的膝盖上。

亨利没有掉开头,任由小狗在他的鼻子和嘴上留下一连串的吻。

亨利开口说了些什么,听上去好像是:"他记得我。"

但是他应该没有说,他应该张不了口。奥古斯特能听到他在吐口水和吹气的声音,还能看到他用袖子擦脸,试图从张嘴时小狗留下的吻当中恢复过来。

"你得把你的嘴巴闭上。"奥古斯特说。

"你说得太晚了。"亨利应声道,一边把小狗保持在一定距离外,以便说出这句话。

"那太酷了。"塞思说。

他正看着奥古斯特用手控装置加速。奥古斯特不怎么习惯这种新的手控油门和刹车,而且用这些东西让他感到尴尬,尤其是在被人看着的时候。但是塞思似乎没有注意到他的尴尬。

"你用它们多久了?"

"我前天刚从装它们的地方把车拿回来。"

"你操控得很好。"

"你这么认为吗?我还是感觉不灵活。"

"你看上去用得很好。"

"你确定你们不能待得更久一点吗?"

所以就这样了,他说出来了。

奥古斯特听着自己的话语沉默的回声。他并不知道自己会把它说出来。他有点希望自己没有说,另一方面他明白这是早晚的事,并且很高兴自己终于说出口了。

他观察到男孩们又在交换眼神,直到亨利发现奥古斯特在通过后视镜察看,然后他小心地转移目光,看向窗外。

"只是……我们好久不见了。"

"你再说一遍。"塞思说。

"真的。"亨利补充道。

"为什么要赶着早上走呢?"

"不要担心,"塞思说,"我们会好好地做客的。我发誓。"

"所以说你们还会再待一两天?"

"我们会好好拜访的。相信我。"

"我没法像我年轻的时候那样熬夜和整晚聊天,我困得很早。"

两个男孩又交换了一下眼神。

"奥古斯特,相信我,我答应你,我们会好好做客的。"

奥古斯特不知道要如何从他们口中得出更多细节,他也不怎么喜欢自己去试着这么做,所以在开车回家的剩余路程上,他抛开了这个问题。

他们吃完饭的时候,亨利站在餐桌边,看上去有点紧张。他的大腿砰的一声撞在桌子边上,然后立马露出紧张又尴尬的神情。

"我去把我们房车里的东西拿下来。塞思,你去和奥古斯特做那件事,好吗?"

然后他就消失了,也没有去弄清塞思是否同意。奥古斯特扭头看向塞思,后者则避开了他的目光。

"要和奥古斯特做什么事?"奥古斯特问道。

"哦,好吧,我会告诉你的,不,我会给你看的。哪一间是你的房间?去你的房间吧,我会告诉你是什么事情。"

奥古斯特试图起身,却又一次跌倒在椅子上。在一天结束的时候会更加艰难,每件事都让他愈发疲惫。塞思绕过桌子跑过来扶他。

"谢谢。"奥古斯特说道,然后去拿拐杖。

"忘了那拐杖吧,"塞思说,"你有我。来吧。我们来做这件事。"

"这件事是……"

"你得和我到你的房间里去,然后我再给你看。"

奥古斯特叹了口气。他感到好奇,而接受帮助似乎是解决他的困惑的最快的办法。

他把一只手臂搭在塞思的肩膀上,塞思则将一只胳膊牢牢地揽过他的腰,然后他们慢慢地走进奥古斯特的卧室。房间很乱,因为他累得没法去整理它。他也希望没有人会看见。

走路很轻松,因为塞思支撑了他大部分的体重。在塞思的帮助下,他在床边躺下,让自己放松下来。

"好了,"奥古斯特说道,"我们在这儿了。这都是怎么一回事?"

"我要你指出你以前夏天出门时候带的每样东西。"

奥古斯特又叹了口气。他本来期望除此之外还有别的"事情"。

"这没有用,"他说,"你需要在离开家之前收拾好你所需要的一切,现在太晚了。"

"什么?"

"为什么你不在出门前问我要一份需带物品的清单呢?我有一张为房车旅行准备的特别的打包清单,我本来可以给你发一份的。"

"哦,那很好,它在哪里?"

"在电脑里。"

"我可以打印一份出来吗?"

"塞思,现在太晚了。不管你忘了带什么,都太晚了。你只能去路上买,或者在没有它的情况下去旅行。你错过了整理你们的东西的机会。"

"我们的东西?"塞思突然咧嘴笑起来,"你还是不知道,是吗?你没有明白。亨利犯下的所有失误,我们丢下的一切暗示,而你还是不知道。奥古斯特,我们不是想要一张我们的打包清单,我们想要一张你的打包清单。"

这些话在奥古斯特的脑袋里旋转,却无济于事。它们并没有达到自己的目的。

"还是没明白。"

"奥古斯特,我的天哪,我得怎么做呢?我是不是得给你画一张地图?你要出发了。"

"我要出发了?"

"你要出发了,我们要带你一起去。你觉得我为什么一直在说我们会好好做客呢?即使我们早上就要走?"

奥古斯特没有回答,而是静止地站着,试图去理解。让现实来改变他,去适应思绪以外的一切,或者说,开始去适应。

"我不能开车。"

"我能。"

"我走那些台阶不利索。"

"我们会帮助你走上走下。"

"我不能——"

"奥古斯特,别说了。你不能做什么事情,这不重要。你不用做。我们会做好这一切的,就像你为我们做的那样。那个夏天我们什么都做不了,你还是带我们去了。你就那样做了一切。"

"你确定吗?"

"我的一生中没有更加确定的事了。"

奥古斯特再次默默地挣扎起来。他想要表达某种感激,但是他还没有搞明白这一切。每件事都发生得太快了，而且，塞思也没有给他时间。

"那么我该打包些什么呢，奥古斯特？我能把那张单子打出来吗？"

"但我们只去约书亚树和约塞米蒂的话，不用打包一夏天的东西。"

"奥古斯特，你反应又慢了。你看到我们装在公交车上的那些东西了吗？我们不只是要去约书亚树和约塞米蒂。我们要去这两个地方，但它们只是前菜，我们要旅行整个夏天。"

"哪里？"

"你还不能知道。那么来吧。我们明天一早就得走。我们来帮你打包吧。你指出来，我来装。来吧。"

"我不喜欢问这个，"奥古斯特一边穿袜子和内衣，一边说道，"但是我想我必须得问。我没有像往常那样预留汽油的费用。我没有足够的钱来进行长途旅行。"

"我们会付。"塞思说。

"你们抢银行了？"

"没有。我们弄了一张信用卡。他们对大学生很严格。不要被吓坏了，也不要说教。我知道这不是免费的资金。我知道这是一定得还的，但我不在乎。我会工作一整年来还清它。我们要旅行去。"

"你还得带一样东西。"塞思说。

他把一叠折好的衣服递给站在卧室门口的亨利，亨利便拿着它们消失了。

"我们的单子上就这些。"

"我知道，但是还有一样东西。"

"这个清单很全面了。"

"奥古斯特……"

"好，好吧。什么东西？"

"菲利普的一点骨灰。不必像上一次那么多，只要一些。你没有把剩下的那些撒掉什么的吧？"

"没有，它们还在火炉上的骨灰瓮里，除了我们在黄石撒掉的那些以外都在。"

"你相信我吗？"

"我当然相信。"

"我需要一个小塑料袋。"

"厨房抽屉第一格，洗碗机旁边。"

"马上回来。"

奥古斯特在床上又坐了一会儿，依然有点震惊，还没有完全适应事情的突然转折。每当他想在脑子里理清思绪的时候，脑子以外总有些事情让他分心。

"塞思，"他叫道，这一次他打断了别人，"骨灰瓮里面有个塑料袋，扎住的。你可能得在水槽里把它解开。它可能会撒得到处都是。"

"我知道，"塞思回叫道，"我处理过它们，记得吗？"

"对。"奥古斯特说，但是太轻了，塞思听不到。

三四分钟后塞思出现在门口。奥古斯特其实有时间来整理想法。他快要明白自己终于要出去整个夏天了，和男孩们一起。

当奥古斯特抬头看向塞思坦率的脸时，他的一只手臂正倚在门框上。

"我还是为丢了那个瓶子而后悔。"塞思说。

"我以为你已经放下它了。"

"奥古斯特,呸。我不会放下任何事情的。我说我放下了,是为了让别人不要朝我啰嗦。在你的这种情况下,我说我放下了是因为我知道,如果我不那样说的话会伤害到你。"

"但是那个地方很适合撒下骨灰。"

"但是那个瓶子,你想要留下那个瓶子的。"

"我并没有真的想过要用那个瓶子做什么。"

"但你不会把它扔掉的。"

"我不会把它丢到垃圾箱里,不会,因为它不是垃圾。但我不知道我会不会一直留着它。"

"你会的,你知道。"

"我会?"

"你绝对会留着的。你本来想要永远留着它。别这样,奥古斯特。你跟我讲过那个故事。你说那个瓶子让一切显得那样真实,让他显得那样真实,好像他会走进来喝了那杯茶一样。"

奥古斯特点点头,陷入了沉思。他一下子又不知道如何回答了。当他找到答案的时候,他说道:"但是他没有变得真实。我想,你把那个瓶子丢掉的那天就是我应该接受他并不真实的时候。"

第三章
百分百的诚实

奥古斯特慢慢地醒过来,好像在穿过一层半透明的水面似的。即使他的眼睛睁着,仍然感觉自己沉睡着,而且保持这样的状态让他感到非常幸福,或者说是有点幸福。

他透过房车上布着蜘蛛网的挡风玻璃向外看去,依然在茫然地试着理解视野的差异,从副驾驶座看出去一切都是不同的。一直到这天清晨,他从来没有坐过自己车里的副驾驶座。玛吉是个不怎么自信的司机,她不曾想要操控方向盘,因为她将其视为一个巨型的怪物。黄昏时分,临近天黑,尽是一片加州平地沙漠无人居住的空旷景象。

当他终于让自己起身了一些后,他看向左边坐在驾驶座上的塞思,后者朝他回眸微微一笑。

"我们在哪儿?"奥古斯特问道,声音里仍然有一丝睡意。

这让他感觉自己很年轻,太年轻了,像个坐在车后排的孩子似的,一个会问"我们到那儿了吗"的孩子。不做大人,有一种奇怪而失控的快感。抛下什么开车、旅行计划,以及其他那些作为大人所需要掌握的细节,让他感到兴奋。说得含蓄一点,他还不习惯这样,但是他发现自己并不在意，交出控制权几乎让他感到舒心。

"有望到达约书亚树。"塞思说。

奥古斯特大笑起来。

"有什么好笑的？"

"我想我们刚刚创造了新的世界纪录，"奥古斯特说，"在最长的时间里通过了最短的距离。如果你开车直达那里会怎么样呢？大概，两个半小时？"

"差不多，没错。但是路上有那么多可以驻足和攀爬的地方，为什么你要直达那里呢？"

奥古斯特伸长脖子扭头看向亨利，他坐在沙发上他通常所坐的位子，如果经过了八年的间隔依然可以称之为"通常"的话。亨利很快睡着了，下巴撑在他那瘦瘦的胸口上，一只大得惊人的手搭在伍迪的背上。

"所以，我猜今晚我们得在公园外找个能住宿的地方。"

"不。"

"你怎么知道？"

"我们有预定。"

"啊，聪明。"

"我可能不知道剩下的旅途里我们每晚会住在哪儿，但是我知道今晚和接下来的几天我们要住的地方。而且那里会热得要命，我可能只有在天亮的时候才能好好爬山。我不想浪费一整天。"

奥古斯特默默地看着黄昏中的沙漠从旁边涌过，一边保护着搭车时那份不用负责的兴奋。

然后他说："还是不打算告诉我，我们要去哪儿吗？"

"不，我不会告诉你我们最终的目的地，我会告诉你我们接下来去哪儿。"

奥古斯特又大笑起来。"我可能会猜约书亚树。"

"那么你可能猜错了,现在我们要去参加个会。"

"你在这里发现了会议?"

"是的。"

"你是不是为整趟旅行整理出了会议列表?"

"不,我只是用手机给 AA 地区服务打了电话。"

"我们现在是为了我而去这个会议吗?还是为了你们?或者是为了我们?"

"是的。"塞思说。

奥古斯特又向后靠去,看着沙漠植被疾驰而过。头一回(而未来也许会有很多这样的时刻),他告诉自己,记住这一刻。享受这一刻。一分钟都不要错过。一个场景,一个气味,一个声音都不要错过。充分地感受在路上的整个夏天。因为这样的夏天会成为你的最后一个。

"留下还是过来?"塞思扭头问他的弟弟。

"什么?"

显然亨利也在慢慢地摆脱睡意。

"我们要去一个会议,留下还是过来?"

"什么样的会议?"

"AA 会议,开放的,任何人都可以去。快点想,兄弟。醒醒。"

"我选留下。"

"好。"

奥古斯特打开副驾驶座一侧的车门,用门上的把手帮助自己下车。塞思跳出去,跑步绕过车头去帮他,但是奥古斯特挥挥手让他走。

"我很好,只要准备走路的时候递给我拐杖就可以了,好吗?"

他们一起朝会议的方向出发,那里原本是个店面,如今变成了一神普救派集会的团体活动室。

现在天几乎完全黑了,只有沙漠上无边的天空还闪烁着光芒。越过层层山峦,奥古斯特看到了微弱的星星和穿过云层的条条橘色光线。在那不可思议的苍穹下,自然环境似乎和加油站以及沿路的商铺格格不入。

塞思走得很慢,才能匹配奥古斯特的速度。

突然奥古斯特听到:"嘿,等等!"

他们停下来,扭头看见亨利在追他们。

"我改变主意了,"他一边赶上来一边说道,"我也想去参加会议。"

他们一起缓缓地走着,他们三个人。从车到活动室看起来才几步路,但是这对奥古斯特而言是一项进展缓慢的任务。他告诉自己,他迟早得习惯这样的新现实,彻头彻尾地接受它。

"你是不是因为担心一个人待着?"他们走着的时候奥古斯特问亨利。

"不,一点儿也不,伍迪在那儿呢。"

"什么让你改变了想法?"

一开始亨利什么也没说。然后,当奥古斯特闻着咖啡的味道,看着组员们东奔西跑布置材料和椅子的时候,站在门口的亨利再次开口了。"我只是发现……你知道。我得继续和父亲生活在一起,仅此而已。"

会议前四分之三的时间里,奥古斯特都在用余光观察亨利,观察他是如何接受所听到的信息的。不过,他没有怎么发现他所寻找的东西,亨利没有丧失自己参与其中却一言不发的本领,他什么都不流露出来,让奥古斯特确定他在沉思,但是又完全不知道他在思考什么。

突然亨利扭头和奥古斯特对视了。他的目光定格在那里。这对视中有些坚定的东西,但是奥古斯特不知道那意味着什么。亨利凑过去对他说了悄悄话。

"我要和你到外面讲话。"他说。

奥古斯特小心而缓慢地直起身来。亨利把拐杖递给他。他本可以轻松地自己把它拿起来,但是人们喜欢帮忙,而且你没有理由对此说些什么。他们朝门外走去,亨利一只手轻轻地抓在奥古斯特的手臂上。

塞思有点好奇地看着,但是什么也没说。他没有跟出去。

"怎么了?"奥古斯特靠在建筑外墙上问道。

"我得和你说些实话。"

"好。"

奥古斯特的胃微微收紧,虽然他告诉自己这可能压根不是什么事,或接近于什么事都没有。

"我坐在那个会议中间,听着。听所有人讲着百分百的诚实。我首先能想到的就是我爸爸。我一直想,是啊,他肯定真的属于这些会议,因为那就是他一直都缺失的东西。然后我突然想到,我自己也有一些百分百的实话要说出来。"

"好。"奥古斯特再次说道,希望他们能快点切入正题。

"来这趟旅行我没有得到我爸爸的允许。"

奥古斯特静止地沉默了片刻,等待着自己理解这一信息。但即使他理解了以后,他还是不太确定这消息的后果,它真正意味着什么,它会变得多糟糕。

"你没告诉他就出发了?"

"对,又不对。我给他留了字条。"

"但是他不知道你在哪儿?"

"我只是告诉他我要出去和塞思度过夏天。"

"但不是和我。"

"对!当然没说和你。那样他永远不会让我走的。"

"你不能当面告诉他,你要和塞思一个人出去吗?"

"他会问问题的。他会从我这儿知道这件事。没有什么能阻止我这么做,奥古斯特,什么都不能。"

奥古斯特扭过头来望向星星,它们很明亮,星星的密布和清澈让他震惊。他暂时忘却了自己置身沙漠。这座小镇所发出的光根本算不了什么。

奥古斯特还没来得及找到要说的话,亨利继续了。"好吧,真相是我真的不会说话。也许因为我不太说谎。我不喜欢说假的东西,所以我就什么也不说了。我本来可以对他说谎的,他会知道我说谎的,然后他就不会放我走。"

"如果他打给警察呢?"

"然后告诉他们什么呢?我做了什么不对的事吗?"

"他可以报告你出走。"

"我不认为他会这么做,如果他觉得我只是和塞思在一起的话。"

如同有魔法一样,一提到塞思的名字,奥古斯特就看见他站在他们身后,站在这微凉的夜晚下。

"怎么了,奥古斯特?你还好吗?"

"我很好。"

"问题在我，"亨利说，"我没有告诉爸爸我要走。我的意思是，我给他留了张字条。"

"然后告诉他什么？"塞思问道，听上去很不安。

"告诉他我要出去和你一起度过夏天。"

塞思从口袋里掏出手机，用拇指按了几下，沉默地看着它。

"我想知道他为什么没给我打电话。"

"很容易猜到。"亨利说。

"哦，"塞思说，"明白了，他还没回家。"

奥古斯特在头脑里进行了一点思索和计算。他试图想起来男孩们是何时离开家的，显然韦斯已经有近两天不在家了。

"我希望你不会生我的气。"当他们沿着印第安海湾路驶向他们的营地时，亨利说道。车子的前灯照亮了路两旁一堆彼此相连的杂乱岩石——它们堆在一起大约有三四十英尺高，奥古斯特很难将目光从它们上面移开。

"我没有生你的气。"奥古斯特说。

"他在对我说话。"塞思说。

"对，"亨利说，"我在和塞思说话。"

"我只是不想让任何事情搞砸这件事。"塞思说。

"那如果我告诉他更多……或是寻求他的允许……那样就不会把事情搞砸了吗？"

"只是我不会这么处理这件事。"

"哦，塞思，不要管我的事。好吗，拜托了？你不应该把整件事都怪在我身上。你注意到你从来没问过我任何东西吗？没问过我是如何得到许可的，没问过我告诉了他什么。你只是不想知道，那就是真相，而你明白。"

他们沉默着驶进了印第安海湾营地。塞思沿着窄窄的泥土道路放慢车速，寻找着和他膝盖上打印出的预定确认单相符的地址号码。他在某处靠边停车，打开头顶上的驾驶室灯，再次查看了号码，关上灯继续开车。

他在火圈和野餐桌旁边及时拐弯，前灯照亮了尘土飞扬的红岩坚硬的表面。塞思在前保险杠和石头距离约一英尺的地方停了车。

他的手机响了。他关掉引擎，关上灯。他们周遭的一切感觉都很黑暗，没有情感。奥古斯特想知道，为什么其他的露营者好像都没有声音，也看不见踪影。

又一阵手机铃声。塞思从衬衣口袋掏出手机，手机屏幕的LED灯在他的脸上投下柔和的光。

"爸爸？"亨利问道，仿佛不能再多忍受一会儿这个词了。

"爸爸。"塞思严肃地说。

又一阵铃声。

"你要接吗？"亨利问道。

"我在考虑。我要告诉他什么？我要说谎吗？"

"我觉得你最好这么做。"

"我不喜欢那样做，那样我会觉得我和他一样糟糕。"

第四声铃响。

"你不能告诉他实情，否则他会让警察来找我或者什么的。"

"我得想一想。"塞思说。手机不响了，奥古斯特觉得它肯定是转到了语音信箱。

"我猜想，他所知道的就是我们超出了控制范围。"

"是啊，"塞思说，"我猜也是。"

奥古斯特听到手机又响了一下,他只能猜测那是新的语音信息的提示音。

"我累死了,"塞思说,"我白天还会担心这摊事。"

他打开手套箱,把手机扔了进去,落在装着菲利普骨灰的塑料袋上。

第四章
爬　山

奥古斯特睁开眼睛,惊讶地看见铺着毯子的房车屋顶,仿佛在他睡觉的时候,他已经忘了这样的事还有可能发生。他朝窗外看去,看到黎明刚刚破晓,太阳透过沙黄色岩石壁上的切口闪烁着光芒,那岩石壁由圆润的小岩石杂乱地堆砌而成,每一块都奇长,且直立着。太阳朝各个方向发散出看得见的光线,照进奥古斯特的眼睛里。奇妙的是,这让他感到很舒服。

他再一次提醒自己,吸收这一切,铭记这一切,享受这一切。因为这是你在世界上最后一个在外面度过的夏天。

他听到声响,抬头看见亨利冲进厨房,插上咖啡壶的电源,而咖啡壶显然已经准备就绪,可以煮咖啡了。台子上放了两只鸡蛋,亨利快速地把它们打到两眼煤气灶台上的一只小煎锅里。他把面包机上的杠杆推下去,两片粗糙的全麦面包便消失在里面。

"你看上去好像很熟悉厨房。"奥古斯特说。

"是啊,呃,你知道,如果我没有学会自己喂饱自己的话,我会挨饿的。"

奥古斯特准备坐起身来，但亨利却用举着的那只手阻止了他。

"不，不要起来，不允许。除非你得小便，那么你可以起来，不然的话我会给你在床上提供早饭。"

亨利讲话的时候奥古斯特呆住了，然后又坐下来。伍迪躺下，背蜷曲着，靠在奥古斯特的膝盖上。

"为什么要在床上吃早饭？"

"我答应塞思这么做的。他希望你在这趟旅行中拥有最好的一切。我们会替你打点一切，就像你上一次为我们做的那样。"

奥古斯特稍微理解了一下那句话，然后，虽然直接说有点尴尬，他问道："塞思在哪儿？"

"很好猜。"

"爬山？"

"爬山。"

奥古斯特看着太阳从岩层后面升起来，他的手指埋在伍迪硬硬的白毛里。一直到亨利给他递来一杯咖啡，他才再次开口。

"谢谢，"奥古斯特说，"你们的爸爸是什么时候起又变得那么糟糕的？"

亨利顿住了，心不在焉地用一只手的掌根抓了抓额头。"呃，我猜是塞思去上大学以后……我爸就有点放松了。他一直觉得塞思是那个监视着他一举一动的人，但是我也盯着他的行动；只是塞思不仅盯着他，而且会这么说。我什么也不说。所以他觉得他可以开始无法无天了。我甚至认为他不在乎我看到了什么，也不在乎我对看到的那些怎么想。我觉得他就是不想听到任何关于这件事的东西，好像如果他不必听到某些事，那就不是问题了。"

手机又一次响起。

"是塞思的手机吗?"奥古斯特问。

"肯定是,除非你有手机,我没有。"

"我带了一个,"奥古斯特说,"但那不是我的。"

手机又响了。

"糟糕,"亨利说,"我要自己去做这件事,那样塞思就不必做了。"

他把手机从手套箱里翻出来。"你好……哦,是的。嗨,老爸。对不起。我本来要问你的,但是这是突然决定的,而你不在家。我不想只是因为你不在家而错过这整个夏天。"

一阵停顿。如果能听到对话的另一端,奥古斯特愿意付出任何代价。

"不,就我们俩。"亨利说。

但是就在这一刻,另外两个野营者路过他们的营地,靠近他们车子的后门,伍迪因此尖利地叫了起来。奥古斯特用一只手捂住它的口鼻,但是显然已经太晚了。

"不,"亨利说,"只是狗。我们带上了他的狗,因为他真的不能再经常遛狗了。"一阵停顿,"不,我是在对你说实话。我得走了。我在炉子上做早饭……对。我答应。再见。"

亨利挂掉电话,跑到炉子那里,关掉了鸡蛋下面的煤气灶。

"真好,"他说,"它们很完美。"

"觉得他相信你了吗?"

"不确定,"亨利夸张地皱着眉说道,"我甚至不确定他知不知道自己是否相信我。"

奥古斯特穿好衣服坐在沙发上看着亨利。亨利有点过度专注地洗着早餐的盘子。奥古斯特不太明白,为什么他觉得男孩洗盘子时简单却又认真的样子如此吸引人,也许其中包含着他成了现在这样的线索。

亨利突然抬起头,撞到了奥古斯特的目光。他的手在泡沫水里原地僵住。

"要是我把一切搞砸了的话,我很抱歉。"他说。

奥古斯特耸耸肩。"我不知道你本来应该做什么,可以做什么。"

"如果是你,你会怎么做?"

"我不知道,我真的不知道。"奥古斯特停下来思考这个情况,他顿了很久,以至于亨利又把注意力放到了盘子上。"也许会试着让他明白这对我有多么重要,让我来对我有多大的意义,看看是否能说服他。"

亨利用力地摇头。"我越告诉他做这件事对我有多大的意义,他就越不会让我来。那就是问题所在,你没明白吗?"

"不,"奥古斯特说,"我想我不明白。"

"如果你对我们没有这么重要,他就不会这么嫉妒你。"

"哦。"奥古斯特说。

这时他感到自己的自我意识给亨利带来了负担,不知道是否要对亨利的话说些什么。亨利的话似乎和他们联系的次数相矛盾,但是如果这么说,结果可能会很糟糕。于是奥古斯特只是看着男孩把盘子擦干,把它们放回柜橱。

最后奥古斯特说:"我不知道我对你们有这么重要。"

话音刚落,他就后悔自己说了这些话。

亨利放下了他正拿着的杯子和碗,然后把脸转向奥古斯特,手放在大腿上,嘴巴张大。

"你是认真的吗?你是我们的英雄,奥古斯特。你就像超人,拯救了末日。我们崇拜你。你怎么会不知道呢?为什么你会不知道呢?"

奥古斯特低头看向他放在伍迪身上的手。他感觉自己脸红了。他不想说他接下来必须得说的话,因为他知道那听上去会像抱怨一样,卑鄙的抱怨。但是他陷得太深了,无法退出。

"我猜是因为你们并没有与我保持联系,"他说道,双眼依然向下俯视着,"你们好像就那么继续你们的生活。那没有什么错,真的,但是……"

亨利的嘴巴依然张着。"你是想告诉我,你希望我们一直来烦你吗?"

"你们不会烦我。你们从来都没有烦过我。我喜欢听到你们的信息。我想知道你们的近况。我一直都在想念你们。"

亨利沉默地站了一会儿,然后合上了嘴。他突然躺到沙发上,坐在了奥古斯特的旁边。他一边去挠伍迪的耳朵,一边说:"该死,我们到底为什么会相信他?"

亨利把脸埋到手里。奥古斯特等着他再次说话,但是他似乎并不想说。

"你爸爸?"

"是啊。"亨利透过双手说道。

"他和你们说什么了?"

"他说我们不该让你因为曾经带上我们而后悔。他说,你会有什么感觉?你知道的。如果你同意带一些陌生的小孩去过夏天,那么在夏天结束的时候,你发现你在余生都将无法摆脱他们。谁会想要那样呢?"

"我会,"奥古斯特说,"那时你们已经不是陌生人了。"

一阵漫长的停顿。

然后亨利说："那其实是他所说的仅有的几件有道理的事之一。"

他叹了口气，站起来，重新去收拾盘子。

"你知道塞思在哪儿吗？"奥古斯特问，"我问的是，他打算爬山的确切地方在哪儿？"

"我也许能找到他。他说他要沿路往回走一英里，回到童子军小道的起点附近。怎么了？"

"我只是觉得我喜欢看他登山。我昨天没能看到他。"

"不，你不会喜欢的。"亨利说。

"我不会？"

"对。"

"为什么我不会？"

"那会吓到你的。"

"他不小心？我无法想象塞思不小心的样子。他很有责任心，做事有条不紊。"

"哦，他确实是这样。但是那依然是无保护徒手攀岩。"

"我能知道那是什么吗？"

"也许不能。但是如果你觉得那就是你想要的，我们可以出去看他。"

"我不知道我可不可以走一英里，再走回来。"

"我可以开车载你过去。我有实习驾照。我只要有个成年人和我一起，那就是你。"

"但是你之前从来没开过车。"

"所以呢？我爸爸教过我们俩开大拖车。你知道的，把这辆车拖到店里的那一辆。我说如果我们能开那辆车，我们就能开所有的车。"

"好,"奥古斯特说,"我们来试试看,小心地试试。"

当他艰难地坐进副驾驶座,为自己的运动技能感到难为情时,奥古斯特说:"我猜我现在不像超人。"

亨利猛地坐上驾驶座,启动了引擎。他透过挡风玻璃直直地只盯着岩石,好像为他接下来要说的话感到尴尬。亨利说:"奥古斯特,不要说那样的话,你的超能力从来都和你的腿没有关系。"

"哈!"亨利在发现他哥的时候大叫起来,伍迪则跳到方向盘下他的膝盖上,去看他为什么如此兴奋。

"哦,很好,"奥古斯特说,"他离马路很近。"

亨利减慢车速,把房车停到窄窄的、布满沙土的路肩上。在他开车的这点时间里,他开得很好,虽然开得不远。他开得很慢,小心地看着空隙,没有让奥古斯特的心脏抽搐过一下。

亨利关掉引擎。他们沉默地坐了一会儿。奥古斯特想知道公园这块区域的其他人是不是都还在睡觉,或至少还在营地。他确定没有看到其他人到这里来。

"那儿有阴凉地。"亨利指着一处地方说,林立的岩石在那儿投下长长的阴影。

奥古斯特小心地下车,亨利则拿着三把折叠椅中的两把,跑到阴凉的座位区把它们打开放好。然后他跑回来用一只手肘领着奥古斯特,奥古斯特想要告诉他这没必要,但又想最好就这样吧。也许没必要,但是在这崎岖坎坷、灌木丛生的地面上,这样会更好,否则很容易摔倒。

当亨利缓缓地把奥古斯特扶到阴凉处的椅子上坐好后,说:"我去接伍迪，再带点瓶装水过来。"

"亨利，你能把我的相机也带过来吗？我想给他拍点照片。它在副驾驶一侧的地图口袋里。"

亨利小跑步地去了。

塞思爬山的时候，奥古斯特注视着他的背。塞思距离他近得足以让奥古斯特清楚认出那是塞思，但是对奥古斯特来说太远了。塞思只穿了短裤、短袖和某种极简单的鞋子。奥古斯特高兴地注意到他戴了头盔。他希望通过相机镜头的缩放来更好地看清他所看的东西。塞思似乎不知道他被人看着。

伍迪跳到他的膝盖上亲吻他的脸，他的相机则出现在他的左肩上，亨利的手里。

"谢谢。"

"我把水就放在这里。"

他指向奥古斯特坐的椅子布制扶手上的网状茶杯托。

"谢谢。"

奥古斯特启动照相机，把镜头推近，希望确认某些细节。他确定自己的肉眼没有看清楚。他扭头看向亨利，亨利也看向他。

"什么？"

"为什么我没有看到绳子？"奥古斯特问。

"那就是我说的无保护徒手攀岩。呃，塞思说它就是抱石，而那是不一样的。但是它依然是无保护的，而且是徒手。"

"呃，我知道无保护是什么意思。但是……你是想告诉我徒手的意思是没有绳索吗？没有登山扣？没有登山钉？没有安全带？没有登山者们所用的那些不至于让自己死掉的所有东西？那样在攀岩术语里叫徒手？"

"他在爬大岩壁的时候会用那些东西。当他爬得很高的时候。比如他爬锡安国家公园天使降临之顶的时候,他就会抓着绳子上去。当然了,还有约塞米蒂。如果他爬酋长岩的'鼻子',他会绑绳子。他完全把那些徒手爬大岩壁的登山者理想化了,但是他自己不会这么做。但这个对他来说是小菜一碟。抱石,岩壁攀登。这只是热身。"

"他爬到了……那是多高?到他爬到顶的时候?四十英尺?"

"也许是三十,也许是三十五。"

"他有可能从那样的高度掉下来把背摔断。他可能会头朝地掉下来摔死。"

"但塞思从来没掉下过。"

"那不代表他不会掉下来。"

"奥古斯特,"亨利耐心地说道,"两件事。第一,你要注意我一直在地面上。那个爬到三十英尺高的不是我;第二,我告诉过你这是你不想看到的情形。你真的不能说我没有警告过你。"

奥古斯特叹了口气,又透过照相机看去,拍下了几张照片。

"他到底抓着什么?那看上去就像光滑的岩石。"

"小缝隙,如果他能找到它们的话。有时它们大得恰好能嵌进他的指甲盖,或者是这些你几乎看不见的小岩石块,但是它们刚好够他抓住。"

"这很可怕。"

"对塞思而言不是。重复一遍:不要说我没有警告过你。"

片刻过后塞思登上了大岩石层的顶峰,一边拉伸一边转了360度。他发现了他们,越过头顶大幅度地挥了挥手。奥古斯特则更为克制地挥手回应。

"谢天谢地,他平安到顶了。"

"塞思一直都能平安到顶。"亨利说。

奥古斯特不安地看着塞思如何下来,但是看着他并不能解答很多问题。他越过岩石顶就消失了。几分钟后他出现在他们的面前,双脚在地面上。

奥古斯特以为塞思会直接到他和亨利坐着的阴凉地来,所以他绞尽脑汁准备就登山说一些肯定的话。什么也没发生,但这真的没关系,因为塞思没回来。他找了另一块岩层,沿着它的竖直表面向上爬,看起来什么都没握住。

"哦。"奥古斯特说,一半对亨利,一半对自己。他低头瞥了一眼放在大腿上的相机。"我猜我应该给他多拍点照片。"

"塞思会喜欢的。他没有自己爬山的好照片,因为和他一起爬山的人不想因为带相机而麻烦。有一次他带我一起去尖峰石阵,而我应该从地面上拍照。但是我不是像塞思那样天生的摄影师,摄影水平只是一般,没有达到他的标准。"

奥古斯特把镜头朝塞思推近,他几乎爬了一半了。但是这在他看来,支撑的地方是那么小,让奥古斯特惊出汗来。的确,越来越热了,但是这是另一种出汗。不管怎样,他还是强迫自己拍了几张好照片。然后他把相机放下,这样他就不用看到如此可怕的登山细节了。

"我还是感觉我要看到他摔断身体里的每一根骨头了。"

"你过一会儿会克服的。"亨利说道,同时迅速地挠了挠伍迪两只耳朵后面的毛。

但是奥古斯特有种感觉,即使亨利已经克服了,也许他永远都做不到。

等到塞思夹着头盔、出着大汗回到折叠椅那里时，已经快要十点半了。阴影在缩小，奥古斯特和亨利不得不蜷缩到岩石旁边，奥古斯特还不断地用一只袖子擦前额的汗。

"奥古斯特吓坏了。"亨利说。

"因为什么？"塞思问，好像奥古斯特没有坐在那儿，没法自己说。

"因为你爬山。"

"我以为我今天做得很好。"

"他以为你会用绳子系好的。"

"哦，"塞思说，"呃，这是小事，奥古斯特。抱石。"

"但是……什么装备都没有——"奥古斯特说话了。

"我有装备！"他骄傲地拿起头盔，"而且……"他把皮带转过来，把一只开着的小袋子拿到前面，这样奥古斯特就能看到它。"我有镁粉，抹手指用的。这对于这样的攀岩足够了，在这种地方我甚至不会爬得很高。"

亨利又一次替他回答。"他觉得这样的高度足以让你把背摔断或是什么的。爸爸打电话来了，我和他说了，我向他撒了谎，这样你就不用说谎了。但是他听到伍迪在叫，所以当你和他通话的时候，要记得，伍迪和我们一起在这趟旅行中，奥古斯特没有。"

"好吧，我不会忘记最后这部分的，"塞思说，"你觉得他相信你了吗？"

"不知道。"

"觉得他有任何能够核实的方法吗？"

"不知道。"

塞思看向奥古斯特，亨利也照着做。

"奥古斯特，你觉得他会给我们带来麻烦吗？"

"不知道。"奥古斯特说。

篝火噼噼啪啪地响着，火焰的烟和光向着明亮的沙漠夜空上升。奥古斯特能够听到附近营地里人们的声音，但他们的存在似乎很微弱，好像一道柔软的隐形墙将他们包裹住，让属于他们的小世界外的一切都显得无足轻重，与之无关。

记住每一个细节，他告诉自己，最后的篝火之夏。

奥古斯特突然清晰地回忆起了另一次篝火，他和男孩们在黄石的第一晚点燃的篝火。在那团火焰中，他们第一次撒下了菲利普的一部分骨灰。奥古斯特想知道他们为什么没有撒下一点塞思坚持要带的骨灰。如果不撒在这里的话，要撒在哪里呢？

"我厌倦坐着了，"亨利说，"我要带伍迪去散个步，既然现在终于不热了。"

"你要怎么看清你去的地方？"奥古斯特问。

"我会戴塞思的头灯。"

他站起来，掸了掸短裤上的泥沙。

"小心郊狼。"塞思说。

"搞笑。"亨利反击道。

"这不是玩笑。"

亨利摇了摇头，离开了火圈，把塞思和奥古斯特单独和所有那些悬而未说的话留在一起，那些从今天早晨起就明显没有说出的话。

"你这样爬山有多久了？"奥古斯特问。

"从你把我载回家开始就爬过很多了。那个九月，我十二岁的时候。我在店铺后面造了一面攀岩墙。我一天在上面待五个小时。然后在我能开车以后,我就开始动真格的了,爬真的岩壁。"

"你从来没提起过。"

"因为我试图避开我们现在这样的对话。"

他们沉默地注视了一会儿篝火。现在它烧得更热了,奥古斯特能够感觉到他脸颊上的热量,和眼里的热量。

"我感觉对此有责任。"奥古斯特说。

"为什么这么说?"

"因为我带你去了锡安,然后把你带上了那辆大巴车,然后又带你下车去看登山者们爬天使降临之顶。"

"天哪,奥古斯特。我以为我才是有过度责任感的那个人,你以为我永远都不会看到什么可以攀爬的东西吗?有人在上面爬的那种?"

奥古斯特没有回答那个问题。对话僵住了,他们沉默着凝视着火焰。

"这是我的营生,奥古斯特。"

"不,这不是。"

"你怎么能那么说?你觉得我不知道我自己的营生吗?"

"显然你不知道。你的营生是指你的工作。"

"我现在还没有工作。"

"你没明白我的意思,塞思。你不知道'营生'这个词的意思。它不是指让你保持生气活力的东西。它指的是你谋生的方式,能够填饱你肚子的东西,能让你活下去的东西。"

"那听起来不像它应该有的意思。"

"英语是一种古怪的语言。"

"我猜也是。"

"它是你的 raison d'être①。"

"哇哦,英语真是门古怪的语言。"

"事实上,那是法语。"

"我知道,我在开玩笑。"

"哦。你知道它的意思吗?"

"我猜它和我所理解的'营生'差不多。"

"它的意思是存在的理由,但是我还是不认为一件体力活动应该成为你存在的理由。"

愈发沉默。

然后塞思说:"我所知道的是,它让我成为——你懂的——我。你知道当你去工作或上学的时候,你只是在重复同样的生活吗?上班,回家,吃饭。洗衣服,去睡觉。然后你会注意到这些日子过得真的很快。它们开始变得一模一样,然后你开始感觉不应该这样。这不该是一切。这不该是——你懂的——整个人生。人生应该有更多的东西,那就是爬山对我的意义。它意味着更多。它让我感觉生活很充实。拜托,你明白我的意思,奥古斯特。什么让你的生活感到充实呢?"

奥古斯特深深地叹了口气,他希望自己有一个良好的即时反应。

"我过的是非常安静的生活。"他说。

"但你曾经整个夏天都在旅行。每个夏天,那就是你人生中更多的部分,对吗?"

"我猜是的,对。"

"那么你明白我的意思。"

---

① 法语,意为"存在的理由"。

奥古斯特又叹了口气。"我只是无法想象这值得你付出生命。"

"我不一定会为此付出生命。"

"而你有可能会付出生命,登山者可能会死。"

"开车的人也会死,奥古斯特。你知道你冒过多少风险吗?每年夏天在高速公路上行过的那成千上万的英里数?人们在公路上可能会死,但是开车的人看着我所做的却说:'哦我的天哪,你可能会死。'但是然后他们坐进自己的车里开走了,从来没有想过这个问题。有些人的时速是八十英里,有些人甚至连安全带都不系,不是因为那真的更安全,而是因为它感觉安全。因为他们习惯那样了。我敢打赌如果我们能列出一些可靠数据的话,我们会发现,比起我在到约书亚树以后,因为在三四十英尺高的岩石上攀岩失足而死,我死于开车去那里的可能性要大得多。但是你还是不会对我说:'塞思,拜托。不要上那辆车,它太危险了,你可能会死。'"

"不,我的确不会。"奥古斯特说。

但是这并没有改变他对当下情况的感觉。

"所以你理解了?"

他差点说了不,只是一个断然的不。但是他说出口之前止住了,把它变成了更具支持性一点的话。

"我在努力去理解。"

第五章
存在的理由

奥古斯特睁开双眼,透过房车的窗户向外看去,这里是锡安。他并不是在某种程度上不知道会这样,只是在睡梦里他忘记了。

他抬头看见亨利在厨房里做早餐,而塞思不见了。这和他过去的八天或九天里睁开眼睛所看到的一模一样,几乎从他们开始旅行后就是这样,亨利烧饭,塞思不在。

"这里似曾相识得很。"奥古斯特指着窗外的景色说道。

"当然。"亨利回答道,他好像一半在那里,一半在别处。

"连棉白杨绒毛乱飞的样子也是,就和八年前一样,每个细节都一样。"

"除了我不再害怕。"

"你在我们到锡安的时候还害怕吗?"

"很害怕,对。"伍迪坐起来,去讨亨利正在抹黄油的面包。亨利忽略了它。"我想知道你管那个东西到底叫什么,那个棉白杨的绒毛。你是个科学家,奥古斯特。我觉得你会知道那样的东西。"

"科学老师。"

"有区别吗？"

"我会说有，也许他们就管它们叫棉白杨种子。塞思在哪儿？"

"已经走了。"

"我醒来的时候他总是已经走了。他不会已经在爬那个大山了吧？"

"不，他在找其他无保护徒手攀岩的人，或者一个会让他加入的团队。因为你对他抱怨了无保护的问题。"

"哦，好吧，不过那很好，对吧？"

亨利没有回答。

"有时候你会变得很安静，"奥古斯特说，"而那意味着一些什么，那似乎和你不想回答的问题息息相关。"

亨利把两个鸡蛋打到煤气灶上的煎锅里，小心地避免打碎蛋黄。他保持沉默。

"肯定或者否定。"奥古斯特说。

"我不喜欢告诉人们要做什么。"

"如果他们问呢？"

"我还是不喜欢那样。"

"如果他不是一个人去的话，难道不会更好吗？"

"我不知道，也许吧。但是我觉得那就是他为什么总是在你起床前就离开的原因。你对于他爬山的事太苛刻了。"

"那只是因为我在乎。"奥古斯特说。

亨利没有回答。奥古斯特想知道他的沉默是否和往常一样意味着一些什么。

他望向窗外高高的岩壁，棉白杨树挡住了他看岩壁的部分视线。他嗅着早餐的味道，听着河水的流动。

"我希望他能谨慎地选人,"奥古斯特说,几乎像是对他自己说的,"那可能会比他独自去还要危险。如果跟错了团队,跟随了某些想要爬得很快或是对系绳子不够小心的人的话,"他一边说,一边重复着从塞思那里学到的一些登山术语,"或者是安装攀岩硬件的问题。如果他们的装备很旧、不可靠的话,我希望他知道那有多重要。"

奥古斯特抬头看向亨利,他正在盛早饭。男孩在咬嘴唇。奥古斯特突然觉得,这似乎有点像他自己在咬舌头①。

"你又来了。"奥古斯特说。

"我不喜欢告诉人们要做什么,奥古斯特。"

"为什么你就不能告诉我你的想法呢?"

奥古斯特坐起来,将枕头放在背后支撑自己,亨利给他递来早饭。他看着男孩端着食物坐到沙发上。但是亨利没有吃,他只是看着它,好像该由食物跨出第一步。

伍迪挨在亨利身边,摇摆着,但是亨利没有让它停下。奥古斯特尖声叫了伍迪的名字,小狗便羞愧地跳了下来。

奥古斯特正要开始觉得亨利不会再回答了,不会再说他在想些什么。但是奥古斯特错了,大错特错。

"我只是很高兴他去得早,奥古斯特。那就是我的想法。我很高兴他不在这儿,不用听你说那些。你知道那会给他带来什么感觉吗?塞思爬山已经八年了,奥古斯特。八年。从他十二岁起,你不知道他对此有多了解。你跟他讲那些话,好像你知道那些风险,而他不知道一样。他了解关于爬山的一切,包括哪里可能出问题。你不知道他为了降低风险有多努力。他对此做了研究。但是当你说那样的话的

---

① 咬舌头(bite his own tongue)有"保持沉默、忍住不说"的意思。

时候，你把这一切都从他身上抹去了。好像你看到他所做的，而那看起来很危险，于是你开始说他，就像他不知道一样。如果是其他人，他可能只会摇摇头走开。但是他是如此崇拜你，这对他来说真的很艰难。这会伤害到他，奥古斯特。"

然后他突然就停下了，把脸背过去，看向窗外。没有人说话。没有人吃饭。奥古斯特感觉他好像突然没了胃口。

"对不起。"亨利说。

"是我问的。"

"我不喜欢那样和人讲话。好吧，我压根就不喜欢和人讲话，除了你，我喜欢和你讲话，但不是像那样。"

那天早上晚些时候，奥古斯特和亨利带着伍迪慢慢地散了一小会儿步，他们在游客中心停了一点时间。奥古斯特和伍迪坐在长凳上，亨利则进去张望了一番。

奥古斯特看着身着登山服的男男女女带着小背包和登山杖乘上大巴，他感觉心情低落。亨利及时地重新加入了他们，然后他们一言不发地沿着河边的一条泥泞小道走回他们的营地。塞思已经回到营地了。他带了一个朋友，一个年长几岁的男人，头发乌黑蓬乱，只穿了短裤和运动鞋。他的体态轻盈而结实，胸腔很窄，但是显然身材很好。他的皮肤因为长时间的阳光暴晒而变成了古铜色。

他和塞思正在整理数量惊人的装备，它们被小心翼翼地摆在它们面前的野餐桌上。有绳子和硬件、几打登山扣、几束尼龙带和装备袋，有其他一些奥古斯特从没见过的装备。奥古斯特不知道其中大多数的名字或用途。它们整齐地排列着，占据了桌子的全部。

亨利凑近对奥古斯特的耳朵说悄悄话："我敢打赌你不知道爬山

有这么多装备。"

"奥古斯特！"塞思说道，脑袋突然抬了起来。他听上去充满活力，喜悦得几乎不自然。"这是道恩。"

奥古斯特小心地倚在左拐上，将另一只拐杖靠在他的右腿上，然后和那个年轻人握手。

"他的登山同伴得了流感。"塞思接着说道。

"也许吧，"道恩说，"也可能他想好好看看月华拱壁。"

奥古斯特注意到塞思微微抽搐了一下。道恩继续整理并清点装备，而塞思则把奥古斯特拉到一边。

"请不要在道恩面前讲任何登山不好的话。"他说。

奥古斯特意外地感到被刺痛了。他想知道亨利在那个早上以前已经沉默了多久，犹豫着是否要替他哥哥说话，事情是否比他说出来的更糟糕。他想知道塞思的意见是否只是他所做的这一切的冰山一角。

"我本来就不会说。"他说。

"嗯，很好。谢谢。"

但是这也许不全是真的，奥古斯特想。他也许会说的。他再也不确定了。

"月华拱壁？"他问道，"我以为你要去爬天使降临之顶。"

"是啊。差不多，"道恩说，"它们就在隔壁。"

"我们依然可以沿着天使降临之顶小道去远足。"塞思补充道。

"那么你们什么时候出发？"

"今晚，最后一班车。"

"不是早上吗？"

"不，那是所有人出发的时候——早上第一班车。我们今晚会出发，借月光和头灯爬山。从支撑物来看是安全的，但是如果路线太难找的话，我们可能不得不停下露营。在这件事上你得放我一马，奥古斯特。我们的计划是二十四小时不间断地爬。但是很多事情可能会改变这个计划。我们可能会困在我们无法超过去的其他队伍后面。我们可能会在黑暗中迷路。你得接受我们可能要离开两三天……甚至更久……但那不意味着我们有事。"

奥古斯特艰难而不自然地咽了咽口水，嘴巴突然感到干涩。他觉得那听起来艰难又可怕，要坐在房车里两三天，试图去接受，去信任。

"好吧，"他说，觉得自己听起来很弱，"也许我们明天会乘大巴去看看是否能看见你们。"

塞思正在把硬件系到一条尼龙带上，而奥古斯特想知道，那是否是他不肯和自己对视的唯一原因。

"唔……"过了一会儿他说，"我们要去的地方太远了。"

"我带着超级变焦相机。"

塞思扣上带子，把它扔回了野餐桌，发出了巨大的叮当声，然后他拉住奥古斯特的胳膊，带着他绕到房车的后门。

他轻声地说："不要误会，奥古斯特。但是……请不要看，拜托。那看起来比实际上要可怕，尤其是你不怎么了解登山的话。我感觉……如果我想到你在看的话……我会……我会从你那里得到紧张的感觉。好吧……并不是紧张……但是是负面的，好像有一种我可能会感觉到的紧张。我的意思是，我知道我不会真的感觉到它。我只是担心我会去检查身边是否有这种氛围，因为我会想，自己会不会感觉到它。我会担心你是否担心。每爬一步，每抓一个岩点，我会想的不是我在做什么，而是你会怎么看我正在做的事情，而且我担心那会让我分心。拜托就让我在没有人看的情况下攀岩，好吗？"

"当然,是啊。当然,塞思,可以。"

然后在接下来的一两个小时里,奥古斯特一直在听两个年轻的登山者用一种听起来像外语一样的语言交流。对话里时不时会出现英语,但是充斥着方言,就奥古斯特的理解,那似乎就像俄语或斯瓦希里语一样。

奥古斯特一边听,一边想知道自己是否如他希望的那样掩盖住了他受伤的感觉。

"我正要来找你,"当奥古斯特慢慢地走回房车时,亨利说道,"我发誓我正打算跳上大巴去搜找公园里的每个角落。"

奥古斯特想要理论,但是他太累了,就连走路都累。他注意到那个叫道恩的年轻人已经走了,出于某些他不太确定的理由,他感到略微轻松了一点。

"扶我进去,拜托。"他说。

塞思无意中听到了,便过来,然后他们站好自己的位子,帮助奥古斯特走上后门的三级台阶。他们一人一边,手臂牢牢地伸向奥古斯特上臂下面的支撑,直到扶好为止。

"拿着我的包。"他说道,然后把它递给塞思。

塞思把它放到地上,然后他们迅速地把他扶上台阶,几乎太迅速了。车里很凉爽,空调风很大。奥古斯特叹了口气坐到沙发上。亨利立马递给他一塑料杯的水,好像为了最快递给他而排练过这个动作。

"我不在公园里,"他慢半拍地对亨利说道,"我在镇上,斯普林代尔,我乘大巴进了斯普林代尔。"

"可为什么一个人?"塞思问道,"有点吓到我了。"

"我可以一个人去别的地方。"

"我知道,但是为什么?为什么你不想我们去?"

"我在寻找某些东西,我只是想一个人找。我给你买了点东西。"

塞思环顾四周,好像奥古斯特肯定是在对亨利说话似的。"谁?我?"

"是啊,你。那个包在哪儿?"

"哎哟。落在外面了。"

塞思猛地冲出车门,拿着包回来了。他掸去上面的红土,然后把它递给奥古斯特。

"不要给我,"奥古斯特说,"我告诉过你这是给你的。"

"哦。对。"

"但是在你打开它之前……"每样东西似乎都静止了。每个人也是,就连伍迪也不动了。奥古斯特斟酌着要说的话。说实话,他对于这份礼物有些异常的不自然,对他自己也不太自信。这份礼物要么很棒,要么很糟;这要么是他做过的最好的事,要么就是最坏的事。但是考虑到这些选择,他不知道自己是否连尝试都不想。"我还有发票。所以我真的想让你告诉我这是不是你想要的东西。如果你还是觉得那会让你分心的话。那不会伤害我的感情……"

好吧,其实会的,奥古斯特想,*会有一点*,但是他还是希望塞思告诉他实话。

塞思注视着那个包。

"哦,酷,"他说,"头盔摄像头!"

"如果你不喜欢它的话,你不用说你喜欢。"

"不,这礼物很棒,奥古斯特。这些真的很酷。我看过一些视频,里面登山者就戴着这些。它可以近距离拍摄,超级近,身临其境。你每次低头的时候看到的景象都会拍进相机里,包括那些每次只凭感觉摸索的抓握点。但是，哥们儿，奥古斯特。这些东西很贵！你觉得我为什么没有呢？"

"我也有信用卡。"奥古斯特说。

"天哪，谢谢，奥古斯特。"

"我只是觉得……我真的想看看你做什么，塞思。但是你不让我看，这个我想我是理解的，因为就这件事而言，我似乎是紧张的那种人。但是我想如果你在开始爬山以后打开这个，我事后就能看到你做了什么，当你回来以后。而且我不必紧张，因为你回来了。但是如果你觉得这个会很重或者很累赘的话……呃，它的重量连三盎司都不到，不过——"

"奥古斯特。"塞思打断道。

"什么？"

"请不要再为此道歉，这是份好礼物。"

"真的？"

"这是份好礼物。"

然后他俯身靠到沙发上——奥古斯特坐在那里——给了他一个尴尬却真诚的拥抱，好像磁铁的两极一样。塞思已经回避他好多天了，但直到塞思终于重新回到他怀里的时候，奥古斯特才意识到他回避了多久。

"我们今天应该乘大巴去锡安峡谷。"奥古斯特说。

早上，奥古斯特起床洗过了澡，穿好了衣服，亨利则在洗早餐用过的盘子。

塞思前一天晚上九点就走了，去爬山。不管他试图想什么或说什么，这个事实都无情地存在于奥古斯特的脑中。

亨利没有回答，奥古斯特便说："就像过去那样，像我们八年前所做的那样，爬上哭泣岩，也许还会走一小段河道。我们得看我能走多少。"

还是没有回答。

"亨利，你又要做那样的事了吗？"

"哪样的事，奥古斯特？"但是他说得好像他知道是什么事。

"就是你因为不喜欢告诉别人该做什么，所以什么都不说的样子。你不喜欢那样和别人讲话。"

"我压根就不喜欢和人说话。"

"但和你说话的人是我。"

"我想知道这是不是你打破不去看塞思爬山的承诺的方式。"

"好吧，我们也许会看到一列蚂蚁似的人沿着那大大的岩石墙往上爬，但我们不会近到看见哪两个是塞思和道恩。"

"你告诉过他你可以用用你的超级变焦镜。"

奥古斯特叹了口气。当亨利说他观察了一切，参与了一切，只是没说话的时候，他说的是实话。但是奥古斯特在强迫他说，所以他说了。

"告诉你吧，"奥古斯特说，"只有广角镜，而且不是为了拍月华拱璧。你可以监督我。"

"说真的，奥古斯特，为什么你想要这么做？"

"因为我今天有点紧张，我感觉我好像只是在等塞思回来，如果我们只是一直坐在营地什么也不做的话，这一天会变得太过漫长。"

"好的，好吧，"亨利说，"可以了，我们走吧。"

"你一直在张望那里。"当他们乘大巴车沿着狭窄而曲折的红岩路驶过天使降临之顶和月华拱壁时，亨利说道。

"我猜是的，那算欺骗吗？"

"我不知道。"

"可那是那么大的一面岩壁，而且……那么垂直。"

"事实上，它比垂直还要糟糕一点。它在某些地方是微微外悬的。或者……等一下，也许没有，也许我把它和酋长岩的岩鼻路线搞混了。但是他这趟旅行里要爬的一座岩壁是有些外悬的地方。"

"哦，好吧，谢谢。我现在感觉好点了。"

"奥古斯特，你要记住的是，塞思爬过很多像那个一样的大岩壁。这对他来说不是什么重大而特别的第一次。这只是你第一次在他做这个的时候知道他在这么做。"

他们沉默地坐了一会儿车，听着大巴司机播报景点和停靠站。

"你这么说是想让我感觉好点吗？"奥古斯特最后问道。

"我想至少不会让你感觉更差。"亨利说。

在通向哭泣岩虽短却相当陡峭的路上时，亨利拿着奥古斯特的一只拐杖，奥古斯特则将一个手臂伸到男孩的肩膀上。他可能将自己的一大半重量都压在了亨利身上，但亨利似乎不介意。

"这真的唤起了回忆，"亨利说道，"不是吗？"

"当我们来这儿的时候你还害怕吗？"

"是的。"

"怕我？"

"怕你，对，但是也害怕其他所有的东西。"

"你是什么时候开始不再怕我的？"

"当你背着我沿路爬向天使降临之顶的时候。"

他们又沉默地走了一会儿,然后站到了滴水的岩壁下,靠在栏杆上往外看去,就像细雨绵绵的日子里,站在干燥的门廊,透过雨水看出去一样。亨利没有把头伸到落下的水里。

"你也要去读大学吗?"奥古斯特问。

"不确定。"

"什么会阻挡你?"

"我没有塞思那样的成绩。没有人有塞思那样的成绩。我可能拿不到那样的全额奖学金。"

"为什么不去社区大学呢?"

"我住的地方没有社区大学。最近的一所大概来回也要九十英里的车程。我不知道我到哪里去弄到好车和油费。而且,等我十八岁以后我想搬走,我想离开。"

奥古斯特倾身,透过岩石上的眼泪望出去。他突然想知道伍迪独自在营地是不是伤心,在这个地方总是会好奇这个问题。和他们一起站在哭泣岩下的另一对登山者开始往下走了,这让奥古斯特感觉好像他和亨利拥有了这个公园,能够独自享受这一切。

"那么,去有大学的地方吧。"

"是啊,但是……食物、租金、车、汽油。我不知道如果我一边工作一边自己支付的话,我是不是承担得起上学的费用。也许我可以,但是那听起来很可怕,很大一笔钱。"

奥古斯特点点头,然后他们不情愿地开始下山往巴士站走,缓慢而犹豫地,大部分的重量都来自奥古斯特那边。

"我是不是把太多的重量压在你身上了?"

"不,完全没有,没事。"

"但我比你重多了,一定很累人。"

"就像背着一个孩子爬上天使降临之顶的童子军观望台那样？那种程度的累人？你做了你的那部分，现在轮到我感到累了。"

他们停下来，把背靠在河道边凉爽而潮湿的岩壁上，只看着水的流动，任由人们经过。

奥古斯特知道他正进行着过多的运动，但是不管怎样他很想这么做，他会疲惫，但不会死，而且也许疲惫对他有好处。

"我在圣地亚哥住的地方附近有一所社区大学，"过了一会儿他说道，"好吧，不是非常近，大概十五英里。但是我们有公交车，那样出行很便宜。"

一阵漫长的沉默。

然后亨利说："你是在邀请我上大学以后来和你同住吗？"

"是的，我猜我是这个意思，如果你愿意的话。"

"这是一项很大的邀请，奥古斯特。你确定不要想一下吗？"

"没什么好想的。能和你在一起我会很高兴。但是你爸爸不会太喜欢这样。"

"一旦我到了十八岁，"亨利说，"他喜欢什么和他不喜欢什么就没什么区别了。"

第六章
粉白的手

黄昏下,亨利和奥古斯特一起坐在舒服的折叠椅上对着篝火,等待着。晚上八点了,距离塞思回来的最早时间还有一两个小时。奥古斯特可以假装在做很多事,比如休息和说话。只是他不能替亨利说话。但是他内心里在等待,一边等待,一边为多出来的几天做好准备,把他的生物钟调成四十八个小时。因为他宁愿做最坏的打算,然后收到惊喜。

好吧,不是最糟的,只是从时间上看是最糟的。他不愿去想真正最糟糕的情况。

奥占斯特一只手几乎落到地上,抓了抓伍迪肩胛骨中间的地方。亨利开口吓到了他。

"所以,在旅行的最后我要再问你一次,以免你从现在开始到那之前改变主意。"

"问我什么?"

"你是否真的想让我在你房子里住四年。"

"我不会改变主意的。"

"我还会再问的。"

伍迪开始拉紧皮带,发出呜咽声。奥古斯特只是以为它闻到了家畜的味道,他甚至都懒得去看。

"嘿!"亨利说道,"塞思提前回来了!"

奥古斯特试图一跃而起,但是失败了。他的喜悦和慰藉将他脑子里其他的想法都排除了,包括最近他没法再站起来的事实。

塞思摇摇晃晃地朝营地走来,看起来好像走不了剩下的二十步了。他没有穿着短袖,他的短袖系在腰间。他那裸露的胸和腿看起来被严重晒伤了,而且染上了尘土和汗水。他的头发因为头盔和汗水而贴在脑袋上,就那样干了。他的手上结着镁粉末的白色。看起来有十到十五磅重的装备被小心地按顺序悬挂在腰上,登山绳整齐地卷成圈挂在一只肩膀上。他用另一只胳膊抱着头盔,送他的摄像头依然连在弹性安全带上。

他看上去好像会马上睡着,或是摔在营地的地上,但是当他遇到奥古斯特的目光时,他很高兴地笑了。事实上,比起奥古斯特记得他所见过的或是塞思自己所感受过的,他看起来高兴得更加真心。

亨利跳起来让出他的椅子。"来吧,过来吧,塞思。我再去拿把椅子。"

塞思随意地把所有的装备扔到脚下的沙地上,然后完全地遵照了亨利的指令。他没有下蹲,而是扑通坐下。奥古斯特抽搐了一下,等着看椅子是否能承受,结果显示它可以。

"你提早回来了。"

"是的,我们做得很好。我们没有堵在别人后面,也没有迷路。大概往上爬了 19 到 20 个小时,然后往下爬了几个小时。我不知道,我下来的时候数不清了。"

"那是什么新纪录吗?"

塞思爆发出大笑,他显然放下了防备。"亚历克斯·霍诺德在83分钟里就做到了这些。"

"那怎么可能呢?"

"他是亚历克斯·霍诺德。而且,他是徒手爬的。他没有上绳索。器械攀岩耗时间。"

奥古斯特不知道亚历克斯·霍诺德是谁,但是他觉得出于某些原因他好像应该知道,所以就没问。事实上,他的脑袋里堆了许多他从没问过的问题。

他问的是:"不过我猜你的时间还包括了睡觉?"

"我们没睡觉,"塞思说道,虚弱让他的话有些含糊,"我们在爬山。"

那给奥古斯特带来了更多的疑问,比如他们要是困在别的队伍后面会怎么做。就他看来,他们没有吊帐,没有睡袋,没有剩余的食物,显然他们将一切赌注都下在了速度上。但奥古斯特不知道如何说起这个问题,而且他强烈地感觉到不该说。

取而代之,他问道:"摄像头用得怎么样?"

"很好,我觉得。没有问题。我上山的时候甚至把它忘了,只有看到它投在岩石上的影子才想起来。我猜我们看录像的时候会知道。"

"内存卡用满了吗?"

"不知道。太累了,没有看。但是我一路上都在拍视频。好吧,其实是在太阳下才拍。我不想在黑暗里把内存卡用完,然后看到弱光下糟糕的视频。我想它有64兆容量。"

"那是我能找到的容量最大的卡了。"奥古斯特说。

亨利拿着第三把椅子又出现了,他还把它立好。

塞思把头盔伸向他弟弟，耐心地等待亨利注意到。"亨利，帮我个忙好吗？把卡片从这里面拿出来，然后上传到我的电脑上。"

"你不要先睡觉吗？"奥古斯特问道。

"不。太累了。我不想动，但我也不想睡觉。我想看看我在那个头盔摄像头上都拍到了什么。"

"我也是，"奥古斯特说，"既然我知道你是安全的。"

"那么，"亨利刚走塞思就说道，"你从我爸那里收到的信息和我从他那儿收到的一样糟糕吗？"

奥古斯特的胸口突然一凉。"我没有从你爸爸那儿收到过信息。"

"唔，那有趣了。他说他每天都给你打电话。家里电话和手机。"

"我甚至连信号都没有。"奥古斯特说。

"对，没错。我的手机可能也只有我爬得很高的时候才会接收信息。"

"所以他说了什么？"

"他说他每天都给你打电话，还说每次你没有接电话也没有给他回电话的时候，他就越来越确定你也在这次旅行中。"

"哦，"奥古斯特说，"我们要怎么办呢？"

"不知道。"塞思说。

临近九点，塞思意外地依然清醒着。他们在房车里弓着背坐在餐桌前看那个视频。亨利站在他们身后，一只手搭在奥古斯特的肩上以保持平衡，往前倚靠，越过他们的脑袋去看视频。

一开始拍得很好。道恩爬了 25 分钟的岩壁，这美好的画面是从下面看到的。奥古斯特感到有点害怕，因为岩壁是那样的笔直，而道恩爬山的时候就在塞思头顶上方。他忍不住想知道道恩要是掉下来会发生什么。他会在往下掉的时候把塞思带离岩壁吗？

然后又一次，他猜想那就是道恩每爬几十英尺就会小心地放好工具并把他的绳子缩进去的原因，就是为了防止这样的意外发生。奥古斯特想知道爬山工具在掉落时是否总是有用，还是只是通常有用。

他扭头瞥了一眼，去看坐在旁边的塞思，好像是为了提醒自己塞思已经不在岩壁上了。塞思回了一个虚弱而疲惫的微笑，也许还有一点尴尬。

"他没有一直爬在前头吧？"亨利问道，听起来不耐烦了。

"没有，我们打算交换着来。事实上……在这附近的某些地方我把相机关了，这样我才能确保能拍到我在前面爬的一些画面，就在……"

过了几秒，视频画面突然从一个场景切换到了另一个。塞思正为了拿到某个工具而低头看着他的安全带，奥古斯特一直没看清是哪一个。摄像头跟着他一起往下拍摄，而奥古斯特发现他扫到了塞思裸露着的胸，从那个角度看过去，他的腿和脚显得奇小无比，好像它们很难在岩石上支撑住他，他在足足有五六百英尺高的垂直岩壁上，而下面就是谷底。

"我的天！"他人叫道，吓到了两个男孩，"哦，对不起，我没准备好，这让我的胃翻江倒海。"

"是啊，呃，坚持一下，奥古斯特，"塞思说道，"从这儿开始越来越吓人了。"

奥古斯特真的抓了下桌子，然后把视线转回屏幕上。摄像头打开了，朝岩壁上拍摄。它看起来真的非常垂直，微微外悬，但是那可能只是角度问题，奇怪的广角镜角度。塞思每次往上爬一步，看起来就像他要到达岩石的边缘似的。然后，当他再爬上去的时候，好像刚才的效果像幻觉似的,但那是可怕的幻觉。

他看到塞思的手又一次出现在画面中,手上因为沾了镁粉而变白。他看着塞思吹了吹手,把手靠在岩石上拍打,从而掸去多余的镁粉灰。然后他的手像是凭感觉似的往上够到岩石里的一块缝隙。缝隙里的支撑物在塞思还未碰到它以前就已经泛白了。奥古斯特猜,这是别的登山者弄的。然后,在只靠手指嵌入那小小支撑物的情况下,塞思爬上去了。

不知怎么的,奥古斯特没有料到那样的情况。他以为的画面更像是塞思牢牢地抓在绳子上靠绳子往上爬,但是整根绳子都在他下面,放在那里只能在他下落时帮他减速。它没有把他固定在岩壁上,没有任何外物帮助他抓住岩壁。当他从谷底上下攀岩几百英尺的时候,只有那些抹了镁粉的手指支撑着他。奥古斯特开始感到呼吸困难。

摄像头又往下拍了,它扫过了塞思裸露的胸和腿,于是奥古斯特紧紧地闭上了双眼。当他再次睁开眼睛时,塞思正在用手把一块攀岩装备放到岩石缝隙里去。那上面绕了一圈一圈皮带,还夹了某种悬挂着的东西,塞思粉白色的手伸过去把绳子夹在上面。但是他只是把它松松地固定在裂缝的两面之间。奥古斯特以为塞思会将它旋紧或嵌好,相反,他只是用力拉了拉它,然后继续爬山。当塞思把他的体重都压上去的时候奥古斯特倒吸了一口气。

"那个看起来根本支撑不了你!"

"放松,奥古斯特,它会拉长。"

"哦。"

"如果它没拉长的话,我就不会在这儿了,对吗?"

"哦。对。"

奥古斯特沉默地看了几分钟，决定克制住自己的吸气和叫喊。

他可以在视频里听到塞思喘气的呼吸声，这让他自己的呼吸变得愈发艰难。因为塞思在那岩壁上看起来是那样的毫无选择，而观看这个让奥古斯特感到恐慌。他可以听到塞思呼吸里的疲惫，当他将自己往上拉时因努力而发出的咕噜声。他看着那只白色的手看起来疲惫而绝望地摸索着抓手，或者那可能只是奥古斯特自己的解读。

这看上去疲惫得令人那样害怕，看上去那样艰难，但是塞思能做什么呢？你不会想要从那样的岩壁上往下爬的，他想，一边思索着这个夏天他开始学到的术语。奥古斯特想知道如果塞思不想继续的话，他能否放弃并沿绳子下降。但是塞思当然没打算这么做。奥古斯特突然感觉完全没有空气进入肺部似的，而且仿佛要呕吐了。

"我需要空气，"他吸了一口气，"我需要到外面去。扶我出去，拜托。"

当两个男孩都扶着他冲下后门台阶的时候，奥古斯特能听到录像里吃力的喘气声消散了。匆忙之中，他们几乎都要无法控制奥古斯特了。他往前倾，以为自己会脸朝地摔在地上，但是男孩们抓住了他。

"给他一点水。"塞思对弟弟说。

然后他帮助奥古斯特走到一把折叠椅那儿，让他坐在即将熄灭的篝火前面。奥古斯特仍然觉得他可能要呕吐，所以他把脑袋埋在两膝之间，等待这种感觉消失。当他再次抬头看时，塞思正带着微微不满的表情看着他。

"所以我猜你真的不想看到我做了什么。"塞思说。

"我以为我想看，但是现在我觉得我要恐慌发作了。"

"奥古斯特，我就在这里，你知道最后发生了什么。"

"但我还知道你打算一直这么做。你真的非要一直这么做吗，塞思？这就像自杀一样。我觉得自己好像在看你自杀。"

而塞思终于感到睡意全无、精疲力竭，突然发起火来。

"你怎么能那么问我呢，奥古斯特？为什么你会问出那样的问题？还对我说那样的话！这不是自杀！我很小心！我做得对，而且我对此很擅长。你没有权利管那叫自杀！你要知道那对我意味着全世界！你只是不想让它那样重要！你只是不想相信，任何需要体力的活动可以对一个人那么重要！因为你不能再做体力活动了！"

奥古斯特无助地看着亨利飞过他的椅子，用自己浑身的重量朝塞思的胸口打去，把塞思的椅子都打翻了。奥古斯特看着塑料水杯掉下来滚过去，水快速地浸透了沙地。

"你永远都不许那样对奥古斯特说话！"亨利大叫道，"他是奥古斯特！你永远都不能那样对他说话！永远！"

亨利是在塞思和折叠椅上方说这些话的，而塞思似乎没法起来。也许他太累或太吃惊了，也许亨利把他体内的空气都拍掉了，以至于他无法呼吸。

天知道奥古斯特依然没法呼吸。

"你们那儿能小点声吗？"他听到隔壁营地的一个帐篷里传来男人的叫声。

"亨利，"奥古斯特轻声说道，尽可能地冷静，"停下，让你哥哥自己待着。让他起来。"

亨利没有让塞思起来。

"你要向奥古斯特道歉。"亨利用更具指挥性的声音对他哥哥说。

"不。就让他起来吧,亨利。他不需要道歉,他说得对。"

亨利跌跌撞撞地起身,焦灼地朝奥古斯特投了一眼,好像奥古斯特彻底地背叛了他。

"好吧,他有一部分说得对,"奥古斯特纠正道,"现在我真的很难将爬山称为一生中最重要的追求,当我在通往哭泣岩的路连半里都几乎爬不了的时候。"

塞思摆正了他的椅子,撑着椅子让自己爬起来,上气不接下气。"对不起,奥古斯特,"他说道,"真的对不起。我太累了,不知道自己在说什么。我甚至不该讲话的。"

"不,不要道歉,"奥古斯特说,"你是对的。我表现得像个混蛋。"

沉默和静止笼罩了漫长而尴尬的一刻。

然后亨利说:"我再去给你拿杯水,奥古斯特。"

"不用,没事,"奥古斯特说,"我觉得这个状况让我缓过来了。我感觉不会再想要呕吐了。"

亨利内心很慌乱,但他一言不发,再也没有说话。

"那么,另一部分是什么?"塞思用一根粗棍子指着即将熄灭的余烬说道。

奥古斯特为这个年轻人依然清醒、依然在说话而吃惊,他叹了口气。

"我要怎么解释这个呢?这就好像每个人在度过每一天的时候,都知道某些可怕的事情可能会发生,知道这一天可能是他们得到'召唤'的那一天。你知道我的意思,就是遗憾地告知你最糟糕的事情已经发生的可怕召唤。我的意思是,我们不会每天都去想它。但是如果我们想到它的话,我们知道它可能发生。但是我们不觉得它会发生,这似乎是人性的怪癖。之前从未发生过,所以我们断定它不会发生。其他人会得到这个召唤,而不是我们之中的某个人。但然后你收到了这个召唤,而且它看起来那样真实,你有可能再次收到,甚至也许你会再次收到。"

"我们上学期在学校里研究过那个,"塞思说道,"我们的潜意识会告诉我们,如果一件事之前没发生过,那它就永远不会发生。但如果它发生了,尤其是在最近发生的,那么潜意识就会告诉我们它会再次发生。就好像有人如果在城市的某一角遭遇过抢劫,那么他们每次经过这个十字路口的时候都会心跳加速。他们会出一身冷汗。他们有意识地明白这样的事不会因为地点相同就再次发生,但是我们脑中卑鄙的那部分会给出相反的信号。"

在回答以前,奥古斯特在黑暗中坐了一会儿。伍迪从房车里传出吠声,他们抬头看到道恩正站在他们营地的边缘。

"道——恩,"塞思说道,"怎么了?"

"我在整理我的装备,然后发现有一些你的东西。我拿了你的防护环,还有这个上升器。"他在黑暗中将其举起。

"难以相信你今天晚上一路走到这里。我以为你会想先睡觉。"

"是啊,好吧,我们要一大早出发的。这是个不错的上升器。这些东西不便宜。"

"是啊,我爸爸给我的。"塞思说。

塞思依然没打算起来。奥古斯特想知道他还能不能起来。

听到塞思的爸爸给了他一样又好又贵的爬山装备,奥古斯特的胃里有点翻江倒海。塞思的爸爸在以奥古斯特做不到的方式支持着他。韦斯在某些方面更胜一筹。

"我还没整理过我的东西,没法看我是否意外地拿了你的什么东西。"

"没关系,"道恩说,"丢了什么我都压根不会在意的。我们可能拿了对方的一些钩环。但是我的数量是对的,锁的数量也是对的,而且我们的钩环都很好,所以谁在乎呢?"

"感谢你来这儿,兄弟。不知道你哪来的能量。"

"不要担心。好好过吧。往高处爬。"

然后他把防护环和上升器放在野餐桌上,然后走回了他来时的黑暗里。

奥古斯特不知道要对塞思说什么,所以他只是说:"你听上去很清醒,甚至很警觉。"

"我知道。我自己也正对此感到讶异。那么为什么你开车的时候不会感到恐慌呢?既然那是发生过的事。"

*哦,*奥古斯特想道。*我们还在聊这个。真糟糕。*

"我不知道。我猜也许是因为我把这个怪在酒精上,是酒精和开车的结合。但我也不知道我对不对。"

"也许我们在该走的时候就会走,不早不晚,而那些概率根本不算什么。"

"我是个科学老师,塞思。"

"对。我想我最好去睡觉,奥古斯特。对不起。还是对不起。"

"我希望你不要抱歉。我觉得大部分是我的错。"他看着塞思像个疲倦的老人一样慢吞吞走过泥地,问道,"这趟旅行还有什么大岩壁吗?"

"是的,有一个,在夏天的最后,约塞米蒂,酋长岩。一些爬山的朋友会在那里迎接我。我不会一个人,或者和陌生人在一起。"

"在夏天的最后。好,那给了我一点时间。到时候我会试着做到最好的。"

塞思微笑了,但那是个忧伤的微笑,至少在奥古斯特看来是忧伤的。

第七章
要么打破

"在那里。"塞思说道,然后把车从高速公路开进了游客中心的停车场。

"所以那就是派克斯峰?"奥古斯特问道。

"对。"

"你怎么认出来的?"

"我见过很多它的照片。"

他们从车里走出来,走了几步路。让伍迪有机会伸伸腿,小个便。

奥古斯特惊讶地发现在六月,派克斯峰和周围的一些山上还有雪。但也许他不该大惊小怪的,因为它有一万四千多英尺高。

"但不是爬上去吧?"奥古斯特问。

"不是,有一条一路通上去的小径,要走很长的路。"

"你要走几英尺的高度?"

"唔。确切的记不清了,大概有十二英里七千英尺多。"

"一天里走这些算很多了。你要在一天内完成这个吗?"

"如果没有什么意外的话。"

"那真的是很长的路。但是，我还是……可以理解。我可以理解在疲惫不堪的一天里想要跋涉十二英里七千英尺多的感觉。"

沉默。两个男孩都沉默。奥古斯特想知道这是不是那种沉默，意味着他们在隐瞒什么的沉默。他还想知道自己为什么那么想要区分不同的沉默。

"事实上，我希望我能理解。"他补充道。

但是他一直没得到回应。

两天后他依然没有得到回应。

亨利和奥古斯特在早上十点的时候从科罗拉多温泉的房车营地驶出，亨利非常出色地驶过了那些陡峭狭窄、曲曲折折的街道，来到派克斯峰齿轮火车站。这里和登顶远足者们的出发点完全是同一个地方，在六月的正午，这里因游客而充满生机。车子挤满了街道两边的小小的停车区，让车道变得很窄，几乎无法容下这辆大房车，但是亨利保持着冷静。他开得很慢，时不时让奥古斯特确认右边是否是空的，而当成群结队的人穿过那些狭小的空隙时，亨利只是停下来让他们过去，看起来一点都不担心他后面的司机会失去耐心。没有人会按汽车喇叭。

当他们终于开进一个大停车场的时候，一个火车站员工示意他们上山去第二个适合大型车辆的停车场，奥古斯特听到亨利呼了一口气。这是奥古斯特第一次发现艰难驾驶的压力传到了他身上。

"你留在这里，伍迪，"亨利停好车后对小狗说道，然后他熄了火，"哦不。看啊，奥古斯特。你看，当我那么说的时候，它的耳朵总是会伸长然后耷拉下来，那太悲伤了。"

"齿轮火车上不能有狗，规定就是那样。"

"我猜是的。"亨利说。

他没有费心补充说："但我讨厌让它感到忧伤。"当时这或多或少是不言而喻的。

奥古斯特试图让亨利坐火车靠窗的位子，但是他不会听。当火车缓缓上坡时，一名穿着制服的讲解员开始讲解，但是奥古斯特没有在听。亨利微微探身越过奥古斯特去看窗外的景色，即使到现在为止只有一些树。这让奥古斯特感觉离他很近，不止是字面上的近。

"我想我们可能在如何处理和你父亲沟通的这件事上犯了大错。"奥古斯特说。

"怎么犯错了？"

"呃，每天他都打电话，而且越来越抓狂。"

"我们怎么可能犯错？我们什么都没做。"

"就是这样，"奥古斯特说，"我觉得那可能就是错误所在。"

一阵漫长的沉默，很长，一直持续到他们驶到植被线以上为止。

然后亨利说："你觉得我该做什么？"

"也许要给他打电话。"

"然后告诉他什么？"

"我在想也许要说实话，既然他好像已经知道了。"

"那样不会很好。"

"也许不会很好，但也许打和不打都不好。"

亨利叹了口气，咬了会儿他的嘴唇。

然后他说："我首先想去……"突然停住了，"呃，去我们将要去的地方。如果我不能和你俩去那里的话，我发誓……我只是不能让他在那之前阻止我,奥古斯特。那对我太重要了。"

奥古斯特点点头,没有说话。

"我的意思是,除非那更像是……你懂的……命令……我得给他打电话,而不是建议。"

"那不是命令,"奥古斯特说,"更像是个问题。我真的不知道怎样是对的。我只是一直感觉到这样不对。"

"哇哦,"奥古斯特在慢慢下火车的乘客队伍里等待的时候说道,"你真能感觉到这空气有多么稀薄。"

"你还好吗,奥古斯特?"

"我觉得还好,只是这让每一步变得更加艰难。"

"来,把你的手臂绕到我的肩膀上。"

奥古斯特几乎出于习惯地开始反对,然后他又闭上了嘴,靠在亨利瘦削却坚实的肩膀上。然后他们出发迈向山顶上的块块积雪和寒冷。

"我好久没有感觉到冷了,"亨利说道,"所以这条小路通到哪里?它的顶在哪儿?"

"不知道,"奥古斯特说,"我们得进去问一下。"

"你站在这里看风景,我去问。"

奥古斯特小心地支好拐杖并环顾四周。那辆长长的红色火车几乎占据了他一半的视线。山峰看上去就像月球表面一样满是岩石,一片荒凉,好像无人居住的不毛之地。但是如果他扭头的话,他会看到身后有一家饭店和礼品店。所以他没有转头。

他望向天空。那是最令人称奇的蓝,明亮而均匀的淡蓝。几片朦胧的云看上去像被人拉长了的棉花糖一样。

他朝远处看去,看到了山脉、绿谷和湖泊,也许甚至还有科罗拉多外的几个州。他听说过,在晴天,你能从派克斯峰的顶峰看到几个州。远处的云看起来更暗、更凝重,也许预示着一场典型的山间午后雷暴雨的开始,但是还要过很久。

塞思是个很强的背包客,他能做到的。

奥古斯特闭上双眼想,这是个美好的夏天、一个充实的夏天。有很多不错的第一次。这很好。因为这是最后一次。

他们坐在一些岩石上——这些岩石用来坐的话有点太低了,接近他们敢到达的悬崖边上,然后任由载他们上来的火车向下驶去。他们在等待塞思来。

"从这里真的看不到山路。"奥古斯特说。

"看不到,但是当他走到这儿的时候我们应该看得到他。他们说越接近山顶路就越粗糙,看起来不像是条路,更像是找个好地方能抓着上来。但是他们说大多数背包客都是上到这里来的。我们会看到他的。"

"我饿了,"奥古斯特说,"但是见不到塞思我不想吃东西。"

"我也是。"

奥古斯特闭上眼睛,把自己身上的夹克衫裹得更紧了。当时不到四十华氏度,而风一直试图穿透他的衣服。

"希望他能战胜暴雨。"奥古斯特说。

亨利用一只手护住眼睛挡住阳光。"这是条漫长的路,"他说,"塞思完全知道会在中午以前到达这里。他清楚地知道会被暴风雨吓到。你觉得他为什么会在凌晨三点的时候上路呢?"

他们沉默地等待了几分钟,奥古斯特抱住自己来抵御严寒。

"今天我很嫉妒塞思。"他说。

这句话伴随他们在山顶萦绕了一会儿。亨利没有回答。

"我俯视那里然后想：'我的天啊。多大的工程啊。在你面前有一项那么艰巨的任务，还要在一天全部完成，那么多小时的跋涉。'然后我却开始嫉妒他。因为我知道当他吃力地往上爬最后一步的时候，他会有怎样的感觉。我完全理解这样的挑战。我希望他能多做些这样的运动，少弄些吊在陡壁上的事情。我一直想知道为什么这样程度的冒险和挑战还不够。"

亨利陷入死寂。

"告诉我你在想什么。"奥古斯特说。

"奥古斯特，你是否理解这些应该是无关紧要的。或者说不管这对你而言是否足够是一项挑战。这是塞思的梦想，不是你的。而且我真的希望当他上来到这儿的时候，你不会对他说任何像那样的话。"

"哦，"奥古斯特说，"对。我又这么做了，是吗？我有的时候甚至意识不到我那么说了。它们就在那儿，而且如果不是你指出来，它们看起来如此自然、如此正确。"

"我真的为菲利普的死感到抱歉，奥古斯特。你知道我是这么想的，但是那不意味着塞思会死。"

奥古斯特还没来得及张嘴回答，就被身后的声音给吓到了。

"你们俩在这儿做什么呢？"

这突然的袭击差点把奥古斯特吓得掉出岩石。他转头看到塞思站在他们身后的山峰上，背包挂在肩上。他看上去很放松，完全没有上气不接下气。

"我上到这里来了，"塞思说，"在两个多小时前。我一直坐在餐馆里等你们。我饿了，来吧，我们去吃点东西。"

在他们一起上火车回到科罗拉多温泉之前，塞思让另一位游客帮他们在标示前面拍了合影。派克斯峰的标志说明，他们站在了海拔14 110英尺的地方。

密布的乌云之下，奥古斯特没有拄拐地为照片摆着造型，两只手臂分别搭在两个男孩的肩上。他对于拍完的照片有两件事想知道。他想知道像塞思那样爬到海拔14 110英尺的地方看到这个的感觉有多么不同，而不是坐在塑料的火车座椅上被拉上斜坡。他还想知道，在未来的若干年里，当他的整个夏天只能在家度过的时候，看到这记录此刻的照片，会让他感觉好一点还是更加糟糕。

第八章
真　相

奥古斯特一醒来就发现自己在车子的副驾驶座上，天很黑，而塞思正在开车。他开了一天的车，赶着时间。但是赶时间去哪里？奥古斯特依然不知道。

他透过挡风玻璃看到风景飞驰而过。不管他们在哪儿，都是一片平坦，似乎没有什么人或动物居住的痕迹。

"我们在哪里？"奥古斯特问。

"堪萨斯州。"塞思说。

"真的么，堪萨斯州。"

"那听上去很意外吗？"

"是的，的确。在我拥有这辆房车的时间里——我的意思是——在我曾拥有它的全部时间里——我从来没有把它开到这么远的世界。我想，除了黄石，我从未离开过西南部。不，不是这样。我开着它去过一次太平洋西北部。"

"是啊，嗯，现在你和我们在一起。"塞思微微一笑，似乎是对他自己也是为了他自己而笑的。然后他说："下面是我想知道的。现在还是六月,我的天,你是如何让这样的旅行持续整个夏天的?我发誓我不记得了。"

轮到奥古斯特微笑了。"你太赶了,"他说,"你计划了一些活动和目的地,然后你从一个地方赶到另一个。我的速度不一样。我们有完全不同的习惯。我更多的是身处那个地方,而不是做什么。当你发现一个你喜欢的地方时,你只是待在那儿。你不必每天都要做些特别的事。你不必因为没有计划就要移向下一个地方。你露营,就是为了露营。你坐在公园的篝火边上,享受你存在于彼处的事实。"

"哇哦,"塞思说,"听起来和我太不一样了。我八年前是那样做的吗?"

"如果不是的话,就是你把它当成自己的秘密了。"

"好吧。不管怎样,我答应我们会那样尝试的,在接下来的旅途中。现在我们是有目的地在赶路。"

"为什么那么说?"

亨利从餐桌那儿冒出声音:"因为他答应我他会的。"

奥古斯特不知道自己为什么以为亨利在睡觉。

塞思说:"亨利害怕老爸会崩溃,然后去找他、报告他失踪或什么的。在我们去……这个地方之前。去那里对我们非常重要。如果亨利在旅行中会被带回去的话,他想要先去这个特别的地方。所以当我们开车的时候,请宽容一下我们吧。"

奥古斯特舒服地仰坐下去,他非常愿意忍受他们,然后让自己的双眼慢慢闭上。

他张开双眼时,黎明即将破晓。他们没动,没有在行驶。

高速公路不知通往何处,在缩成水平面上的一个点之前似乎会永远延伸下去。这个世界是平的。他们处于某个平原上,放眼望去没有房子,但时不时会有车辆从旁边"嗖"地经过,令他们的车微微震动。

奥古斯特伸长脖子环顾四周,并朝后面看去。亨利正清醒地背靠沙发,抚摸着躺在他胸口的伍迪。塞思要么在浴室,要么就不在附近。

"我们在哪儿?"奥古斯特问道。

"完全不知道。"亨利说道。

"还在堪萨斯吗?"

"我连那个都不知道。现在可能在密苏里了,不知道。我们出故障了。"

"哦,"奥古斯特说,过了一会儿又说道,"塞思呢?"

"他搭便车去寻求帮助了。"

"哦。这儿没有手机信号吗?这里如此平坦,我以为信号会很好。"

"信号是很好。他不想打电话叫拖车来,因为那太贵了。他想试着用更便宜的方式修好它。你要起床吗?你要喝咖啡吗?要吃早饭吗?"

"咖啡吧。不过我有服务俱乐部的电话,为房车车主服务的。"

"还是会花很多钱,如果你得拖好几英里的话,而且他还担心会被拖到一家店里,然后拉我们去洗车。他想找到会借他工具的人,或者租他工具,那样他就能在这里修车。这没什么复杂的,只是水泵的问题。塞思睡觉的时候都能搞定一个水泵。不这样的话,他担心修理过程会消耗我们太多的油费。好吧,是信用卡上要还的油费,然后我们会没法达成我们的大目标。"

他快速地放下伍迪,然后站在厨房里开始煮咖啡。

奥古斯特大笑起来。

"有什么好笑的？"亨利问。

"没什么，真的。我的意思是，'好笑'这个词并不恰当。我只是想起了我们的相识。你记得我是怎么认识你们的吗？"

"哦，"亨利说，"没错。"

他们坐在泥地里的椅子上，距离高速公路和他们的车大约50英尺，一边看着远处的太阳升起，一边喝着咖啡。太阳平贴着水平面，这样的角度让奥古斯特几乎能戴着太阳眼镜直视它，但是他还是没有这么做。

天色像是掺了蓝的钢铁，细细的薄云似乎从他们的头顶上飘过。这在奥古斯特看来很奇怪，因为从折叠椅的角度看，这是个完全没有风的早晨。但是在上面，云朵就像在和地球一样宽的传送带上滚动似的。

"这几乎就像是在看延时摄影。"奥古斯特说道。

"我正好想到那个！我坐在这里就在想，要是时间过得比我以为的要快会怎样。因为我们在这里坐一分钟，好像能看到云在通常一小时内才会有的移动。这想必就是你说的只是存在于那里的意思。"

"对，"奥古斯特说，"这就是我的意思。"

"只不过这是我们本没有打算要来的地方。"

"并不重要，"奥古斯特说，"我们在这里。"

他们又默默地看了一会儿天空。

然后亨利说："我得出结论了，我爸的事你说得没错。我至少应该尝试告诉他真相，否则的话我觉得他会因嫉妒做一些卑鄙的事，但如果我说这是卑鄙和嫉妒的话，他会说不是，这是因为我对他撒了谎。他会利用这一点反过来责备我，责怪我的错误。"

奥古斯特想知道，亨利的新结论在多大程度上取决于目前无法赶往他们的目的地。他等待亨利可能会再说些什么。

"你一言不发，奥古斯特。"

"我真的从不知道对此要如何评论，因为我觉得我也不知道怎样最好。但是如果你不好决定的话，我觉得难以想象说出真相会有多么不对。而且即使你似乎会出错……依然很难想象会是什么大错。"

亨利一言不发地站起来走回房车，弯腰走上后门的台阶，然后消失在里面。一分钟后他又探出头来，伍迪则在他脚边摇摆。

"塞思带走了他的手机。"

"我的在手套箱里。"

亨利又一次消失在车里。奥古斯特为不能听到对话的任何一端而感到遗憾，但是他能够理解亨利为什么需要隐私。看起来只过了一两分钟以后，亨利走出来坐下，这次还带着伍迪，他把伍迪丢到了自己的大腿上。

"没有联系上他吗？"

"哦，我联系上他了。"

"怎么样？"

"不好。"

"你觉得这让事情好转还是恶化了呢？"

"不知道，"亨利说，"我还没弄清这一点他就把电话挂了。我只是希望你所说的'说实话不会糟糕到哪里去'是对的。"

"是啊，"奥古斯特说，"我也希望我是对的。"

塞思在大概一个小时后回来了，不过奥古斯特没有戴手表，或者说他感觉没必要这么做。

塞思从一辆旧旧的军绿色载货卡车副驾驶座上跳下来，看起来很恼火。他将一个旧旧的金属工具箱从卡车的车槽上拖下来，箱子重到他不得不用双手来拿。奥古斯特看着他费力地拿着它穿过公路，来到房车的前保险杠那儿，然后将其重重地放在地上，发出了摩擦的声音。接着他小跑步回到卡车那里，抓住一个方形的纸板箱，把它夹在腋下。他向司机点点头，后者便在公路上掉头，卡车渐行渐远，直至消失不见。

奥古斯特期待塞思过来和他道早安，或是报告一下进度，但是他只是把纸板箱扔在地上，然后打开引擎盖。

奥古斯特听到亨利叹了口气。"你觉得我们应该过去看看他为什么不开心吗？还是我们就坐在这里，继续这种'存在'？"

"唔。"奥古斯特说。

说实话，他正在享受"不用负责"的感觉。他之前从来没有这样"不用负责"。要是在过去，那会是奥古斯特搭便车出去寻找帮助，把各种东西投在地上，喃喃自语。但是他突然意识到，这样的"实话"是无用而不成熟的。

"我们至少得看看有没有什么可以帮到他的。"他说。

"他可能又热又渴。我去给他一点我做的冰茶。"

"帮我个忙，当我走过去的时候把我的凳子移到那儿去。"

塞思似乎没有注意到奥古斯特在前保险杠旁的椅子上坐了下来。他的背躺在地上，几乎一半身体在引擎下面。奥古斯特不确定他在做什么。他还没有从工具箱里拿出任何工具，没有从盒子里拿出新的水泵。也许他只是在琢磨，在下面检查要修的东西。

塞思探出头，坐起来，看起来依然皱着眉头很紧张的样子。

"哦，嗨，奥古斯特。"

"一切还好吗？"

"啊，我在生那个人的气。他骗了我。用这个工具箱一天要一百块。一百块？包括些什么？这里的每件东西都是他以各种理由摆进去的。我的意思是，我可以使用这个东西，但是……一百块？可是他知道我完全受他支配。接着，像是这样还不够糟糕似的，他还拿了我的驾驶执照和信用卡，好像我会带着这些东西逃走，好像这东西有多值钱一样，你明白吗？令人无法置信。但是他首先检查了我的卡，为了确保我万一带着它们溜了的话，他可以要求取走一千美元。我几乎当着他面大笑出来了。一千美元！但是距离任何一个真正意义上的城市都还有五十英里，任何一个我可以选择一下问谁的地方。于是他就把我带去洗车了。我不喜欢那样，那让我很不爽。"

"我付得起那一百块。"

"我也可以，奥古斯特。我们的油费还没那么紧张，一百块我还是付得起的。这是原则问题。"

他在地上蹲下，然后打开了金属工具箱，翻找一些基本尺寸的扳手，然后把它们按照大小顺序放在地上。亨利拿着一杯冰茶出现了，塞思脸上紧张的神情第一次放松下来。

"谢谢，"他说，"我刚好想喝杯茶。"

他接过饮料，一大口把玻璃杯喝到见底，他的喉结随着吞咽而起伏。然后他把杯子还给亨利，杯子上留下了使用工具而产生的油腻的指印。

"我带伍迪去散步。"亨利说道，然后消失了。

奥古斯特静静地坐了很久，但是他没有和塞思说话。他希望光是紧挨着坐就能给塞思带来一种陪伴的感觉。没有人喜欢在离家很远的地方既崩溃又独自一人。每个人都想要在那样的时刻获得一些支持。

过了一会儿奥古斯特进入了一种"只是待在那里"的状态，而这和坐看行云没有太大差别，在本质上无差别。他看着塞思从上面进入打开的引擎盖里，手里拿着一只扳手。他看到塞思的脸部和手臂肌肉在拧动螺栓的时候变得紧张。大约拧下了五六个螺栓后，他拉出了风扇皮带，把它放在地上。

然后他躺下来，又一次滑了进去。过了一瞬间他又滑出来选择了另一只扳手。他把自己的手机从牛仔裤后口袋里掏出来——因为这显然干扰到了他，然后把它放到开着的工具盒顶上，然后他的上半身又进去了。

当塞思开始讲话时，他的声音从房车引擎下冒上来，把奥古斯特吓了一跳，好久没人说过一句话了。

"说一句关于我爹的你想听的话，他从来没有坑过任何在我们店里遇到困难的人。"

"对，那是真的。他没有。当我到那儿的时候我深陷困境，但他的价格很公道。"

"在这方面他很诚实。"长长的沉默，然后塞思用游离的声音说，"我猜那听起来很奇怪。"

"不，为什么会奇怪？"

"呃，因为他老说谎。一个人怎么能又诚实又不诚实呢？"

"我想大多数人都是这两者的结合体。你爸爸不是为了利益而说谎的。他并不是故意撒谎去伤害别人。他有一个问题，他用撒谎来掩盖这个问题，护住它，因为他不知道如何解决。那并不意味着他想要费心去利用别人。那不代表他真的想过要伤害别人。我希望你不要以为我觉得你爸爸一无是处。"

"不,你从来没有那样说过。我比你对他更苛刻。"

"我不用和他生活在一起。"

"但他有时确实伤人。"

"我知道。"

"那么你可以无意伤人,却依然像他那样伤害别人吗?"

"哦,是的。"

"这就好像他既是好人又是坏人,这在我看来是……不可能的事。"

"塞思,这不仅是有可能的,而且几乎描述了地球上的每一个人。每个人都亦正亦邪,唯一的不同在于平衡。一个人有多好,又有多坏。当一个人好的地方更多,我们就说他是个好人,但是这从来都不是绝对的。"

塞思抓住保险杠滑了出来。他站起身,然后从上方进入了引擎室,关闭风扇,小心地将其放在地上,扇叶朝上。

"我不知道,"他说,"单单对他生气让我感觉轻松许多,好像那是绝对的。当我想到他好的一面,比如可以轻松地骗人却没有那么做的时候,这会更艰难。这让人困惑。如果人们只是好人或者坏人的话会轻松很多,就是那样。"

他又一次转动扳手,然后手臂抬起到腋窝处,消失在引擎室里。

"我知道,"奥古斯特说,"我猜那就是为什么那么多人喜欢非黑即白地看待这个世界,因为这样更简单。你离开的时候,亨利给他打了电话,告诉了他真相。"

"哦,结果怎么样?"

"显然不太好。"

"他是打算让他离开这趟旅行吗?他能这么做吗?"

"我们并不知道。"

"他说了他会这么做吗?"

"还没有说到那样的细节他就挂电话了。"

"是啊。"塞思摇摇头,"八成是那样。"

奥古斯特看着塞思默默地工作了一会儿。塞思一边把螺丝钉挑出来,一边小心翼翼地把它们放到引擎室的金属边上。然后奥古斯特听到了一声巨响,看到车子下面冒出了一摊绿色的冷却剂,在塞思脚下流淌。塞思直立起来,把旧的水泵拔出来,像某种战利品似的举过头顶。

"做得好。"奥古斯特说。

"好像我们今天可以重新上路了。也许我们有一丝机会超过他。"他将新的水泵从盒子里拉出来,然后身体跟着它探进了引擎室,"有时我会想起你曾经是个嗜酒者的事实。"

"我现在也是嗜酒者。"

"你曾经是一个饮酒成癖的酒鬼,但现在你在戒酒。"

"我一直都在戒酒,如果那么说的话。"

"对,那就是我在想的东西。我想知道我爸爸是否也一直在戒酒。如果是的话他会怎样。如果我会明白的话。哦该死。哦不,别告诉我,不。不,我肯定搞错了。拜托,拜托告诉我我搞错了。"

"怎么了?"

"我觉得那家伙卖给我的水泵不对。"

"哦不,你确定吗?"

塞思又把新的水泵拖出来,放到地上旧的那个旁边。奥古斯特看着它们并列排着。

"它们看起来是一样的。"

"它们很像，但是螺栓孔对不上。"

他把两个水泵放到一起，平滑的接合面彼此相对，然后把它们举起来给奥古斯特看。螺栓孔对不齐。

"该死。"塞思说道，然后把两个都扔在了泥地上。

他扑通一声背朝地面倒在地上，伸出一只手臂挡在脸上，一动不动地躺了好一会儿。奥古斯特没有说话，因为他不知道该不该说，或者他说些什么会有帮助。

塞思适时地说道："对不起，我骂了脏话，奥古斯特。"

"我从不真的介意脏话，从来不知道那有什么可大惊小怪的。那更像是你给自己定下的规矩，对我来说没有关系。"

塞思又静静地躺了一会儿，三四分钟，奥古斯特猜。然后他叹了口气坐起来。用工具盒里的一块旧布包住新的水泵，把它重新包装放回了盒里。

"好吧，我去了。"他说。

"抱歉。"

"你之前就警告过我会有一些维修之类的事。"

"还是抱歉。"

"我不是对这辆不错的旧车时不时需要维修而难过，我难过的是那个白痴问我要了一百块来用他那差劲的工具，而且还卖了不对的零件给我。但是不管我在这里坐多久，一直为此忧虑，我还是得搭便车把这个还到他店里。"

亨利几乎过了一小时才回来。伍迪大大地咧着嘴，开心地把舌头伸在一边。

"塞思在哪儿？"

"他得回去换一个零件。"

"哦,那太痛苦了,该死。就在你真的想要赶路的时候。哦,抱歉说了那样的话,奥古斯特。"

"我真的不在乎言辞。"奥古斯特说。

奥古斯特和亨利一整天都和伍迪坐在外面,感受着只是待在那里的感觉。

亨利说:"如果我们坐在这里,就可以度过一段这样的时光,想象一下,当我们身处一座很棒的国家公园会多么轻松啊,而且一切都会好的。"

奥古斯特说:"那是我们要去的地方吗?某个国家公园?"

亨利只是笑笑说:"你知道我不能告诉你那个的,奥古斯特,那是惊喜。"

太阳下山了,而塞思依然没有回来。

亨利说:"也许没有人愿意让他搭便车。"

奥古斯特说:"也许那人的存货里没有合适的零件。"

然后他们坚定地决定不再担心这件事,然后挪了进去,因为很冷。

十点的时候,因为塞思还没回来,他们决定得去睡觉了,不再担心这件事了。

在醒着担心了一个小时后,奥古斯特说:"亨利,你还醒着吗?"

"是啊,怎么了?"

"我只是在想……你能把那些工具拖进来吗?要是夜里有人路过

把它们偷走了，那个家伙会管塞思要一千块。"

"一千块？我去！它们值那么多吗？"

"不，没有。但是把它们丢了的话就得付那么多，问题就在那儿。"

亨利坐起来穿上鞋子，走出了驾驶座旁的门。一分钟以后他把一只又大又重的工具箱推到了驾驶座一侧的地板上。他在座舱顶灯下凝视了它一会儿。

"我想我刚刚发现他为什么没有打电话了。"

"为什么？"

"我正在看他落在这儿的手机。"

"哦，"奥古斯特说，"那就说得通了。"

第九章
红光闪烁

奥古斯特被一阵对讲机广播的嘈杂声吵醒了,他大约睡了三刻钟。他睁开双眼,看见屋内的应急灯鲜红地闪烁着。伍迪从被子下面跑出来漫无方向地叫着。奥古斯特坐起来看向亨利,后者也正在起身,看上去也是刚刚醒。

"是拖车吗?"亨利问。

"如果我们需要的只是另一个水泵的话,他为什么要带一辆拖车回来?"

亨利耸耸肩。奥古斯特的脑中掠过了另一个想法,如果塞思带着拖车回来的话,这样的举动虽然很奇怪,但这意味着塞思平安地回来了。

后门上尖锐的敲门声让伍迪爆发出充满攻击性的吠声。

"我去,"亨利说,"我速度更快。"

他跑下四个台阶来到后门前,身上只穿着他的平角短裤和T恤,把门打开。奥古斯特眨着眼睛看向闪烁的红灯,那看起来像是什么州的警察巡逻车。两个身着制服的警官站在距离他们的车后门几英尺的泥地上，每个人都将一只手警觉地放在手枪上。

奥古斯特费力地站起来，他的拐杖靠在浴室门上，但是在车里他并不需要它们，因为中间的走廊太窄了，总有些可以倚靠的东西。他摇摇晃晃地走到后门口去帮助亨利，亨利看起来僵住了，如同被孩子的手突然抓住的小鸟一样。

"警官，"他说道，"我知道这看起来像是非法露营，但是我们的车出故障了。和我们一起的另一个人为了让我们重新上路而去借工具了。"

"先生，请下车。"年长一些的警官说道。

他大约四十岁，很健壮，留一头金色短发，而他的搭档则是一个看起来很惊恐的新手，年纪勉强和塞思一样大。

"我知道在这里停车可能不合法，但是这是紧急停车。"

"先生，我不想再次命令你。下车。"

他的声音刺耳地钻进奥古斯特的胃里，如同一顿又酸又不好消化的食物一般。

亨利一言不发地下到地上，依然只穿着内衣，光着脚，他伸出双手，好像刚刚被抓到抢了银行似的。

"好的，警官。我听见您的要求了。我想遵守。我的目标是遵守。但是我是个残疾人，在没有帮助的情况下，我很难从后门台阶走下来。我可以穿到前面去，从驾驶座侧门走出来，那里我有个把手可以抓。"

"不。"警官说道，一只手仍然警觉地放在侧肩上。

"我做不到，我会摔倒。"

警官暂时将视线从他身上移开，锁定在亨利身上。"你可以让他下来吗？"

"我想可以。"他说道,声音听起来很尖利。这让奥古斯特想起他七岁时如同卡通片里老鼠一般的声音,很久很久以前。

"不要挪得太快。保持这样,让我能看到你的双手。"

奥古斯特依然觉得很害怕,但他觉得这样已经越界到过分的地步了,他说:"警官,恕我直言,我们穿着内衣和睡衣,不太可能在身上隐藏武器。"

"先生,"警官说,"下车。"

"伍迪,待在这儿。"奥古斯特说,然后小狗便以看起来不太舒服的姿势趴下,扭过头去。

奥古斯特用一只手抓住车外难抓的金属梯子,而亨利则架住他的另一只胳膊,紧紧地抱住奥古斯特的胸膛,用全身力量来支撑他。然后亨利试图登上楼梯,去拿奥古斯特的拐杖。

"待在原地。"警官说。

"他没有拐杖不能站立。"

"他正站着。"警官说。

他的头转了一下,指向奥古斯特,后者正背靠房车的后部站着,双手抓着梯子,以保持稳定。

"就站在那儿,双手放在我能看见的地方。"

这是没有必要的重复,尤其是奥古斯特如果不冒险倒在地上的话,就没法移动双手。

"只是我得把纱门关上,"亨利说,"这样狗就不会出去。"

没有回答,所以他关了门,慢慢地。

黎明即将破晓,铁红色的天空万里无云。没有车子喧嚣而过,让他们的车摇晃。他们可能在某个偏僻而荒凉的星球表面上。

"这一切都是怎么回事?"奥古斯特问道,"这真的都是因为我们在高速公路边停了车吗？"

警官完全忽略了他，对亨利说话："亨利·里迪？"

奥古斯特在亨利用力咽口水的时候可以看见他的喉结。亨利微微地点了点头，在微弱的灯光下几乎无法察觉他的这个动作。

"我们得拘留你，孩子。"

"我做了什么？"卡通小老鼠问道。

"你被报告离家出走，所以我们要拘留你，等你父亲来把你带回加州的时候，我们会释放你。"

亨利闭上眼睛，闭了很久。奥古斯特在闪烁的红光下看着他，想知道亨利的感受，想知道他自己的感受。他等待亨利重新睁开眼睛，或别的什么，或者任何什么。他等待任何事的发生。当他等待的时候，他不仅想知道接下来会发生什么，还想知道为什么他看到闪光的时候没有意识到这一切。为什么他会不知道？

然后，虽然是个不合时宜的想法，但是他想起塞思不见了。他被一种彻底失去了一切的感觉所填满。当他们带走亨利、而他崩溃又孤独地留在这儿的时候，他要怎么做？

"他只是嫉妒又卑鄙，"亨利的嗓音听起来低沉了一点，"他知道我离开是为了度过夏天。他不在乎我是不是和塞思在一起。他只是不喜欢奥古斯特，因为他嫉妒奥古斯特。"

"孩子，"警官说，"我收到了离家出走的报告，你被报告失踪了。我们不会实地厘清这些事情。我并不是代表某种家庭法庭而站在这儿的。你父亲报告你失踪了，他要你回去。我们送你回去。结束。"

警官上前一步抓住他的一个手肘，亨利条件反射地推开他的手臂。

"你要非常小心你从此刻开始做的事，孩子，"警官告诉他，嗓音透着重重的警告,"你被要求遵守一位警官的合理要求,不要在这上面耍花招。"

奥古斯特看到亨利泄了气,看到空气从他体内翻腾而出,让他变得矮小而柔和。他被打败了。警官再次抓住他的胳膊,而他任由自己被他带领。奥古斯特看着他走开,然后确切地感到要失去他了。他们要一起度过夏天的承诺正一步步溜走。

"难道你都不让他进去穿点衣服吗?"奥古斯特问。

领着亨利的警官停住了。他看向男孩,如同第一次看似的,然后他看向年轻的搭档。

"带他进去,让他穿上衣服。你就待在这里。"他对着奥古斯特补充道。

"我恨他。"亨利走过奥古斯特站的地方时低声说道,而奥古斯特仍然抓着车子的梯子。

"别这样,"奥古斯特说,"不要让他令你生恨。不要让任何人令你生恨。"

他想知道,多久以后才能再次和亨利说话。

几分钟后,男孩穿着牛仔裤、T恤和人字拖出现在后门台阶上。他高高地站在最高的那一级,用响亮而低沉的声音说道:"至少让我给他打个电话。"

"我不知道你觉得那样做有什么好处。"警官说。

"也许我可以让他改变主意。"

"那他得撤销报告。"

"也许我能让他这么做。"

两个警察交换了一个眼神,其中年轻的那个仍然站在车里亨利的身后。

"我猜那不会碍事。"

亨利转身跳回车里,但是年轻的警官把一只手放在他胸口阻止了他。

"我们会从巡逻车上给他打电话,"年长的警官说,"我们会派人打给他,然后他们会让你接听。"

年轻的警官带着亨利走向巡逻车,然后让他坐进后车厢,就像你在电视上看到的那样,一只手把他的头顶按下去,这样他就不会撞在金属车顶上,然后嘭地关上门,把男孩关在里面。他绕到驾驶一侧的门那儿坐进去,长腿伸在外面,一边打开了广播。奥古斯特听不见他说了什么。

他抬头看向年长的警察,后者依然站在地上的同一个地方。"我能坐在台阶上吗?我在这里像这样,我的手臂很累。"

"当然。"警察说。这是奥古斯特遇见他以后,他的声音第一次听起来这么有人情味。他走过来,背靠在车上。"抱歉让你有伤尊严地穿着睡衣站在外面,没有拐杖。抱歉我用手摸了枪。这样的停车可能很危险。你并不知道事情会如何发展。九十九次都没事,但第一百次可能会有危险发生。而且如果它发生的话,就会发生得很快,你要是没做好准备,就会为时过晚。"

"我理解。"奥古斯特说。而且,让他意外的是,他真的理解。

"我知道家长里短很棘手。我们和你一样不喜欢它们,但是一旦那个报告进入了档案,我们除了履行工作职责,什么都做不了。"

奥古斯特慢慢地点了点头。他们沉默地待了一会儿。

"他的父亲是个酒鬼,"奥古斯特轻声地说道,"我真的不认为他是个坏人,但是他是个难搞的家伙。他做了很多糟糕的选择。他不喜欢我,因为我是个戒酒中的酒鬼。那只是他不愿面对的镜子之一。

为我做这些是男孩们的主意，带我踏上这趟旅行对他们而言真的很重要，而这个事实让他愤怒。因为这表明我对他们来说意味着些什么。"

"呃，是啊。就像我说的，家长里短很棘手。我知道。我也有家庭。"

他们靠着车沉默地坐了一会儿，然后亨利的声音划破了寒冷的清晨。他的声音响亮而低沉，响到连奥古斯特都听得到，从巡逻车的后座一路传了过来。

亨利在对他爸爸大叫。

"这是你对我做过的最糟糕的事！你怎么能这么做呢？你这么做是因为你恨奥古斯特，因为你觉得他人比你好。好吧，爸爸，我要告诉你一个消息，他人比你好。因为他从来不会做这样的事。你总是做这种卑鄙而嫉妒的事，然后你还指望我尊敬你。你做了这样的事让我怎么尊敬你？如果你觉得我比起尊重你更尊重奥古斯特的话，也许这就是原因。也许你可以试着表现得像个好人，那样我也能尊重你。为什么你不试着那么做呢，爸爸？为什么你不能试着做些让我尊重的事情，那样我也许可以尊重你！"

然后是沉默。也许他的爸爸在说些什么，也许他只是放低了声音。奥古斯特没法从他所坐的地方听到足够能分辨这些的东西。

"哇哦，"警官说，"我从没那样和我爸爸讲过话。"不过这听起来并不是在批评，听起来几乎是在称赞。

"亨利也没有过。"

他们又沉默地坐了一会儿，两分钟，又或是三分钟。

"这是个小老鼠般的孩子，"奥古斯特说，"他几乎压根不和任何人说话。几年来他只和他的哥哥讲话。现在他和他哥哥还有我讲话。当我问他意见的时候，他就会对我沉默，说他不喜欢告诉人们该做什么。"

"呃,某些东西唤醒了那只小老鼠体内的狮子。"

他们抬头看到年轻的警官走近他们。

"他说他会撤销报告。"这是奥古斯特第一次听到年轻警官的声音,他的声音比他看上去还要年轻,"但是我想我们得在这里坐到他真的撤销为止。"

"对。"年长的警察说道。

他那年轻的搭档走回车子,在广播旁等待。

"看,我讨厌这样,这让我恼火。"警察对奥古斯特说。

这让他惊讶。他刚刚和这个男人的谈话看起来那样充满人情味。

"你对他要撤销报告而恼火?"

"比他一开始提出报告更让人恼火,这就是在拿法律当儿戏。如果他真的觉得他的儿子和你待在这儿有任何危险的话,他不会撤销报告的,所以他本来就不该提出报告。我们严肃地对待我们的工作。我不喜欢人们让我们牵涉到他们的把戏中。"

"是啊,"奥古斯特说,"不幸的是,他就是那种人。"

他们沉默地坐着,奥古斯特看着太阳穿过地平线,照进他的眼睛,让他感到异常舒服。

然后他说:"我们其实有另一个大问题,但是我想你可以理解,刚过去的几分钟里的事情暂时将它排出了我的大脑。他的哥哥,塞思,昨天早上出发去找水泵了,而他还没回来。我开始担心了。"

"他走了哪条路?"

"往东的路。从这儿往东的一家店里,有个人租给他一些工具。但是他把不对的水泵卖给他了,所以他不得不回去换。也许他只是无法在存货里找到合适的零件或什么的。但是我确定你理解我为什么担心他，他只身一人搭便车去偏僻的地方，然后失踪了整个晚上。"

警察叹了口气。"我希望人们在车子抛锚的时候可以直接和州警察打电话，帮人解决这种问题是我们的工作。"

"哦。我们不知道你们能做那个。"

"显然没人知道。等我们把这个情况弄清以后，我们会往东走，看看是否能找到他的去向。那是雷德汽车配件厂吗？那是从这里往东最近的地方。"

"我不知道，他没说。我看到那个家伙把他放下车，但我没有好好地看清他。他开着一辆又大又旧的军绿色卡车。"

"没错，那听起来像是雷德。我们会看看我们能做些什么的。"

他们抬头看到年轻的警官从驾驶座里走出来，朝他们竖了个大拇指。他打开车后门，然后让亨利出来。亨利在黎明的寒冷中站了一会儿，好像他几乎无法接受他的自由，好像他被囚禁了好几年，在这些日子里他从没见过太阳。然后他甩掉了这副模样，走回到奥古斯特身边。

年长的警官拍了拍他的肩膀，然后两个人都收拾好，关闭了闪烁的红灯，开车走了，惊人的是，奥古斯特已经忘记那些灯在闪烁了，他已经习惯了红灯的闪烁。

亨利在他旁边默默地站了好久，显然是受惊了。

然后奥古斯特说："你太棒了。非常好。"

一阵沉默，然后亨利突然露出了一个微笑。

"我很棒，对吧？"他说。

半小时后，就在他们刚要喝完第一杯咖啡的时候——他们还震惊得没法吃饭——巡逻车回来了。车子驶进了公路另一边的空地，塞思夹着一只熟悉的箱子跨出来了，他朝警察挥挥手，后者便开走了。

奥古斯特长舒一口气，他意识到从塞思消失后，他的每一次呼吸都很浅、很害怕。

塞思打开驾驶座一侧的车门，把头探了进去。

"抱歉，奥古斯特。我知道你一定吓坏了。我等会儿告诉你为什么我没打电话。这似乎是个很长的故事。我只想把这个水泵装上去回到路上。哦，"他低着头说道，"你们把工具拿进去了。那很明智。谢谢。"

他往里看向亨利，亨利正坐在沙发上，心怀秘密似的微笑着。

"你怎么了？"塞思问他，"什么事那么有趣？"

"对不起。我只是在想，我很庆幸这次被警察拖回车子的人不是我。"

塞思嘲弄而鄙视地摇摇头。他抬起重重的盒子，嘭地关上身后的门，消失了。

奥古斯特坐到副驾驶座上让自己放松一下，然后走出门，去拿他的一根拐杖。他站在引擎盖前面，用一只手靠在上面，用另一只手拄着拐杖。他看着塞思将两个水泵的接触面进行匹配。塞思抬头看见奥古斯特在看，便把配好的水泵拿给他看。

"螺栓孔对齐了。"奥古斯特说。

"总算有件顺利的事了。"塞思开始再次摆出工具，"我过了最糟糕的一夜，奥古斯特。老天啊。不管你在这儿担心我发生了什么，都不会比这更糟糕。我回到了那里，他们库存里没有我要的水泵。他们不得不去订它，所以我知道我会在那儿一直困到早上。店主，就是那个可恶的小偷，他不在，而他带走了我的信用卡。而在那里的家伙，也就是另一个机修工，要么是个彻头彻尾的蠢货，要么就是知道他的老板是个难搞的人，他事后还得回复他。我忘带手机了，而他不让我用他的电话，通话很贵，因为你们的手机号是加州的。而且我没有足够的现金来用投币电话。我也不能开房，因为我没有信用卡。那个蠢货甚至都不让我在店里睡觉。我猜他觉得我可能会偷东西。我不得不在一辆停在他们院子里没上锁的旧车上睡觉。

"我想掐死那个拿走我驾照和信用卡的蠢货，然后就直接回家。要是我把工具都顺走带回来会怎样？你知道的，准备好一切上路，他根本不会费力去那里，只会为了让我付一百美元。天啊，为什么一切都突然出问题了呢？"

"不是一切，你平安回来了，而且你拿到了合适的零件。"

"是啊，而且那些警察很不错。他们让我搭了便车。没有人愿意载我。在高速公路上搭便车其实算轻罪的，但是他们给了我警告，让我下次车子出故障时打给州警察，就让我下车了。我不知道可以那么做，你知道吗？"

"显然没人知道可以那么做。他们没告诉你他们为什么会路过这里吗？他们怎么知道你被困在那儿的？"

"没有，我以为他们只是碰巧路过看到我。"

"他们过来找亨利，要拘留他，因为你爸爸报告他离家出走。"

塞思跳了起来，丢下一个工具，并且意外地把另外几个也踢飞了。

"他们带走了亨利？为什么你没告诉我？他们在哪儿把他带走的？"

"呃，"亨利从车里叫道，"我就在这儿。你刚刚还在对我摇头，记得吗？"

"哦，对，"塞思说道，一边退到保险杠那里，"天啊，我好累。

我没怎么睡过。我的思路不太清晰。发生什么了?"

"他吼了你爸爸,然后你爸爸让步了。"

"啊,棒。看吧,我告诉过你他们是好人。"

"不,不是警察,塞思,是亨利。"

"亨利吼了我们的爸爸?"

"还让他让步了。"

"那个亨利?在那里的那个?"

"嘿!"亨利叫道。

"天哪,我错过了好多。"他把被他踢走的工具收好,然后把它们按顺序放回去。

"不想先吃点什么吗,塞思?你不饿吗?"

塞思停住了,好像终于想到了那个。"我有点饿。虽然我有一点儿现金,能让我从自动售货机上弄点吃的。但是现在对我来说,没有什么比把这辆车修好重新上路更重要了。"

中午刚过,他们驶到了雷德的汽车修理厂,并把车停在了外面。

塞思说:"如果他还是带着我的驾照和信用卡不在那儿的话,我会想要打人。"

然后他绕到车后,从门后拉出工具箱,用力把它拖到店里。

奥古斯特拿好拐杖,身体放低,然后跟了过去。

"你要进来吗,奥古斯特?"塞思问道,"你不用进来的。"

"我想和这个家伙谈一谈。"奥古斯特说。

雷德有一头灰发,受损的皮肤苍白,奥古斯特断定他年轻的时候肯定有一头红发。他紧闭的双唇间夹了一支未点的烟。他抬头看向塞思,仿佛带着某种预设的蔑视。

"你卖给我的水泵不对,"塞思说,"这耽搁了我一整天。"

那个男人没有回答,而是绕过柜台,在旧工具箱边蹲下,把它打开,然后开始翻里面的东西。

"都在那里。"塞思说。

"包括一两件不属于我的东西。"雷德说道,然后把塞思的手机递给他。

然后他走回柜台后面,在收银机上按了一个按钮。收银机砰地开了。他伸进去掏出塞思的驾照和信用卡,把它们滑过柜台。塞思把它们塞进口袋,很愤怒,但没说话,朝门口走去,而奥古斯特没有。

雷德抬头看向奥古斯特,而奥古斯特牢牢地盯着他。

"还有什么我能帮你的吗?"

"我要跟你理论理论。你问我朋友收了一百块,来用一些脏兮兮的、生锈的旧工具。然后你卖给他错的零件,以至于他不得不一路搭便车回到你的店里,来换对的那个。而你们的库存里没有那个,于是他被困了整晚。但是你拿了他的信用卡,他没法买些像样的食物或是定个房间。你的店员甚至都没有让他在里面睡觉的礼貌。他甚至都不能打电话告诉我他没事。"

雷德的脸色很平静,毫无触动。"卡在收银机里。"

"而店里唯一的店员却不知道这一点,所以多亏了你的粗心,我们度过了噩梦般的一天半。而为了报答这场你本可以阻止的噩梦,你想要平白无故地向他收一百美元。"

雷德朝他的脸盯了很久,双手放在屁股上,香烟在他紧闭的嘴唇间跳动。"那是我们说好的。"

"你不觉得这项约定里包含了没有明说的部分吗?你应该卖给他正确的零件;当他出现并需要信用卡的时候,他应该能拿到它。"

"我有工作要做，先生。你的男孩应该可以为自己说话。"

"我想他害怕，因为他太生气了，我想他是怕自己不能保持礼貌。我们就待在这儿，而你得考虑一下造成这一状况的你的责任。"

雷德叹了口气，指向柜台后墙上的一个标志，标志表明他有权拒绝向任何人提供服务。

"我可以要求你离开。"

"好的，我们会走，好主意。我们就在外面的街上停一会儿。车子旁边弄一块标志，告诉路人我们对雷德的汽车修理厂的想法。"

雷德擦了好一会儿的脸，然后他平视着塞思。"当我看到你的那一刻我就知道你是个讨厌鬼。"

他又一次砰地打开收银机的抽屉，点了五张二十块，然后把它们扔过柜台，撒在亚麻地板上。然后他朝通往店内的门走去，停住了，说道："我一路把他载回了你们出故障的地方。"

"那没错。"奥古斯特说。

他捡起一张二十美元，把它放回到柜台上。雷德摇摇头消失在店里。

塞思看着奥古斯特，他紧张的脸放松了，脸色也变了，一个嘴角向上抽动，然后他弯腰捡起了剩下的纸币。

他们走回房车，奥古斯特爬进去，准备重新上路。他们仨一起。

塞思爬进驾驶座，几天来第一次露出了大大的微笑。"那太酷了，奥古斯特。"

"他怎么做的？"亨利问道。

"把我大多数的钱还我了，那不简单，他责备了那家伙一通。"

"我从亨利那儿学来的。"奥古斯特说。

塞思启动了车子，倒车上了高速公路，终于重新上路了。

"还是无法相信亨利责备了我们的爸爸。"他说。

"嘿!"亨利说,"别把我说得好像我没做什么好事一样。"

"不,我不是这个意思,一点儿也不。你做了很多好事,只是……不像平常……你懂的,大声地说话。"

第十章
坠　落

奥古斯特在沙发上从小憩中醒来，发现车子停了，已经很久没这样了。这之前，他毫不犹豫地平躺下打了个盹，安全带都没系，因为男孩们似乎连停下都不愿意。他坐起来眨眨眼，注意到车厢里他和男孩们之间的隐私窗帘被拉上了，而且百叶窗也被放下来了。奥古斯特想，他们这么做是为了让他可以睡觉。

就在奥古斯特开始拉百叶窗来看他们在哪儿的时候，亨利钻到了窗帘下面。

"哦，不要。"亨利说，然后越过去再次放下百叶窗。

"我不能往外看？"

"在接下来的大约十二个小时里还是不能。你就当我们蒙上你的眼睛带你过去，我们觉得这样会让你更舒服。"

塞思钻过窗帘，坐在餐桌前。亨利开始在冰箱里乱翻，然后把食物拿出来放到台子上。

奥古斯特擦擦眼睛。"我们在哪儿？"他问。

塞思大笑。"呀，奥古斯特，如果我们想让你知道的话，我们会让你看窗外的。"

"我并不是那个意思。我的意思是,这里是某个营地吗?我们要在这儿过夜?"

"不是,我们在争取时间,在笔直地往前开。我们想要在其他任何事情出问题之前达到那里。这只是一个高速公路休息站。我们只是停下来吃点东西,然后再回到路上。"

当奥古斯特再次醒来时,他睡在铺好的床上。亨利替他铺了床,这样他可以正常地睡觉,而男孩们则交替着在夜晚开车。

他在车子就要完全停下的时候坐了起来,看了看他的表,早晨五点都不到。他可以听到某个声音,但是他认不出那是什么声音。沉重的轰鸣声,好像一个大型的机器,但又不太像那样。好像飞机在附近降落,但又并不是。他坐着听,但是声音没有变化,没有切换,没有变近也没有变远。

男孩们一个接一个钻到隐私窗帘下面。

"穿好衣服,"亨利说,声音里几乎难以掩饰努力控制的兴奋,"我们到了。"

"什么声音?"

"穿好衣服你就能看到了。"

奥古斯特撑起身子,在头顶上的橱柜间翻找。他穿上一条牛仔裤,然后在睡衣外直接套了一件羊毛外套。亨利把他的羊皮靴递给他,他坐着穿上它们。

"你得闭上眼睛。"塞思说。

"认真的吗?"

"配合我们,奥古斯特。"

于是奥古斯特闭上了他的双眼。后门开了，轰鸣声更直接地进来了，那声音里有很多能量，要闭着眼睛去靠近它几乎让奥古斯特感到害怕。但是他身边有男孩们，他相信他们。

走向敞开的车门，靠在墙和柜子上，感觉到黎明前的清晨凛冽而凉爽，惊人地潮湿。

他们帮助他走下后门的台阶，然后奥古斯特感觉到每只手下面都放了一根拐杖。

"不要偷看。"塞思说。然后，他朝亨利说："去拿——"

"我知道，"亨利说，"走吧。"

塞思两只手都放在奥古斯特的左臂上领着他，然后他们一起走向那个声音。

"我感觉到雾气打在我的脸上，"奥古斯特说，"所以现在我在想那是水。那个声音大概是水。我猜是瀑布，但是我从来没听过哪个瀑布发出那样的声音。"

"也许我们在非洲的维多利亚瀑布，或者南美洲的伊瓜苏瀑布。"

"或者是尼亚加拉瀑布。"奥古斯特说道，感觉胸口爆裂出几乎是疼痛的反应。当然了，他想，为什么我没猜到这个呢？但是他怎么可能想到这两个疯狂的年轻人会单单为了他斜穿整个美国？还有他过世的儿子？他会对此怎么想？

"那么为什么你会想到尼亚加拉而不是维多利亚或伊瓜苏呢？"

"因为我想如果我们过了巴拿马运河的话，我会注意到的，即使窗帘都垂着。大西洋也同样如此。"

亨利赶上来，把一只手放在奥古斯特的另一只手臂上作为保护。然后他们走了起来，在凉爽的雾气中微微颤抖着。

"好了，"亨利说道，"睁开眼睛。"

奥古斯特睁开双眼。他的眼前是一道四级的金属栏杆,在瀑布的边缘处形成一个弯曲的观景点,奥古斯特觉得那只可能是美国的瀑布。因为没有人带了护照。就在栏杆后,尼亚加拉河在黎明前的半明半暗中溅过边缘,发出轰鸣声,还散出滚滚雾气。水上似乎有些光,但是奥古斯特无法分辨那是特意投在上面的,还是来自河对岸他所能看到的商店、塔楼和旅馆的光。这些不是他所听说的晚上会投射在瀑布上的有色光,他为此而高兴。瀑布似乎会发光。他望向天空,发现他们已经进入了民用曙光期,天空微微地闪烁着晨光,但是他不知道那样的光是不是足够。

他惊讶地发现即使在这个时间,周围的人也没有变多,尤其是在这个完美的位置,你可以站在栏杆旁,站在瀑布的最边上,看你脚下的河流在瀑布上形成浪峰。

他看到几对情侣和一小支队伍,但看到的只是远处的点。他看到很多车停下,一辆车正在驶入停车场,但不是很近。而这在奥古斯特看来令人惊讶,尤其是在夏天,他们却还是只身在这儿,这对他们很有利。

"你们俩很疯狂,明白吗?我希望你们知道我说的是褒义的,但是……这和我们出发的地方相比完全是美国的另一端。"

"所以呢?"亨利说,"如果你喜欢,那就值得。"

"我喜欢,我很喜欢。"

"给。你来完成这件事,奥古斯特。"

奥古斯特低头看见亨利拿着某样东西,在微暗的早晨里,那看起来像是一个微型的桶。一个木桶,但是不足一尺高。但是它箍了金属,看上去就像一个真的桶。

"你们到底是从哪儿弄来这样的一个小桶的?"

"塞思在网上买的。我们一直带着它,不过放在了隐蔽的地方。给。"

亨利抓住金属把手用力一拉,盖子便从桶上脱离下来。然后塞思从口袋里掏出装着菲利普骨灰的塑料袋,把它们递给奥古斯特。奥古斯特注意到自己的手在微微颤抖,但是不太确定是由怎样的思绪和情感导致的。不过,他还是打开了袋子上的拉链,把灰烬倒进了桶里。亨利拿回木桶,小心地把盖子楔回去。

"你想让我们三个一起来做这件事吗?"塞思问道,"你想不想让我们一起拿住它,然后……你懂的……一、二、三……扔出去?"

"我觉得我们应该沿河的上游走得更远一点,"亨利说,"那样的话他可以乘的时间更久。我的意思是,只是要翻过瀑布,对吧?是在知道你就要翻过瀑布的情况下漂流,那是冒险的一部分。"

"不过,我其实喜欢看到它真的翻过河流。"奥古斯特说。

虽然他知道自己可能看不到,天色可能会太暗,木桶可能会被强流带走,消失在水下,而那可能就是一切的结束。一旦他们松开木桶,他们就可能再也看不到它了。他们也许得无条件地相信它翻过了瀑布。

这应该不难,奥古斯特想。一样东西一旦落入了那奔腾的河里,它除了翻过瀑布还可能怎样呢?包括东西——甚至是船和人——比这个木头玩意大得多的东西都是如此。

"告诉你们吧,"他说,"如果你们愿意分开的话,你们俩沿河的上游走个几码,把它抛进去。而我就站在这里,看看是否能看着它翻过去。"

"也许我们应该等到天再亮一点的时候。"塞思说。

"我不知道。这里除了我们没有其他人实在太棒了。我不知道我们怎么会这么幸运,但我不觉得我们的幸运会持续很久。"

男孩们看了看对方,点点头。

奥古斯特看着他们大约在五十码开外的地方做好准备。他意识到,天并不完全是暗的,天空正在变亮。很难知道即将到来的黎明会有多长,民用曙光的发散光又会有多少,或者是投射在水上的光,如果光真的被投在水上的话。但是这些光足够让奥古斯特看到他需要看见的东西。

他看着他们把上臂探到栏杆外,他们俩都拿着木桶,每个人都把一只手放在上面。他们在合作。然后当木桶开始漂流的时候,奥古斯特只看到了它的一丁点儿,只看到它变成了空中的一个点。它沿着弧线上升,然后似乎减速了,或者说甚至是悬在那里,只悬了一瞬间,然后它不见了。

男孩们跑起来了,奥古斯特看着他们手脚伸展地朝他的方向跑来,全速奔跑着,边跑边朝栏杆外张望。

"我看不见它!"亨利大叫道,"太暗了,看不见!"

"它在那儿!"塞思叫道,"我觉得。"

但是一两秒过后,木桶超过了他们。奥古斯特可以从他们目光的方向看出来,漂远了,木桶漂得越来越远。

一秒后,奥古斯特发现了它。水流没有将它覆没,显然木桶的重量不至于让它沉没。它太轻了,太容易浮在水上了。

奥古斯特看到它从眼前飞速而过。

它漂到了边缘,冲向比水还要外面的地方,然后似乎靠自力在那里悬了一瞬,就好像卡通片里的狼悬在半空,然后意识到了自己的现状,接受了重力的必然性,落了下来。也许是奥古斯特的大脑在骗他,抑或是时间骗了他的脑子,在那一瞬之间,可能有某种和上一秒或下一秒轻微的不同。

看到了没？ 他在脑中默默告诉菲利普，我们没有忘记你。

木桶落下了瀑布，很快消失在昏暗和雾气中。

它落下的时候，男孩们喘着粗气回来了。奥古斯特扔下拐杖，它们哗啦啦地落在混凝土步道上。他朝男孩们的身上扑过去，然后他们抓住了他。他抱了他们一会儿，他们也抱着他，他们三个似乎都不知道这一刻究竟是怎么发生的，也不知道它的意义。

"你还好吗，奥古斯特？"塞思问道。

奥古斯特想回答，但是感觉话卡在胸口，然后哽在喉咙。他想要疏通它们，即使他并不知道这些话会是什么。

"你们对我而言实在是太重要了。"他说。

然后他们又站在一起抱得更久了。奥古斯特感到尴尬，便直起身子去拿拐杖，亨利扑过去把拐杖递给了他。

"足够了，"奥古斯特说，"很抱歉我这么情绪化。"

"没关系，奥古斯特。"塞思说。

"我们不介意，"亨利说，"我们喜欢你情绪化的样子。"

他们倚在栏杆上站了很久，听着瀑布轰鸣，看着风景渐渐变亮，看着数百万加仑的水溅过瀑布边缘。

"我们没看到它翻过去。"亨利说。

"我看到它翻过去了。"奥古斯特说。

"好吧，那就好，"塞思说，"那是最重要的。"

"它看起来怎么样？"亨利问道。

"很难形容，但是那真的很特别，值回了票价。"

"值得为此斜穿整个国家？"

"如果你们想要这么做的话，那么……当然值得了。"

他们默默地凝视了更长时间。奥古斯特听到几辆车从他们身后驶过，明白了这个热闹的旅游景点正在醒来，正在准备迎接早晨。他想知道男孩们是否为尽可能地独享这栏杆而计划了到达时间，还是那是个令人愉快的意外。

"我很抱歉我这么情绪化。"他又一次说道。

"奥古斯特，哎，"塞思说，"能别说了吗？"

"是啊，"亨利说，"不要再为关心我们道歉了。"

"是啊，好的。我明白你们的意思了。"

又是片刻的沉默，早上第一班旅游车的到达打破了这沉默。旅游车停下来，将车里的乘客放在他们身后的空地上。奥古斯特始终没有环视，没有将视线从令人着迷的河水上挪下来。

"所以，现在我们到过这个重要的目的地了，接下来呢？"

塞思说："接下来我们要练习那个'存在'模式。因为我们的夏天还剩了大把时间，现在我们要慢慢地回去，比我们来这儿的时候要慢得多。"

"但是我们要在瀑布这儿逗留一段时间，对吧？既然我们走了这么多路？"

"只要你想，奥古斯特，当你看够了尼亚加拉瀑布，你说就行。"

"很难想象会看够这里。"

"呃，"塞思说，"我觉得这就像你在布莱斯峡谷跟我说的怪岩柱一样，'直到你对它们了如指掌，以至于闭上眼睛都能在头脑里看到它们。'"

"好记性。"

"奥古斯特，当你在脑海里对尼亚加拉瀑布有那么多印象的时候，你只管说就行。我们就会朝约塞米蒂返回，然后回家。"

尾　声
八月末，奥古斯特

约塞米蒂

奥古斯特睁开眼睛,然后掀开床头的百叶窗。他坐起来,看向窗外约塞米蒂被树遮挡的花岗岩壁。

这是塞思去爬山的第一个整天。和他的朋友去爬山——奥古斯特想,然后纠正了他自己——来了三个他老家的朋友,其中两个在抬头看过酋长岩之鼻的路线后,决定改由驾车穿过泰伦恩草地。

几天来,奥古斯特一直故意推迟步行、乘大巴车或是让亨利开车,这样他就能望到酋长岩上的攀岩路线。这是塞思为期大约五天的爬山计划的第二天,也许还会更久。

他看着亨利在厨房里走来走去做早饭,这是何其熟悉的日常。既然夏天接近尾声了,奥古斯特担心他不得不放手的时候到了。

"我想今天就是那一天。"奥古斯特说。

"哪样的一天,奥古斯特?"亨利头也不抬地问。

"这一天,我们尽可能地深入那片草原,然后坐在我们的折叠椅上,透过我们的望远镜和我的变焦镜头看那些小小的蚂蚁沿着大大的岩壁往上爬。"

"唔,"亨利说,"确定你为此做好准备了吗?这不是月华拱壁,那个和这个比起来算小的。月华拱壁大约是一千英尺，也可能更高，我忘了，但是不超过一千五。酋长岩有三千五百多英尺，你确定你看得了吗？"

"我想我需要看到那个场景。这对他很重要，所以我不能避而不看。我想不管我能不能看，我都得看下去。"

亨利走出去到草地上为他们摆好椅子，而奥古斯特在车里等待，车子停靠在主车道边的一块空地上。他们等了很久才得到了这块地方。亨利还带出了水、帽子和太阳眼镜，并且带伍迪一起遛了个弯。然后他回来接奥古斯特，一起小心地穿过绿油油的草地前行。

奥古斯特在椅子前停下，但是没有坐下。"我觉我们应该走得再近一点，你不觉得吗？"

"我不希望你走太远。"

"我会掌握好度的。我想看看有没有可能看到哪一个是他。"

"我觉得我们到不了那么近。"

"好吧，那让我们尽可能地走得近一点。"

于是他们三个又走了一段路，亨利用力举着两个椅子、水杯、相机、望远镜还有伍迪的皮绳。幸运的是，椅子上有吊扣，方便他扛在肩上。他没有抱怨，看起来也不像要抱怨的样子。事实上，精疲力竭的人是奥古斯特，但是他还是一直在走。

最后，他们到达一个地点，从那里要是朝花岗巨石前的树丛走得更近一些的话，树梢似乎会挡住视线，所以他们在太阳下舒服地坐下。

奥古斯特可以听见车门的砰砰声，听见父母在叫孩子，孩子也在叫父母。在夏天，很少有公园像约塞米蒂一样繁忙。但是这喧闹声听起来很远，与他无关。一对情侣手牵手穿过草地，但是总之这感觉是个不拥挤的地方，少数几个不拥挤的地方之一。

奥古斯特抬头望向那条路线。"我知道为什么他们管它叫鼻子了。"他说。

那里有一块垂直突出的部分，奥古斯特认为这只可能是他们所讨论的那条路线。他把望远镜拿到眼前，调节了一下，但只能辨别出小点一样的登山者，如同墙上的蚂蚁似的。

"你是对的，"他说，"我们没办法看出哪个是他。"

"是啊，"亨利说，"我知道，但是其中一个是他，而我们知道这一点。这比你所想的要更好还是更糟呢？"

"两者都有一点，"奥古斯特说，"这是一面可怕的岩壁，但是从这里看没有看那个头盔摄像头的录像那么可怕。"

"我觉得你对这件事的态度变好了。"

"真的吗？很高兴听到你这么说。虽然我并没有觉得我的态度变好了。"

他们沉默地看了一会儿，虽然真的没什么可以看的。奥古斯特要是不用望远镜或者不把相机镜头的焦距拉到最大来看的话，他几乎完全看不到爬山的人。用这两样东西从远处望去，那些小蚂蚁似乎几乎不在移动。

"真的很难想象在那上面睡觉。"奥古斯特说。

"我知道。我有同感。"

"他们会需要很多东西来度过五天。他们是怎么带这么多东西上去的？"

"拖袋。"

但是他没有解释拖袋是如何操作的，而奥古斯特也并不觉得他需要知道。

"我猜我应该庆幸他没有在喜马拉雅超过两千五百英尺的地方爬山。"奥古斯特说。

"哦,接下来会有的,一旦他有钱去干那个。"

"哦我的天哪,拜托告诉我你不是认真的,他并不是真的想要爬珠穆朗玛峰。"

"不,他不想,他觉得那太商业了,太多垃圾了,你知道吗?在那么多次探险以后,有很多家伙给夏尔巴人付钱拉他们上去。他想爬道拉吉里峰或是卓奥友峰。"

"这两个我都没听说过。"

"那正是关键。"

"我整个夏天都在和他一起旅行,我却不知道他这个事情。"

"他还是避免在你身边谈论爬山的事。"

"那太糟糕了,不该这样的。我将不得不想一想该做些什么。"

"他不喜欢让你难过,奥古斯特。"

"不,我不是那个意思。我需要对我自己做些什么,通过某种办法让我对他的骄傲变得几乎和对他的担心一样多。而且我还要想办法强调前者,并且自己处理剩下的部分。"

"如果你能够办到的话,那会是为他做的一件好事。"

他们沉默地看了很久,也许将近一个小时,虽然他们不只是在观看。

"虽然我不想承认,"奥古斯特终于开口道,"但是这几乎和看着颜料变干一样'有趣'。"

"呃,我就是那么想的,但是你执意要这么做。如果你想的话我们现在可以回去。"

"再过一会儿，"奥古斯特说，"在这里很好。"

他们又花了几分钟只是待着。

然后亨利说："我告诉过你我会再问的。对吧？我提醒过你的，所以我要问了。你有一整个夏天的时间来考虑这件事。"

"考虑什么？"

"你懂的。"

"哦。大学的事情吗？我压根没考虑这件事。我告诉过你了，没什么要考虑的。这是个你随时可以收下的提议。这是既成的事实，除非你因为什么原因而改变主意。在你高中毕业的那一天，跳上一辆公交车或火车，而我会把你的房间准备好。如果你没有钱坐公交车或火车的话，我会把钱寄给你。"

"你觉得我用五十美元可以坐公交车到圣地亚哥吗？"

奥古斯特在脑海里估算了一下里程。"我怀疑不够。怎么了？为什么是五十美元？"

"因为我还留着你给我们的那个急用钱。"

"你在开玩笑。"

"我不会拿那样的事情开玩笑。当塞思去念大学的时候，他把它给我，然后说：'给。这是奥古斯特给的急用钱。'"

"就是那同一张五十美元纸币？"

"同一张。"

沉默。奥古斯特在琢磨这件事，将同一张五十美元的纸币存放八年，对他们的父亲保密，从来没有禁不住诱惑把它花在别的东西上。

"拿到钱不花那么长时间。"

"这是从奥古斯特那儿来的。"一阵短暂的沉默，亨利打破了它，"那也是为什么在你放我们下车以后，一切都和之前一样好。你懂的，对吗？"

"我不认为一张五十美元可以做到这一切。"

"不是钱，奥古斯特，是你。你是我们在那之后一切安好的原因。我知道你觉得我们不过是继续我们的生活，而我很抱歉我们不知道你真的想要我们保持联系。现在我希望我们曾经有这么做。但是，这还是改变了一切，改变了我们，无论我们是不是和你聊天。在我们遇见你之前，我们总是害怕我们的爸爸只会让我们失望。但是在那个夏天过后，我们知道了，如果他丢下我们的话，你会在那里抓住我们。你不知道这带来了多少不同。"

奥古斯特抬头看向亨利的脸，但是男孩不愿意回看他，也许是有点尴尬。

"对不起，奥古斯特，"亨利说，"不想这么情绪化的。"

"不要为关心而道歉。"奥古斯特说。

他们又沉默地坐了一两分钟。奥古斯特开始感觉看花岗岩壁上的蚂蚁们已经看够了。这是一件看和做完全不同的事情。

他又一次想起了塞思所攻克的那些挑战有多么艰巨，它们和他的性格有多么密不可分，和他有多么密不可分。

"我想知道……"他说，但是没有大声地说完想法。

"你想知道什么，奥古斯特？"

但是他不想对亨利讲，不想对任何人讲。他想知道在夏天结束的时候，当他生命中属于他的那么独特的一部分走向终点的时候，他会成为怎样的人。会有别人进来填补那个空位吗？即使会那样，又怎么会一样呢？认为有东西可以替代这些夏天，难道不有点儿像告诉一个刚刚失去妻子的男人，他会找到另一位妻子，而她会一样好吗？

或者是一个儿子。

不是每样事物都是那么容易被替代的。

"没什么，"他说，"我们现在也许该回去了。"

"不，真的，奥古斯特，你想要说什么？"

"不用在意，"他说，"我宁愿想一些更高兴的事。"

三天后，天黑过后，塞思跌跌撞撞地回到了营地。亨利和奥古斯特正在篝火最后的火焰中烤棉花糖。他们已经把第三张椅子拿出来准备好了，表示他们相信这就是塞思平安回来的夜晚。

奥古斯特看着他在黑暗中把绳子、装备以及一个看上去很重的帆布拖袋堆叠在野营桌上。伍迪发出呜咽声，并努力靠近他，而亨利则放下皮绳，让它去问好。

"嘿，小家伙，"塞思说，"是的，我也想你。是的，我也爱你。只是我从上面爱你，你一直在下面，而这样太远了。我甚至都不想弯腰。"

他慢吞吞地走到那张空的折叠椅那儿，小心翼翼地坐上去。伍迪跳上了他的膝盖。

"嗷！伍迪。要命！腿部肌肉。腿部肌肉。"他对小狗拍了几下又挠了几次，然后把它抱起来交给亨利。"哎哟。"他叫道，他的手臂承受着小狗的重量。

"要棉花糖吗？"奥古斯特问，然后伸出他为自己烤好的一支棉花糖。

"哦，"塞思说，"完美。"他接过奥古斯特的棍子，在金褐色的棉花糖上吹了一下让它变凉，"我对脱水食物非常厌倦了，而且几天来我几乎没睡过觉。我想我想要睡个一整年。"

"有道理。"奥古斯特说。然后他想到一些别的话,它们在嘴边游走,踌躇了一会儿,最终他强迫自己说出来。"你知道我为你能做这样大的事情而感到骄傲吧?"

沉默蔓延开来。奥古斯特在黑暗中看不清塞思的脸。但是他看着塞思试探着咬了一口棉花糖,显然发现它太烫了。

"我不知道,其实,"更加沉默了,"那么你对这整件事害怕得要死的那部分呢?"

"哦,那依然在那里。我只是在告诉你好的那部分。"

"哦,"塞思说,"那很好。谢谢。"

他们沉默地坐了一会儿。

然后亨利说:"我要去睡觉了。作为一个说想要睡一整年的人,你倒还清醒得很。"

"是啊,"塞思说,"我还没平静下来。我是疲倦了,但我没静下来。你知道那是什么感觉。"

"好吧,明早再和你俩见。"

"你早上不会看到我的,"塞思说,"我要睡一整年。好吧,你也许会看到我,但我打赌不会看到你。"

亨利摇摇头,把狗递给奥古斯特,然后消失了。

"你想不想吃点东西?"奥古斯特对塞思说。

"我正在考虑,但现在我无力思考了。"

"你的朋友呢?你的登山伙伴?"

"他不愿从自己的帐篷走出哪怕一步,但我不怪他。再给我烤个棉花糖,拜托了,奥古斯特?我还没法起身。"然后,当奥古斯特在把糖串到棍子上的时候,塞思说,"你说了你所说的那些话,那真的很好。"

"不，我错在没有早点说出来。"

"不要那么说，那不是真的。那就是你，那就是你的性格。我在爬山的时候发现了这个真相。我想恐惧就是你的一部分，就好像登山就是我的一部分。而我不该像你试图说服我不要爬山那样，试图说服你不再恐惧。"

"呃，但是有个很大的区别，塞思。恐惧不是人所渴求的，这不是我真的想要的东西。"

"这依然不代表我不能耐心一点。所以，你想做什么呢？我们还剩六天。你想要在这个公园度过剩下的时间吗？还是你已经过够了夏天？你会宁愿直接回家，从而有更多的时间为下学期做准备吗？"

就这么来了，奥古斯特想，结束。夏天要结束了。

他怀疑他本来是否可能会更好地享受这夏天的时光，但是在那一点上永远都有改善的空间。

"那取决于你。"他说。

"不，我想让你来决定，这是你的夏天。"

"这个夏天很棒，我不得不说，我为它即将结束而遗憾。不过……我们真的走过了好多地方。"

"是啊，不开玩笑的。"

"我要知道汽油一共用了多少吗？"

"不，你甚至都不想知道。那是我们明年夏天要做的不一样的一件事，奥古斯特。当开学后，你将不得不像过去那样为汽油费做预算。因为等到我们明年夏天准备好出发的时候，我大概可以向你打包票我还没付清这个夏天的汽油钱，更不要说花在车子上的费用了。"

奥古斯特的脑中回荡着那些话。他呆坐着,试图弄明白这些话和它们听上去的意思之间是否可能有什么不同。在他重新开口之前,他需要确认他没有搞错,但是这样的确认只让他感到糊涂。

"明年夏天?"

"是啊。明年夏天我们还会回来用你的钱带你旅行。"

"我们明年夏天还会再次出去?"

"当然会了,你怎么会不知道呢?"

"你从来没说过。"

"我以为那是不言而喻的。这就是你,奥古斯特。这就是你会做的,让你成为你的东西,法国人管那个叫什么来着?你的……"

"Raison d'être。"

"没错。我们不来接你的夏天,就是我们来圣地亚哥为你悼念后的那个夏天。"

"没什么。在某个时刻我们都得往前走。我不知道有这样的事。我以为这是我最后一个夏天。"

"哦拜托,奥古斯特。我们不会那样对你的。"

"这可能会变得更难,你懂的。我可能最后只能坐轮椅。"

"那又怎样?我们会在后门台阶上把轮椅固定到自行车托架上,然后出发。如果我们得把你背上台阶的话,那么那就是我们所要做的事。登山练出的肌肉。"他补充道,一边在黑暗中收缩肌肉给奥古斯特看。

他们就那样坐了一会儿,奥古斯特让自己的大脑适应着那个消息,在脑中重构他的整个未来。

"那么,你不用付我车子的钱。"

"我一定要付给你的。"

"你不用。我不要这样,说真的,塞思。这样的话它对我的用途和过往是一样多的。我很幸运地不用为雇司机而花钱。"

"好吧,我猜我没有那样看待过这事。我要去睡觉了。我睡意上来了。那么你什么时候想回家?"

奥古斯特深入自己的内心,发现关于回家的问题对他而言已经变得完全中立了。想到回家不再让他心痛,因为这只是暂时的。他们何时回家不重要,因为这只是从这个夏天回家。

"我无所谓,"他说,"什么时候你要回家了,我就回去。睡个一年吧,当你准备好了,我就欣然出发。"

然而塞思依然困在他的椅子上,他没有像他说自己必须得去睡觉的那样去上床。相反,他们一起看着篝火,直到最后的余烬熄灭殆尽。

早晨,当奥古斯特醒来时,塞思非常清醒,坐在打开的沙发床上,看上去疲倦却又快乐。

"嘿,"奥古斯特说,"以为你要睡一年呐。"

"是啊,我是有点想那样,结果是我要吃一整年,亨利在做炒鸡蛋、香肠和馅饼,就像我去爬山时他一直做的那样。"

"听起来不错。"奥古斯特说。

"几个鸡蛋,奥古斯特?"亨利扭头问。

"两个。"

"塞思呢?三个吧,我想。"

"打四个吧。"

"四个?"

"嘿。在你评判我之前先站在酋长岩之鼻底下仰望一下吧。"

"好，"亨利说，"随便你。"

奥古斯特把百叶窗拉上去，以便更好地看见约塞米蒂，向它道别。

"亨利，"奥古斯特说，"为什么你没告诉我，我们明年夏天还会出去？而且那之后的每个夏天都是如此？"

"我以为那是不言自明的，奥古斯特。你以为我们会做什么？出发去玩，把你留在家里，不管你，自己玩得开心？"

"没错，是啊。我以为这会是我在世界上的最后一个在外面的夏天。"

那样的氛围在空中停留了一会儿，而亨利则在碗里打蛋。奥古斯特已经能闻到烤香肠的味道，听到锅里发出滋滋声。

"那有什么不同？"亨利过了一会儿问道，"我是说，觉得这是最后一个夏天的想法。它如何改变了你对这趟旅行的感受？你很难过吗？"

奥古斯特想了一会儿，克制住了不假思索回答的念头。

"有时会。但是大多数时间我只是提醒自己把每一刻都铭刻到我的回忆里。我只是试着去确保我一直都在那儿，确保我没有错过任何事。我一直想着，'享受这趟旅程，每一刻都要享受。都要记住，都要感恩。'"

"那么我很高兴你本来不知道，"亨利说，"因为夏天就应该是那样度过的。"

"你说得对，"奥古斯特说，完全放下了希望自己本来就知道的念头，看着这个念头升起来飞走，感觉没有它以后变得更轻更干净，"我想我们每年夏天都会那么度过。"

"我们应该每年夏天都那样度过。"亨利说。

"我同意。"塞思说。

这样的承诺足以让奥古斯特度过接下来漫长的一年,而奥古斯特也知道这一点。

Take Me With You by Catherine Ryan Hyde
Text copyright © 2014 Catherine Ryan Hyde
This edition made possible under a license arrangement originating with Amazon Publishing, www.apub.com
本书中文简体字版版权，浙江文艺出版社独家所有。
版权合同登记号：图字：11-2016-290号

图书在版编目(CIP)数据

不再忧伤的旅程／（美）凯瑟琳·瑞安·海德著；钱雪儿译.—杭州：浙江文艺出版社，2017.10
ISBN 978-7-5339-4940-2

Ⅰ.①不… Ⅱ.①凯… ②钱… Ⅲ.①长篇小说－美国－现代 Ⅳ.① I712.45

中国版本图书馆CIP数据核字（2017）第169976号

责任编辑：曹元勇　王　青
封面设计：周伟伟
责任印制：吴春娟

不再忧伤的旅程
［美］凯瑟琳·瑞安·海德　著
钱雪儿　译

出版发行：浙江文艺出版社
地址：杭州市体育场路347号　邮编：310006
网址：www.zjwycbs.cn
经销：浙江省新华书店集团有限公司
印刷：绍兴市越生彩印有限公司
开本：880毫米×1230毫米　1/32
字数：265千字
印张：11.875
插页：2
版次：2017年10月第1版　2017年10月第1次印刷
书号：ISBN 978-7-5339-4940-2
定价：39.80元

版权所有 侵权必究
（如有印、装质量问题，请寄承印单位调换）